À PROPOS DE L'AUTRICE

Léna Forestier a commencé à écrire à dix ans, fascinée par Jo March, l'héroïne des *Quatre filles du Dr March,* qui écrit le soir, cachée dans son grenier. Des années plus tard, une séance de lecture à voix haute de ses « romans » de l'époque, un soir d'été en famille, a été source d'un fou rire général et mémorable... Il n'empêche, le virus était attrapé. Depuis, Léna mène une existence d'autrice deux en une : côté pile, romance contemporaine et historique ; côté face, littérature générale et livres pour la jeunesse, sous un autre nom. Comme Jo, elle a le goût du secret.

NOTE DE L'AUTRICE

J'ai toujours aimé la « petite » histoire dans la « grande », la manière dont les individus, les destins personnels, sont impactés par les grands mouvements politiques ou sociétaux, les soubresauts spectaculaires de l'Histoire. La manière dont ils se positionnent, réagissent, évoluent. La manière dont ils impriment leur marque, aussi, et sont acteurs à leur tour d'une évolution. Côté tête, ça me passionne. Côté cœur, ça m'émeut.

C'est pourquoi j'ai souhaité, pour ma première incursion dans la romance historique, choisir une période de l'histoire de France particulièrement troublée : celle qui a suivi la Révolution de 1789. C'est une période qui ne pouvait laisser aucun de mes personnages inactif et indifférent. Je les malmène, les place face à des situations et des choix impossibles. Je les oblige à se remettre en question, à puiser au plus profond d'eux le courage d'être eux-mêmes, d'assumer et de se battre pour ce en quoi ils croient et ceux qu'ils aiment. Toute la fragilité mais aussi la beauté et la grandeur de l'humain est dans cette confrontation, il me semble.

Léna FORESTIER

Les demoiselles du Cap Fréhel

- Audacieuse Urielle -

Collection : ALIÉNOR

Réalisation couverture : L. SLAWIG (HarperCollins France)

HARPERCOLLINS FRANCE
83-85, boulevard Vincent-Auriol, 75646 PARIS CEDEX 13
Service Lectrices — Tél. : 01 45 82 47 47 - www.harlequin.fr
ISBN 978-2-2804-4502-3 — 2728-5790

Composé et édité par HarperCollins France. Achevé d'imprimer en février 2021.
par CPI Black Print - Barcelone - Espagne
Dépôt légal : mars 2021.

FSC www.fsc.org MIXTE Papier issu de sources responsables FSC® C159065

Pour limiter l'empreinte environnementale de ses livres, HarperCollins France s'engage à n'utiliser que du papier fabriqué à partir de bois provenant de forêts gérées durablement et de manière responsable.

LÉNA FORESTIER

Les demoiselles du Cap Fréhel

- Audacieuse Urielle -

Aliénor

HARLEQUIN

Prologue

26 février 1795
Rivière-Salée (Martinique), maison d'Anne de Keroual et Malo Jakez

Liz était morte ? !

Urielle se figea, la cisaille en l'air, la poitrine soudain oppressée. Derrière elle, Anne avait interrompu sa lecture à voix haute de la lettre de Yaël, et un silence atterré plana quelques secondes dans la véranda où elles se tenaient. Puis, le timbre altéré et le souffle tremblotant, Anne répéta ce qu'elle venait de lire, comme si elle avait pu se tromper. Comme si, la seconde fois, les mots pouvaient être différents.

Ma chère Anne, ma chère Urielle,

Je prends la plume en ce soir de nouvel an pour vous annoncer une terrible nouvelle : Liz est décédée ce matin, aux premières heures du jour. Très vite après la naissance de notre petit Tristan, elle a été prise de fièvres puerpérales contre lesquelles sa nature fragile a peiné à lutter. Elle était très affaiblie par une grossesse fatigante, et l'épreuve d'un accouchement long et difficile. Aesa, ma belle-mère et moi l'avons tous trois veillée sans relâche durant un mois. Le médecin désespérait de la soulager. Puis une rémission est survenue, début novembre, et ce jusqu'à la mi-décembre. Liz était encore trop épuisée pour quitter la chambre, mais il semblait malgré tout que son état s'améliorait. Puis les fièvres ont repris quelques jours avant Noël, et Liz s'est éteinte aujourd'hui, à l'aube.

Mi-décembre, cela correspondait à la période où elles avaient reçu sa lettre précédente : il leur annonçait la venue au monde du petit garçon, le 4 octobre 1794. Les courriers mettaient deux mois à deux mois et demi à leur parvenir par voie maritime depuis la France métropolitaine. Yaël se disait fier et ému d'avoir un fils. C'était une lettre pleine d'enthousiasme et de superlatifs à l'égard de Liz.

Une lettre, se souvenait Urielle, qui lui avait fait terriblement mal.

Or, à ce moment-là, Liz rechutait pour ne plus jamais guérir. Et elles ne l'apprenaient que des semaines et des semaines plus tard ! Là, dans ce coin de paradis où il faisait toujours chaud, où les fleurs embaumaient l'air tiède de leurs parfums mêlés.

Urielle se tourna lentement vers Anne, qui leva au même instant les yeux du feuillet qu'elle avait entre les mains. Elles échangèrent un long regard abasourdi, aussi choquées l'une que l'autre. Un colibri huppé s'aventura soudain sous la varangue et plongea le bec dans une fleur du bougainvillier dont elle était en train de couper quelques tiges envahissantes.

Pendant une poignée de secondes, elles suivirent machinalement l'effervescence du minuscule volatile. Pour sa part, Urielle était incapable de prononcer un mot : elle avait bien trop honte des pensées qui la traversaient alors que, de l'autre côté des océans, leur cher manoir de Keroual était plongé dans un tel drame.

Anne non plus ne dit rien, elle se contenta de reprendre sa lecture à voix haute :

— « Depuis, le bébé ne fait que hurler, comme s'il avait conscience de cette perte, ou qu'il la ressentait dans sa chair. Il paraît avoir déjà compris avec quel vide immense il va grandir.

Je n'arrive plus à réfléchir. Et les cris de Tristan me déchirent le cœur. Tant de détresse chez ce si petit bonhomme… Comme vous me manquez, toutes les deux ! Que votre affectueuse présence m'aurait été douce ! Aesa est là, heureusement, fidèle à elle-même, attentive, pleine de son bon sens coutumier qui m'est d'un grand secours et d'un grand réconfort. C'est elle, cette fois encore, qui a pris les choses en main avec efficacité. Ta mère est vraiment une femme exceptionnelle, Urielle ! Mais cela, nous le savons tous…

Je suis incapable d'écrire plus longtemps, veuillez me pardonner. Je me sens vidé de mes forces. Je vous enverrai une autre lettre dans quelques jours, lorsque j'y verrai plus clair. Ce soir, je suis trop perdu. Mon Dieu, que le manoir est triste ! Comme tout est morne autour de moi ! Comment vais-je offrir à mon fils ce cocon rassurant et protecteur dont nous avons tous les quatre bénéficié dans notre enfance, maintenant ?

Je pense à vous souvent. J'aimerais tant vous avoir ici, avec moi ! Mais je sais bien que c'est impossible.

Je vous embrasse,

Yaël. »

Anne se leva de la banquette sur laquelle elle était assise, et fit quelques pas en silence, pressant nerveusement ses paumes l'une contre l'autre. Urielle, la main tremblante, posa la cisaille sur l'appui d'une fenêtre.

Au bas des marches qui menaient au jardin, un iguane avançait sur la pelouse sans s'affoler, sous l'œil indifférent de Cabestan, le vieux chat roux de Malo. Les insectes bourdonnaient. Deux sucriers à ventre jaune chahutaient dans les branches du flamboyant ; ils poussaient des piaillements d'une vigueur sans commune mesure avec leur taille.

C'était inconcevable… Autour d'elle rien n'avait changé, alors qu'en elle régnait soudain un tel chaos !

— Oh ! Urielle ! finit par s'écrier Anne en faisant brusquement volte-face, la voix brisée par un sanglot. Quelle impuissance d'être aussi loin de lui, et de ne pouvoir le rejoindre !

Malo et Anne étaient toujours dans l'impossibilité de rentrer en Bretagne, ou dans n'importe quelle autre région, d'ailleurs. Ils avaient quitté la métropole neuf mois plus tôt, sous le coup d'un double mandat d'arrêt émis par le gouvernement du sanguinaire Robespierre. Anne, pour avoir mené sous le masque la rébellion chouanne au cap Fréhel. Malo, pour avoir failli à la République et à sa charge de commissaire politique[1], par amour pour Anne.

Ronan, le jumeau d'Anne, avait effectué avec Ninnen, sa cousine, une mission en Prusse pour le comte de Provence[2] et la coalition royaliste, puis était retourné temporairement vivre à Londres. Tous deux allaient bientôt se marier. Durant l'automne précédent, il avait

1. Un commissaire politique – ou représentant en mission – était un envoyé extraordinaire du gouvernement républicain pour veiller au maintien de l'ordre et à l'application des lois républicaines dans les départements et les armées.

2. Louis Stanislas Xavier de France, comte de Provence, frère cadet de Louis XVI et futur Louis XVIII.

écrit à Anne pour lui expliquer tout cela. Il y annonçait également son mariage pour la mi-avril.

Quant à elle, elle avait suivi sa sœur de lait et amie de toujours en Martinique, pour tenter d'oublier que le cadet de la fratrie de Keroual, Yaël, dont elle était amoureuse, avait fait un enfant à une autre femme.

Celle qui était morte deux mois plus tôt…

Même si ce décès était une tragédie, même si l'idée de ce petit garçon grandissant sans mère lui poignait le cœur, une pensée tournait en boucle dans son esprit bien malgré elle. Une pensée inavouable, condamnable, qu'elle s'efforçait de chasser, et qui revenait pourtant l'obséder. Yaël était veuf maintenant, autrement dit… libre à nouveau.

Liz avait été un oiseau. Une petite créature gazouillante. Élégante dans ses toilettes à la dernière mode. Raffinée dans ses manières. Très futile aussi, paix à son âme… On pouvait néanmoins comprendre que Yaël ait été charmé par son apparence, d'autant plus que Liz lui vouait une admiration fervente. Quel homme ne rêvait pas d'être admiré ainsi ? Alors qu'elle-même, qui avait grandi avec lui, il ne l'avait jamais regardée comme une femme, mais comme une figure familière. Elle aurait aussi bien pu être un garçon…

Elle avait partagé avec Anne, Ronan et Yaël la nourricerie du manoir jusqu'à leurs dix ans respectifs. Ils s'étaient tenus ensemble dans la salle d'étude attenante à leur grande chambre commune, sous les toits, pour apprendre à lire, à écrire, à compter, et plus encore. Elle avait bénéficié du même enseignement, des mêmes professeurs que les trois autres. Le vicomte et la vicomtesse de Keroual avaient eu la générosité de l'accueillir comme leur protégée, de la loger et la faire instruire avec leurs propres enfants. Elle, la bâtarde de l'ancienne nourrice d'Anne, devenue gouvernante du manoir.

L'annonce de la grossesse de Liz l'avait brisée. Et que dire du mariage de celui qu'elle aimait avec une autre... Ce mariage auquel elle avait dû assister, durant lequel elle avait dû faire bonne figure, dans sa robe d'été en mousseline rose à petits bouquets. Cela afin de ne pas trahir ses sentiments aux yeux de tous. Comment ne pas avoir eu envie de fuir à l'autre bout du monde, ensuite ? Comment ne pas avoir eu besoin de s'épargner la vue du ventre de Liz s'arrondissant jour après jour, quand cet enfant – l'enfant de Yaël – elle aurait tant voulu le porter !

— Aucun de nous pour l'épauler, le consoler, continuait à déplorer Anne. Comme il doit se sentir seul !

— Moi, je peux, dit alors Urielle avec un calme loin de refléter la tempête intérieure qui l'agitait. Rien ne m'empêche de rentrer.

Anne cessa d'arpenter la véranda et, posant une demi-fesse sur le bord d'un fauteuil en osier, tourna vers elle un visage où le soulagement le disputait à la tension.

— Tu ferais cela ?

Urielle acquiesça d'un hochement de tête, la gorge nouée. Ses raisons n'étaient certainement pas aussi altruistes qu'Anne l'imaginait. Mais elle s'était si bien employée, ces derniers mois, à la rassurer sur le fait d'aller mieux, d'avoir digéré son chagrin d'amour, que sa proposition pouvait s'entendre sans arrière-pensées. Un désir sincère d'aider Yaël en un moment difficile de sa vie l'animait. Seulement, il s'y mêlait un espoir insensé. Un espoir lié à cette vérité aussi factuelle qu'inattendue, résonnant sans fin en elle : Yaël était redevenu un homme sans attaches matrimoniales.

Anne se releva d'un bond et s'approcha d'elle pour lui serrer les mains avec effusion.

— Ce serait si généreux, Urielle ! Il a Aesa, bien sûr, et on sait quelle mère elle a été pour mes frères et moi, à la disparition de maman. Mais je serais si rassurée, si heureuse de te savoir auprès de lui !

Puis elle plongea les yeux dans les siens, sondant son âme. Urielle soutint bravement ce regard inquisiteur, l'air aussi serein que possible. Anne se faisait autant de souci pour elle que pour Yaël.

— Tu es bien certaine que ce ne sera pas…

Elle baissa la voix, redoutant peut-être de raviver la chose en la verbalisant.

— … douloureux pour toi de le revoir, acheva-t-elle avec hésitation.

Ce le serait, bien sûr. Comment pourrait-il en être autrement ? Mais c'était également une chance à ne pas rater. Cette chance que, durant trois années, elle n'avait pas su saisir, persuadée que la fille non reconnue d'un menteur qui s'était joué de la naïveté de sa mère n'avait pas le droit de lever les yeux sur celui qu'elle osait aimer. Cette chance, elle ne la laisserait plus passer.

Elle mentit à Anne en lui assurant que, non, elle ne souffrirait pas, parce qu'elle était une autre personne, maintenant. Ce qui était vrai à bien des égards. Tous ces mois passés aux Antilles, tout ce qu'elle y avait fait, tous les gens qu'elle y avait rencontrés, l'avaient transformée. Elle se sentait plus sûre d'elle.

— Je file au port demander quand le bateau-navette fera le prochain trajet jusqu'à Fort-de-France, déclara-t-elle encore. Je crois bien avoir entendu dire au village, hier, que *Le Cassiopée* repartait pour la France le 1er mars. Si c'est vrai, il va falloir que je me dépêche ! Cela ne me laisse que trois jours pour préparer mon retour.

En réalité, le bateau aurait quitté le port le jour même qu'elle aurait été prête.

Extraits du journal intime d'Urielle

Deux heures du matin.

Impossible de fermer l'œil. Les choses tournent dans ma tête comme un ouragan tropical. J'en tremble toute. Je suis en nage et j'ai froid. Je ris et je pleure, je me maudis de nourrir un fol espoir sur les cendres d'une autre vie, mais je pars. Ça y est, je pars ! Je vais le rejoindre ! Qui l'aurait cru… Ce matin encore, en me réveillant, comment aurais-je pu me douter que le soleil se coucherait sur la perspective de mon retour près de lui ?

J'ai averti Mme de Saint-Audoux que je ne pourrais plus donner de leçons à ses trois filles. Je suis sincèrement désolée de l'abandonner si brutalement, sans lui laisser le temps de trouver une autre préceptrice pour les petites. Mais ma gêne n'est rien, au fond, comparée à mon bonheur de rentrer. Mon Dieu, dire que je pensais ne jamais le revoir de ma vie !

[…]

Ô Yaël, mon amour ! Je m'occuperai si bien de toi, je serai si attentive au bien-être de ton petit Tristan, je vous deviendrai si indispensable à tous les deux que, cette fois, tu ne pourras que m'aimer en retour !

PREMIÈRE PARTIE

J'espère et crains, je me tais et supplie,
Or je suis glace, et ores un feu chaud,
J'admire tout, et de rien ne me chaut,
Je me délace, et puis je me relie.

PIERRE DE RONSARD

Chapitre 1

An III (1795)
À bord du Cassiopée, *23 floréal (12 mai)*

— Voici votre châle, madame Janet. Vous êtes sûre que vous ne voulez pas attendre à l'intérieur ? L'air est vif, ce matin, et le capitaine a bien dit que nous n'apercevrions pas les fortifications de Saint-Malo avant trente minutes au moins. Et encore, si le ciel reste aussi dégagé !

Urielle enveloppa délicatement les épaules de la vieille dame dans l'étoffe de laine, tandis que celle-ci lui tapotait la main avec reconnaissance.

— Merci, mon petit. C'est gentil d'être allée me le chercher. Pour répondre à votre question, je préfère rester sur le pont. C'est la dernière fois que je verrai la ville depuis le large, et je ne veux pas en perdre une miette !

De la dunette où elles se tenaient, elles assistaient, en contrebas, à l'agitation qui précédait l'arrivée au port et l'accostage. Tout l'équipage était à l'œuvre. Côté passagers, elles n'étaient pas les seules à être sorties dans la fraîcheur du jour à peine levé, afin d'assister à l'entrée dans la cité malouine. Pour le moment, l'horizon se réduisait à une ligne d'un bleu légèrement plus soutenu que celui du ciel et de la mer.

— Je ferai le guet et je vous appellerai aussitôt qu'elle sera en vue, insista Urielle.

Mais Lucie Janet secoua la tête avec ce sourire un peu espiègle qui rajeunissait étonnamment son visage ridé.

— Ne me privez pas trop vite de votre présence, Urielle. Vous qui avez été une compagne de voyage si agréable. Vous viendrez me rendre visite de temps en temps, n'est-ce pas ? Lamballe n'est pas si loin de Plévenon, pour une jeune femme comme vous, capable de traverser seule les océans !

— Je vous retourne le compliment, madame. Vous aussi avez voyagé seule.

— Oh ! moi… J'ai été à bonne école, avec mon époux qui a enchaîné les postes dans toutes les garnisons françaises d'outre-mer. Il m'a bien fallu acquérir le pied marin et l'habitude des grandes traversées avec armes, bagages et enfants ! Dont la plupart sur des bateaux moins luxueux que celui-ci.

Il fallait reconnaître que *Le Cassiopée* offrait un très grand confort. Il était bien plus imposant que *Le Fulmar des mers*, sur lequel Urielle avait quitté la France près d'un an plus tôt. Il s'agissait d'un galion à trois ponts de construction hollandaise, à la décoration particulièrement travaillée. Sa coque richement décorée d'arabesques, sa figure de proue entièrement passée à la feuille d'or, ses boiseries intérieures sculptées dénotaient un luxe indéniable. Il n'en était pas moins muni d'une double rangée de canons, en cas d'attaque. Ce qu'ils n'avaient pas eu à affronter, heureusement !

De minuscules cabines individuelles aux cloisons peintes de scènes mythologiques en lien avec l'élément marin avaient été aménagées pour les voyageurs les plus fortunés. Elles se situaient de part et d'autre de la grande chambre et de la salle du conseil[1]. Les passagers aux moyens modestes s'étaient tenus dans l'entrepont, sans intimité. Les cabines d'Urielle et de Lucie Janet étaient contiguës ; c'était ainsi qu'elles avaient fait connaissance et très vite sympathisé.

— Ce qui est certain, mon petit, poursuivit la vieille dame, c'est que cette traversée sera pour moi la dernière.

— Qui sait ce que l'avenir nous réserve ? répondit Urielle, un peu étourdiment.

Elle était bien placée pour le savoir. Qui aurait imaginé qu'elle referait si vite le chemin de retour vers la Bretagne et son cher manoir de Keroual, le cœur empli d'un espoir qu'elle avait cru à jamais perdu ? Pas elle, en tout cas. Mais elle avait pour elle la force vive de ses vingt-huit ans et sa solide nature, alors que son interlocutrice était beaucoup plus âgée, et qu'un deuil récent l'avait éprouvée.

Lucie Janet lui prit la main et la serra avec affection.

— Oh ! l'avenir vous réserve beaucoup de bonnes choses, j'en suis persuadée, et je vous les souhaite de tout mon cœur. En ce qui me concerne, fini les voyages au long cours… J'ai dit adieu à la Martinique il y a deux mois et demi, lorsque *Le Cassiopée* a levé l'ancre. Que mon regretté Émile y repose en paix à jamais !

Elles avaient beaucoup discuté, au fil des jours, et pas seulement de la vie et des activités dans les colonies. Urielle avait trouvé en la vieille dame une confidente attentive et bienveillante. Cela lui avait fait du bien de s'épancher à propos de Yaël, d'oser formuler ses attentes et ses espérances. Lucie lui avait parlé d'elle également :

1. La salle du conseil était le poste de commandement du navire. Réservée à l'usage du commandant du bateau, elle faisait également office de salle d'état-major, de salle à manger, de salon et de salle de réception. La grande chambre – située sous la première, au pont inférieur – était le domaine des officiers.

cette dernière avait enterré son époux six mois plus tôt, vendu sa propriété de Fort-de-France, ses meubles, sa vaisselle, ses chevaux, et elle rejoignait l'aînée de ses filles à Lamballe, au sud du cap Fréhel, chez qui elle allait s'installer. À présent qu'elle était veuve, elle avait choisi de revenir en métropole, où vivaient ses enfants et petits-enfants.

Urielle lui lança un regard compatissant, auquel Lucie répondit par un sourire plein d'une calme acceptation.

— Non, ma chère, ne soyez pas triste pour moi. Vraiment… J'ai eu une existence bien remplie, auprès d'un homme que j'aimais et qui m'aimait. De doux souvenirs vont m'accompagner désormais, jusqu'à ce que le Créateur me rappelle à lui.

Elle se tourna face au large et inspira longuement. L'air faisait voleter l'extrémité des rubans de son chapeau, tels de drôles de pavois. Puis elle pivota de nouveau vers Urielle, rajustant ses gants de dentelle noire. Elle avait une expression déterminée et un beau regard mordoré qui s'assombrit furtivement, avant de retrouver tout son éclat. Comme tant de fois durant la traversée, Urielle admira la prestance, la dignité et le courage de cette femme qui avoisinait les soixante-quinze ans.

— En attendant, je passerai du temps avec ma fille et mon petit-fils Guillaume, reprit Lucie. Il avait dix-neuf ans, la dernière fois que je l'ai vu. Il en a trente aujourd'hui. C'est un homme fait que j'ai hâte de rencontrer, si je puis dire. Non pas que je sois restée sans nouvelles de lui. Il m'a écrit régulièrement, toutes ces années. C'est un si gentil garçon ! Mais j'y pense ! Il pourrait vous être d'une aide précieuse pour votre projet…

Urielle la fixa durant quelques secondes, incertaine, avant de comprendre qu'elle ne parlait pas de ses retrouvailles avec Yaël, mais de la mission dont Malo Jakez l'avait chargée. Mission qu'elle avait acceptée avec beaucoup de plaisir et de fierté.

— M'aider ? fit-elle. Comment cela ?

— Dans sa dernière lettre, que j'ai reçue juste avant mon départ, il m'apprenait son élection en tant que conseiller du district[1] de Lamballe. À ce titre, il pourra vous guider pour les diverses autorisations administratives dont vous aurez besoin.

Près de six ans après le séisme idéologique de la Révolution et de la *Déclaration des droits de l'homme et du citoyen*, les idées républicaines faisaient leur chemin et gagnaient du terrain, malgré les violences auxquelles s'étaient livrés les gouvernements successifs, relayés en région par de petits chefs avides de pouvoir.

Heureusement, depuis la chute de Robespierre, la Convention thermidorienne[2] mettait en œuvre une politique plus consensuelle, propice aux conversions. Bien qu'ayant longtemps servi dans l'armée royale, l'époux de Lucie Janet s'était rendu aux idées nouvelles de liberté, d'égalité et de fraternité, tout comme sa femme, leurs enfants et petits-enfants. Urielle ne fut donc pas étonnée d'apprendre que le petit-fils de cette dernière exerçait une charge au sein de l'administration républicaine.

Dans une lettre datant de septembre, Yaël leur avait parlé du passage éclair de Ronan et Ninnen au manoir, et de la politique de clémence menée par le gouvernement vis-à-vis des rebelles chouans. Il les informait des

1. Après 1789, l'ancienne administration royale est abolie, au profit d'une réorganisation administrative du territoire en départements, districts (deux au moins par département), cantons et communes. Le district est administré par un conseil de district de douze membres élus.

2. Troisième période de gouvernance de la Convention, allant du 27 juillet 1794 au 26 octobre 1795.

démarches qu'il avait entreprises pour tenter d'obtenir l'amnistie d'Anne et Malo. Il avait bon espoir d'aboutir, disait-il. Avait-il réussi ? Était-ce encore en cours ? Elle le saurait bientôt.

Il leur indiquait également que le château d'Aubin – confisqué à l'oncle d'Anne, puis nationalisé, avant de devenir la propriété de Malo – n'avait pas été saisi de nouveau. Il appartenait toujours à Malo, lequel n'avait pas renoncé à le transformer en école de marine. Dans l'impossibilité de mettre lui-même en œuvre ce projet, il avait donné à Urielle un blanc-seing, pour qu'elle mène en son nom démarches et travaux.

La décision avait été rapide, prise dans le désordre et l'imminence de son départ, mais elle comptait bien mener à son terme cette mission de confiance.

— Ce serait formidable ! répondit-elle à Lucie. Son aide et ses conseils me seront précieux. D'autant plus que, en un an, bien des événements ont dû se passer dont nous n'avons pas entendu parler dans les îles. Ou de manière très parcellaire.

Si elle gardait aux parents d'Anne une immense reconnaissance pour lui avoir permis de recevoir une éducation de demoiselle, ses convictions personnelles la portaient du côté des idées nouvelles et égalitaires défendues par la République. Tout comme Malo Jakez, elle souhaitait un changement profond de la société par la force des idées et de l'exemple, plutôt que par la violence et la contrainte. Une position inconfortable pour quelqu'un qui avait bénéficié de la protection d'un couple de nobles, dont deux des enfants s'étaient engagés secrètement dans la cause chouanne.

Elle n'avait cependant jamais caché sa sympathie aux grands principes, mais elle avait sincèrement déploré les affrontements sanglants entre royalistes et républicains.

Elle croyait beaucoup aux vertus de l'enseignement : l'ignorance était un fléau qui conduisait aux superstitions, à l'obscurantisme, à la peur de l'autre, à la crainte du changement. Aussi, lorsque Malo lui avait parlé d'implanter au château d'Aubin une école gratuite pour les enfants issus des milieux les plus pauvres, elle n'avait pas hésité.

— Je suis certaine que vous trouverez en mon Guillaume un allié de poids, Urielle. Je vous admire pour votre enthousiasme et l'énergie que je vous sens prête à mettre dans ce projet. Si j'avais quinze ou vingt ans de moins, je vous assisterais avec joie !

— Vous le ferez par vos conseils avisés et vos encouragements, madame. Car j'imagine que j'en aurai bien besoin, par moments.

— Saint-Malo ! cria soudain une petite fille à côté d'elles, interrompant leur conversation.

Urielle tourna aussitôt le regard dans la direction pointée par l'enfant, imitée par Lucie. La cité fortifiée semblait s'élever progressivement vers le ciel, comme naissant des flots.

Urielle serra convulsivement le bastingage, le cœur battant soudain plus fort. Voilà… Elle y était. Dans quelques heures, un jour tout au plus, elle *le* reverrait. Durant les deux mois et demi de la traversée, elle avait imaginé ces retrouvailles de mille façons différentes. Elle avait répété à voix basse les premiers mots qu'elle lui dirait. Choisi le décor, l'endroit du manoir où cela se passerait. Jusqu'aux bruits, aux senteurs de l'air… C'étaient, à chaque fois, des moments si suaves !

Une main délicate et chaude se posa sur la sienne, et Urielle se tourna vers Lucie. Celle-ci l'enveloppa d'un regard empli de tendresse.

— Ma chère petite ! Je voudrais vous assurer que tout se passera selon vos aspirations avec l'homme vers qui vous retournez. Je ne peux malheureusement que l'espérer et former des vœux pour vous. Vous méritez tant d'être heureuse !

Urielle battit des paupières.

— Merci, madame.

Elle aurait souhaité ajouter quelque chose, mais elle avait la gorge trop nouée pour cela. Son esprit l'emmenait déjà sur les routes, jusqu'aux paysages familiers, jusqu'à la grande allée bordée de peupliers. Jusqu'au porche de pierre surmonté de sa gargouille, à l'entrée de la cour du manoir. Pourtant, elle ne s'y rendrait pas directement en arrivant à Plévenon. Elle ne voulait prendre personne au dépourvu. Elle s'installerait à l'auberge, le temps d'informer tout le monde de son retour, à commencer par sa mère et Yaël.

Les quais grouillaient de monde. L'arrivée au port d'un bateau marchand – surtout de la taille du *Cassiopée* – entraînait toujours une activité fébrile. Familles impatientes attendant les voyageurs. Commerçants venus récupérer leurs caisses de produits importés. Porte-faix en demande d'embauche pour vider les cales ou transporter des bagages. Badauds, vieux marins nostalgiques en quête de souvenirs, marchands de pacotille, filles de joie.

Tandis que Lucie Janet fouillait du regard la foule à la recherche d'un visage familier, Urielle suivait les dernières manœuvres. Les marins étaient en train d'installer la passerelle en bois. Ils hurlaient des instructions aux ouvriers du port par-dessus le brouhaha ambiant, plaisantaient bruyamment. Certains passagers qui avaient reconnu des proches les appelaient, gesticulaient pour attirer leur attention.

Contrairement à la plupart des voyageurs, et après le

maelström d'émotions qui ne l'avait pas quittée durant la traversée, Urielle se sentait étonnamment calme. Personne ne l'accueillerait au débarquement, les effusions viendraient plus tard.

— Voilà Guillaume ! s'écria tout à coup Lucie. Comme il a changé !

Urielle s'étonna de cette remarque. Puis elle se souvint de leur discussion, juste avant d'apercevoir Saint-Malo : cela faisait plus de dix ans que la vieille dame n'était pas rentrée en Bretagne, plus de dix ans qu'elle n'avait pas revu les siens. Elle avait quitté son petit-fils alors qu'il n'était encore qu'un garçon de dix-neuf ans. Elle retrouvait un adulte à l'aube de la trentaine.

Elle désigna l'extrémité du quai.

— Là-bas... Avec la redingote bordeaux aux parements noirs et le chapeau à plumes noires également. Guillaume ! Guillaume ! appela-t-elle, imitant des dizaines d'autres personnes.

Sa voix se perdit dans le vacarme environnant.

Urielle suivit la direction indiquée. Elle vit alors un homme de haute stature, à la silhouette svelte et bien prise dans un habit de qualité. Il se tenait très droit, campé dans ses bottes de cuir. Les yeux plissés, la tête légèrement en arrière, il cherchait manifestement à apercevoir sa grand-mère parmi les gens qui s'engageaient déjà sur la passerelle. Il avait des cheveux châtains et l'air assez sérieux. De là où elle se tenait, elle ne pouvait distinguer la couleur de ses yeux.

Lorsqu'elles s'engagèrent à leur tour, munies de leur bagage à main et de leur ombrelle, il les vit enfin, et son visage s'illumina d'un sourire radieux. Il s'approcha aussitôt, puis tendit la main à sa grand-mère afin de l'aider à franchir la marche un peu haute entre la passerelle et le quai.

— Mon cher enfant, quel bonheur de te revoir enfin !

Il la prit dans ses bras, et Urielle fut attendrie de voir ce grand gaillard serrer précautionneusement contre lui cette petite dame en noir, dont la robe de faille miroitait par endroits sous le soleil levant.

— Comment s'est passée votre traversée, grand-mère ? lui demanda-t-il. N'êtes-vous pas trop fatiguée ?

— Non, mon petit, je ne le suis pas. On dit que les voyages forment la jeunesse. Qui sait ? Ils prolongent peut-être aussi l'existence des vieilles dames comme moi qui traversent encore les océans à leur âge !

Elle eut un petit rire.

— Et… sache que j'ai été en très bonne compagnie.

Lucie lâcha son petit-fils et se tourna vers Urielle, restée à quelques pas de distance par discrétion, pour les laisser à leurs embrassades. La vieille dame s'avança, lui saisit la main, et, revenant avec elle vers son petit-fils, elle ajouta :

— Urielle, puis-je vous présenter Guillaume, le fils de Claire, l'aînée de mes filles ? Guillaume, voici Mlle Legoff, que j'ai eu le plaisir de rencontrer sur le bateau, et qui revient à Plévenon après une année d'absence. Grâce à elle, mon voyage a été des plus agréables et m'a paru très court !

Guillaume Janet s'inclina légèrement devant Urielle et lui prit la main à son tour pour un baisemain.

— Enchanté, mademoiselle Legoff.

Lorsqu'il releva la tête, elle rencontra le vif éclat de deux yeux bleu-gris.

— Moi de même, monsieur. Votre grand-mère m'a beaucoup parlé de vous, sur le bateau.

— En bien, j'espère ? répondit-il avec un sourire charmant.

Puis il jeta un regard plein de tendresse à la vieille dame.

— Toujours, Guillaume, toujours, répondit celle-ci. J'ai toujours été très fière de toi. Et comment ne pas le rester, quand on voit l'homme que tu es devenu ! Mon Dieu, mon enfant ! Tout ce temps ! Tout ce temps !

Elle écrasa une larme et Guillaume Janet la reprit contre lui.

— Nous voilà réunis, à présent.

Lucie recula légèrement, pencha la tête en arrière pour le regarder dans les yeux, et lui tapota le torse.

— Oui, mon petit.

Urielle était très émue et se sentait de trop. Il était temps pour elle de les saluer, d'attendre que l'on descende ses bagages et de prendre le service régulier de diligence pour Plévenon.

— Mademoiselle Legoff… Grand-mère… Puis-je vous inviter à vous installer dans ma voiture, le temps que je m'occupe de vos bagages ? Vous serez à l'abri de la cohue.

Comme Urielle faisait mine de refuser, avançant qu'elle pouvait fort bien se débrouiller et ne voulait pas déranger, Lucie l'interrompit, lui saisissant le bras :

— Ta-ta-ta, jeune demoiselle ! Sachez qu'on ne doit jamais décourager un homme d'exercer sa galanterie. Et puis, ainsi, je pourrai encore profiter un peu de votre présence…

Chapitre 2

Village de Plévenon

— Ah ça ! On peut dire qu'ça en a fait jaser plus d'un, vot'e départ !

Mona Le Fustec posa devant Urielle une assiette fumante de gratin au poisson puis, les poings sur ses hanches impressionnantes, la considéra longuement.

— Pas tant l'tien, note bien, que çui d'mad'moiselle Anne avec le commissaire politique.

Mona était la figure emblématique de l'auberge de la Fauconnière. Du plus loin qu'elle se souvenait, Urielle l'avait toujours vue évoluer dans la salle ou en cuisine, le haut de son tablier tendu à l'extrême sur son opulente poitrine, un sempiternel torchon sur l'épaule. Mona était indiscrète avec candeur et gentiment bourrue. Conséquences d'une éducation qui lui avait manqué. Mais jamais un vagabond ou un chien errant ne passait devant son établissement sans obtenir un peu de nourriture. Et bien des familles nécessiteuses avaient reçu de sa part – sans aucune ostentation – des paniers de provisions.

Ses tables étaient recouvertes de nappes de métis à la propreté méticuleuse et ses plats délicieux, bien que très simples. À l'étage, six chambres offraient la même propreté que la grande salle du rez-de-chaussée. Celle qu'Urielle venait de louer occupait le coin du bâtiment et disposait de deux fenêtres, ce qui lui permettait de voir toute la place d'un côté, la rue principale de l'autre.

Elle était arrivée au village une heure plus tôt, par le service régulier de la diligence qui reliait Saint-Malo à Saint-Brieuc. Tout s'était enchaîné rapidement, à sa descente de bateau, grâce à l'efficacité du charmant et prévenant Guillaume Janet. Lucie et elle s'étaient quittées très émues, sur la promesse de se revoir bientôt.

— Alors te v'là d'retour au pays ?

— Me voilà de retour, Mona, se contenta de répéter Urielle.

— Pour toujours ?

— Qui peut le dire ? répondit-elle prudemment. Mais a priori, je suis revenue pour rester.

Mona désigna l'assiette.

— Mange donc avant qu'ça r'froidisse…

Urielle se saisit de sa fourchette et entama le gratin, sous le regard attentif de son hôtesse.

— Mmm… Délicieux ! Tu n'as pas perdu la main !

Mona eut un petit sourire modeste, et Urielle crut la voir rosir sous le compliment.

— Ch'suis p'têt' pas allée à l'école, mais c'est vrai qu'la cuisine, c'est mon domaine. On mange quoi, aux îles ? Pa'ce qui paraît qu'c'est là qu'vous êtes allés ?

— Il y a îles et îles, Mona. Les océans sont vastes. En Martinique, où nous étions, on mange beaucoup de poisson, comme ici. Mais avec des épices et des légumes de là-bas.

— Ah…

Mona resta quelques instants songeuse puis, sautant du coq à l'âne, elle déclara plus qu'elle ne demanda :

— Du coup, t'as pas encore vu ta mère. Forcément.

— Non, je suis venue directement ici, sans passer par le manoir de Keroual.

Mona la fixa alors d'un air stupéfait, comme si elle avait tout à coup versé le contenu de son assiette dans son réticule ou son chapeau.

— Tu sais donc pas ? lui demanda-t-elle d'une voix blanche.

Urielle s'immobilisa, la fourchette au bord des lèvres.

— Qu'est-ce que je devrais savoir ?

Le brusque changement d'humeur de Mona lui occasionna un violent coup au cœur. Est-ce que sa mère avait des ennuis ? Est-ce qu'elle était malade ? La dernière lettre qu'elle avait reçue de celle-ci datait de quelques jours après la naissance du petit Tristan : Aesa lui annonçait essentiellement son mariage prochain avec Yann, qui travaillait aussi au manoir. Une nouvelle qui avait réjoui Urielle. Elle ne s'était pas inquiétée de ne pas en recevoir d'autres avant son départ. Il n'était pas rare que des courriers se perdent en chemin. Et, maintenant qu'elle avait appris quels tristes moments les habitants de Keroual avaient passés, elle ne s'étonnait pas outre mesure du silence de sa mère, qui avait dû être débordée.

— Ben… qu'elle vit p'us au manoir, lâcha Mona du ton de l'évidence.

— Comment cela ?

— Elle est p'us gouvernante là-bas. L'aut'e agitée l'a renvoyée.

L'autre agitée ? Est-ce qu'il y avait une femme à Keroual ? Qui donc avait pu s'arroger la liberté de renvoyer sa mère, alors que seul Yaël en aurait eu le droit ? À supposer bien entendu qu'il en ait eu envie, ce dont elle doutait. Anne, Ronan et lui considéraient Aesa presque comme une seconde mère, depuis leur adolescence.

— Enfin, pas renvoyée, renvoyée…, nuança Mona.

Disons qu'ta mère, elle a pris ses cliques et ses claques pa'ce qu'elle en pouvait p'us de l'aut'e...

L'autre, encore... Qu'est-ce que... Mais il y avait plus urgent à apprendre.

— Où vit-elle, si elle n'est plus au manoir ?

— À Pléneuf. Yann et elle, y z'ont ach'té un joli bout d'maison. Pa'ce que, du coup, Yann est parti aussi. Il allait pas rester, tu penses bien ! Ta mère m'a invitée, une fois. Une maison coquette et tout. Avec des fleurs plein le p'tit jardin. Mais y z'y sont pas, là. Y sont à Guingamp, chez la sœur à Yann.

Yann avait également quitté le manoir... Quelle tempête avait soufflé, entre la dernière lettre de Yaël et ce moment de discussion avec Mona ? Celle-ci avait l'air très bien renseignée. Mais cela s'expliquait : sa mère et elle se connaissaient depuis l'enfance.

Urielle demanda aussitôt :

— Est-ce que tu sais quand ils rentreront ?

— Elle a pas dit. J'crois bien qu'elle avait envie d'prendre son temps, avec tout ça.

Rassurée sur ce point et le fait que sa mère allait bien, Urielle décida de ne pas chercher plus d'informations auprès de Mona : en dépit de sa gentillesse et de son empressement à lui faire le meilleur accueil, sa propension aux commérages était un peu gênante. Elle attendrait donc le retour de sa mère pour avoir toutes les explications nécessaires à propos de son départ du manoir. Ou, plus probablement, les obtiendrait-elle sous peu de Yaël lui-même. Mais ces changements la contrariaient beaucoup. Sans compter qu'une autre question se posait : comment Yann et sa mère gagnaient-ils leur vie, à présent ?

— C'est terrible, pour la jeune dame, poursuivit Mona, manifestement déterminée à continuer sur sa lancée.

Elle secoua la tête, l'air navré, puis reprit :

— Et pour c'petit qu'est p'us maigrichon qu'une fouine, à sept mois passés ! Et c'qu'il pleure ! Bon Dieu, j'ai jamais vu un p'tit pleurer autant ! On peut dire qu'il en a usé, des nourrices !

Le cœur compatissant d'Urielle se serra. Pauvre enfant ! Elle qui avait été tendrement aimée par sa mère, tendrement entourée de ses soins, elle ne pouvait concevoir ce que c'était, d'être privé dès la naissance d'une telle protection. De cette certitude merveilleuse que quoi que vous fassiez, quels que soient vos choix, rien ne pourrait entamer cet amour.

— Y a fallu le sevrer vite. Pour que ça soit pas toujours la même qui s'y colle. J'trouve pas ça très bon, si tu veux mon avis. Une p'tite crevette comme ça, faut qu'ça ait du lait de femme. Mais bon… C'est pas moi qui décide, hein ? Du coup, c'est ma Katou qui s'en occupe, au manoir, en c'moment. Mais ch'sais pas si elle va t'nir longtemps. C'est pas qu'elle l'aime pas, ce p'tit… Seulement, y braille même la nuit et, ma Katou, elle fatigue.

Katou était sa benjamine.

— Katou ? Comment va-t-elle ? s'enquit Urielle. Ça lui fait quel âge, maintenant ? Vingt ? Vingt-deux ans ?

— Vingt et un ans le mois passé, répondit Mona avec une fierté non dissimulée. Elle va très bien. Si tu la voyais ! Une vraie beauté ! Mais tu la verras, forcément.

— Je suis heureuse que tout se passe bien pour elle, Mona.

— T'à l'heure, y a une messe du souvenir pour la jeune dame, à l'église. Tout l'monde y s'ra, j'pense. C'est pas tant qu'on la connaissait. On l'a pas vue souvent au village. Mais c'est pour m'sieur Yaël.

Une messe commémorative ? Urielle avait envisagé de se présenter au manoir le jour même, en fin d'après-midi, après son repas tardif et son installation temporaire à l'auberge. Les circonstances et l'absence de sa mère l'obligeaient à modifier ses projets. Revoir Yaël pour la première fois à l'occasion de cette cérémonie ne ressemblait à aucune des manières dont elle avait imaginé leurs retrouvailles, mais elle devait s'adapter.

— Quand, exactement, la messe ?

— À 6 heures.

Un afflux soudain de clients débarrassa opportunément Urielle de l'attention un peu encombrante de Mona. Elle n'avait plus envie de parler. Trop d'éléments nouveaux à digérer d'un coup. Et cette sensation de malaise, depuis que Mona lui avait annoncé le départ de sa mère. Son impatience inquiète de connaître le fin mot de l'histoire. Il avait dû en falloir beaucoup pour qu'Aesa prenne une telle décision, alors qu'elle avait promis à Anne de rester au manoir pour veiller sur Yaël.

Elle acheva rapidement son gratin, sans plus aucun appétit, et se leva de table pour filer dans sa chambre.

Depuis l'autre extrémité de la salle, une Mona consternée lui cria :

— Eh quoi ? Même pas un dessert ? Et ma bonne tarte aux pommes avec d'la crème fouettée, alors ?

Urielle lui fit un petit sourire contrit et disparut dans l'escalier.

Six heures moins le quart sonnaient au clocher. Elle était descendue de sa chambre et sortie beaucoup trop tôt ! Du coup, elle rongeait son frein, n'osant pas encore s'approcher de l'église, de l'autre côté de la place. Sa nervosité était telle qu'elle peinait à respirer correctement, et la touffeur de l'air ajoutait à son mal-être.

Elle avait troqué sa robe de serge un peu défraîchie – mais bien suffisante pour voyager – contre une autre plus habillée, d'un bleu marine qui mettait en valeur son extrême blondeur. Elle avait choisi des chaussures fines de soie noire, lacées de rubans argentés. Son chapeau, muni d'une voilette, laissait voir son chignon d'où s'échappaient quelques boucles et ses pendants d'oreilles : des dormeuses constituées de deux petits saphirs taillés en goutte.

Même si les circonstances de ce retour et de sa première apparition au village ne ressemblaient pas à ce qu'elle avait projeté, elle voulait se montrer sous son meilleur jour, sans choquer néanmoins par trop d'extravagance dans sa tenue.

En Martinique, logée par Anne et Malo qui n'avaient pas voulu entendre parler de loyer, elle avait pu se constituer un petit capital et une garde-robe de demoiselle de qualité, s'offrir aussi quelques bijoux. Non pas qu'elle ait été mal habillée au manoir de Keroual, loin de là, mais son départ précipité, un an plus tôt, le peu d'affaires personnelles qu'elle avait emportées, l'avaient conduite à se faire faire de nouvelles toilettes. Elle s'était alors découvert l'envie d'être plus élégante. D'oser se mettre en valeur.

C'est que bien des choses avaient changé pour elle, durant son séjour aux îles. La pupille de la famille de Keroual était devenue une femme plus assurée, qui en avait beaucoup appris sur elle-même et ses capacités d'adaptation. Qui avait fait face à nombre de nouveautés, rencontré des gens façonnés par des destins particuliers. Elle avait travaillé comme préceptrice pour une riche famille de planteurs de canne à sucre, qui l'avait extrêmement bien rétribuée. Les jeunes femmes instruites et possédant de bonnes manières, disposées à s'occuper de petites filles, étaient rares, là-bas. Et l'on savait rémunérer la rareté.

Les gens n'allaient plus tarder à arriver, maintenant.

Comme Mona l'avait prédit, il y aurait assurément beaucoup de monde, et elle comptait sur la foule pour se glisser dans l'église sans être remarquée.

Les lieux, les boutiques, étaient tels qu'un an plus tôt. L'officine de l'apothicaire ; la coquette chapellerie de Rose, aux boiseries et à l'enseigne peintes de teintes claires et tendres ; le magasin d'épices et de produits des colonies ; l'estaminet, toujours bruyant, même lorsque porte et fenêtres étaient fermées… Et tous les autres commerces. Les arbres de la place étaient en fleur, dans un éblouissant camaïeu de rose. Oui, tout paraissait identique, sauf elle.

Pourtant, en ces instants d'attente, elle redevenait la Urielle d'avant son départ. Celle qui tremblait intérieurement d'émoi chaque fois que Yaël était près d'elle, ou qu'elle guettait son pas dans le vestibule du manoir, le bruit des sabots de son cheval sur le gravier de la longue allée.

Allons ! Elle n'était pas revenue pour trembler ! Elle était ici pour se faire une place nouvelle dans la vie de celui qu'elle n'avait jamais cessé d'aimer. Une place qui serait très différente de celle qu'elle avait occupée au manoir avant son départ, si familière alors, qu'on ne questionnait plus – que *Yaël* ne questionnait plus – son évidence.

De petits groupes commençaient à s'assembler sur le parvis de l'église. Urielle reconnut Solenn Le Bihan et sa fille Maelis. Solenn était la veuve d'un métayer de Keroual, décédé en tombant du toit de sa ferme, un jour de grand vent. Après cet accident, le père d'Anne puis Anne elle-même et ses frères l'avaient laissée habiter la ferme pour un loyer symbolique, le plus souvent proche de rien. C'était avec la complicité de l'aîné de Solenn, Mathéo, engagé dans la garde nationale, que Malo était parvenu à faire échapper Anne du fort la Latte, où elle avait été emprisonnée.

Urielle inspira une longue goulée d'air tiède. Elle n'était pas seulement revenue pour elle, elle était là aussi pour tous ceux qui, enfants, n'avaient pas eu de Hervé et Myette de Keroual pour leur donner la chance d'être instruits. À ce titre, elle devait parler du projet de Malo au plus de monde possible. Même si Mona avait prononcé le mot « jaser », Urielle était bien certaine que personne, ici, n'avait désapprouvé la manière épique et romanesque dont s'était terminé le passage du commissaire politique Jakez au cap Fréhel. De tout temps, la branche cadette de Keroual avait été appréciée au village et dans les environs. En aidant Anne, et en tombant amoureux d'elle, Malo avait regagné sa place au sein de la communauté. Quand Urielle dirait de quoi elle était chargée en son nom, toutes les sympathies lui seraient acquises.

Soudain, un fracas de roues et de sabots se fit entendre sur les pavés. Alors qu'elle s'apprêtait à traverser la place pour rejoindre Solenn Le Bihan, Urielle se ravisa et attendit. Le bruit s'amplifia encore, puis une voiture surgit de la rue principale et se dirigea vers l'église. Elle était tirée par deux chevaux aux frontaux ornés de plumes noires. Parmi les différents groupes assemblés sur le parvis, les conversations cessèrent aussitôt. Seul le « Hoooo ! » du cocher tirant sur les rênes pour stopper l'attelage retentit dans le brusque silence environnant.

Le valet qui se tenait à l'arrière sauta au sol et s'empressa d'ouvrir la portière.

La famille de Liz.

Urielle avait reconnu sur la portière non pas le blason des Sénéchal – ils étaient roturiers – mais le S de leur patronyme, assez pompeusement traversé du glaive de

Thémis[1]. Victor Sénéchal, le père de Liz, était en effet magistrat et parmi les ralliés de la première heure à la République. Ils vivaient à Erquy.

Tandis que le valet aidait Charlotte Sénéchal à descendre, les yeux d'Urielle se portèrent au-delà de la voiture, à l'entrée de la rue principale. Elle s'étonnait de ne pas y voir arriver Yaël, chevauchant Tango, son andalou.

Une jeune femme sortit après la mère de Liz : Clarisse, la seconde fille de la famille. Urielle l'avait vue près d'un an plus tôt, au mariage. Lorsqu'un pourpoint d'homme fit son apparition, elle s'attendit à ce que suive la masse un peu courtaude du père, mais ce fut une tout autre silhouette qu'elle aperçut.

Son cœur fit aussitôt un bond dans sa poitrine. Même si le visage était caché par le tricorne légèrement incliné, il n'y avait aucun doute. Cette stature, ces cheveux en catogan d'une blondeur si semblable à la sienne, ces éternelles bottes de cavalier mettant en valeur des cuisses aux muscles bien dessinés…

Yaël.

D'où elle se tenait, il ne pouvait pas la voir. Mais elle, le sang aux tempes, le dévorait des yeux à travers sa voilette. Il se tint un instant immobile à côté de la voiture, et tout parut suspendu autour de lui. Elle nota ses poings serrés. Puis, lentement, il balaya la place d'un regard circulaire. Les gens, nombreux maintenant, attroupés devant l'église ; deux enfants et leur gouvernante qui traversaient la rue ; un livreur s'activant à décharger sa charrette, et… elle. Mais son regard ne s'arrêta pas.

1. Déesse grecque et allégorie de la Justice. Représentée un glaive à la main, symbole du châtiment, une balance dans l'autre, pour l'équilibre qu'elle maintient, et les yeux bandés, en signe d'impartialité.

Comme s'il n'avait pas perçu sa présence. Ou comme s'il ne l'avait pas reconnue, ce qui était plus probable, à cause de la voilette.

Son visage lui occasionna un choc. Violent.

Il était émacié. Sombre. Les mâchoires crispées et la bouche figée en un pli dur. À cette distance, elle pouvait se tromper, bien sûr, mais les yeux de Yaël qui étaient une eau pure, d'un bleu presque transparent, lui parurent complètement éteints. Privés de cet éclat rieur, facétieux, qui le caractérisait.

Qui était cet homme, de l'autre côté de la place ? Cette ombre si éloignée du souvenir lumineux qu'elle avait chéri dans son exil ? Qu'était devenu l'ange blond de Keroual ? *Son* ange blond ?

Chapitre 3

— … Tous ici réunis…

Assis au premier rang, à côté de sa belle-mère et de sa belle-sœur, Yaël sentait le poids des regards sur sa nuque et dans son dos. Le veuf. Le pauvre veuf resté bien trop tôt seul, avec un petit garçon qui ne connaîtrait jamais celle qui l'avait mis au monde.

— … Rappelée par le Créateur…

Il savait que certaines mères des environs comptaient déjà tout bas : cinq mois, à présent, que son épouse était morte. Plus que deux ou trois à attendre, avant qu'un remariage puisse être décemment envisagé. Plusieurs invitations pour des soupers, des concerts, étaient déjà arrivées au manoir, ces derniers temps. Il les avait toutes ignorées.

— … Fille, sœur, épouse bien-aimée…

Tout à l'heure, après la messe, lorsqu'il se tiendrait à la porte de l'église pour des condoléances renouvelées, on pousserait devant lui des jeunes filles rougissantes. Elles balbutieraient quelques mots, s'apitoieraient sur son « petit Tristan », formuleraient des vœux d'apaisement pour lui, évoqueraient vaguement Liz. Dieu merci, les circonstances l'autorisaient à ne pas saisir toutes ces mains gantées de dentelle pour y porter les lèvres ! Comment distinguer les élans sincères au milieu de tous ces ronds de jambes ?

Le prêtre déroulait d'un ton monocorde sa litanie, que Yaël écoutait à peine. Des bribes, des mots lui parvenaient, qu'il absorbait machinalement.

— … Jeune femme trop tôt partie…

Charlotte avait tenu à faire remplir l'église de brassées de fleurs jaune pâle, car le jaune était la couleur préférée de Liz.

Un peu moins d'une année plus tôt, il s'était tenu devant ce même autel, dans cette même église décorée alors d'une profusion de fleurs blanches. Le même prêtre avait prononcé de tout autres paroles. Les invités avaient feint de ne pas remarquer que la coupe de la robe de la mariée, loin des canons de la mode, avait pour but de dissimuler un ventre un peu trop rond. Tout comme aujourd'hui, il lui avait semblé que seule une infime part de lui-même était présente, physiquement, alors que la majeure partie de son être aspirait à être ailleurs, voire dans une autre vie. Pourtant, il était exactement où il devait être, où les conséquences de ses actes l'avaient mené. Et il devait faire avec, à présent. Il devrait faire avec pour toujours.

Il s'aperçut une fois encore qu'il serrait poings et mâchoires. Il essaya de se détendre. De relâcher les épaules. En vain. C'était ainsi depuis le décès de Liz.

Il releva la tête et fixa l'homme qui officiait, s'efforçant de suivre la messe. À côté de lui, Clarisse étouffait des sanglots dans le mouchoir qu'elle pressait contre sa bouche. Cadette de Liz de onze mois à peine, elle lui ressemblait d'une manière presque dérangeante, surtout depuis qu'elle avait été autorisée par sa mère à se vêtir et se coiffer de façon plus sophistiquée. Tout, dans sa silhouette, sa garde-robe, ses coiffures, sa gestuelle, rappelait la défunte. À croire que sa belle-sœur s'ingéniait à gommer ses propres singularités, au profit de celles de la disparue.

— … Mais les voies du Seigneur sont impénétrables…

Un rire amer faillit lui échapper lorsqu'il entendit cette formule consacrée : il avait effectivement le plus grand mal à trouver un sens aux événements qui s'étaient enchaînés depuis des mois, même s'il était résolu à faire face, coûte que coûte. Il y avait eu, un jour, un Yaël de Keroual insouciant, habité par une grande légèreté de vivre. Cet homme avait disparu à jamais. Il était impressionnant de constater à quel point tout pouvait basculer, irrémédiablement, dans le temps d'un simple claquement de doigts.

Au printemps précédent, il était encore entouré de sa fratrie, Anne, Ronan et Urielle, même si cette dernière n'était pas sa sœur, mais la protégée de ses parents. Il n'empêche, elle avait grandi avec eux. Aesa, la mère d'Urielle, était là aussi, ainsi que Yann. Tous deux travaillaient au manoir. Mais ils étaient bien plus que des employés. Des figures tutélaires. Et puis, tout s'était brutalement fissuré. En deux, trois saisons, les événements s'étaient précipités, bouleversant leur équilibre, les éparpillant ici et là, loin de lui. Même Aesa avait fini par partir. Yann l'avait suivie, bien sûr, puisqu'ils étaient mariés désormais.

Il se sentait si seul, à présent ! Ronan et Ninnen, leur cousine, étaient passés le voir, au tout début de l'automne, avant la naissance du bébé. Un séjour bref, mais qui lui avait fait du bien. À la surprise générale, tous deux avaient développé l'un pour l'autre de tendres sentiments, qu'ils avaient révélés tardivement au grand jour. Ils s'étaient mariés à Londres le 16 avril dernier. Un mariage en très petit comité, auquel il aurait pu assister – Ronan et Ninnen l'avaient invité. Mais Tristan était tombé malade. La fièvre n'avait pas lâché le petit durant plusieurs jours, et Yaël avait renoncé à son départ, terrorisé à l'idée que l'histoire pourrait se répéter et que son fils soit emporté, comme Liz l'avait été.

Il imaginait souvent Anne, Urielle et Malo dans leur paradis lointain, mais un paradis au goût d'exil forcé. Leurs lettres mettaient si longtemps à lui parvenir ! Il était avide de ce lien ténu qui lui permettait de sentir qu'il n'avait pas tout perdu. Bien sûr, il y avait la famille de Liz, mais ce n'était pas la même chose.

— … Et maintenant, prions ensemble pour le repos de l'âme de Liz…

Une agitation confuse se fit entendre derrière lui tandis que les gens ramassaient puis ouvraient les livres de prières placés au pied des prie-Dieu.

Yaël se retourna machinalement pour jeter un coup d'œil à l'église. L'élégante silhouette d'une femme installée au dernier rang attira alors son regard. Un instant, elle lui parut familière. Alors qu'il reprenait sa position et attrapait à son tour un livre de prières, il chercha, sourcils froncés, d'où lui venait cette impression de déjà-vu… La place ! Oui, elle se tenait de l'autre côté de la place lorsqu'il était arrivé, tout à l'heure.

Elle avait traversé son champ de vision et, même si son regard ne s'était pas arrêté sur elle, il semblait que son esprit ait malgré tout mémorisé son image. Qui était-elle ? Pas quelqu'un de son entourage, en tout cas. Sinon, elle se serait approchée avant qu'ils n'entrent dans l'église pour le saluer, comme bien d'autres l'avaient fait. S'agissait-il d'une amie de pension de Liz, qui n'avait pas osé se mêler aux proches ?

— *Requiem æternam dona ei, Domine, et lux perpetua*

luceat ei ! commença le prêtre, tandis que tous répétaient après lui. Donne-lui le repos éternel, Seigneur, et que la lumière éternelle l'illumine !

Après la prière, une femme entonna a capella un *Ave Maria*. Sa voix pure de soprano s'éleva sous les voûtes, faisant vibrer l'air. Yaël en fut hérissé de chair de poule. Ses pensées, qui s'étaient brièvement envolées vers l'inconnue de la place, se fixèrent à nouveau sur Liz. Son visage cireux dans la mort, amaigri par des jours et des jours de lutte contre la fièvre. Et puis, les pleurs de Tristan, presque incessants, sauf lorsqu'il finissait par s'endormir d'épuisement.

Alors, cela vint le ronger de nouveau. Cette chose, en lui, qui ne le laissait en repos ni le jour ni la nuit.

Elle avait attendu que l'église se vide. Puis attendu encore que le long ruban des gens présents dans l'assistance défile devant Yaël. Les mots qu'ils devaient lui dire, elle les devinait. Elle ne ferait pas mieux, sans doute, quand viendrait son tour. Le décès d'une femme des suites malheureuses de la mise au monde de son enfant – fût-elle Liz – demeurait pour elle un scandale du destin, quand tant de coquins, d'esprits retors, de malfaiteurs, couraient par monts et par vaux. Et il était bien difficile de s'exprimer sur le sujet sans blasphème. Comme l'avait rappelé le prêtre : les voies du Seigneur étaient impénétrables. Lucie Janet et elle en avaient suffisamment débattu sur *Le Cassiopée*, ainsi que de la manière dont sa propre existence avait été bouleversée par le mariage de Yaël, puis par la lettre lui annonçant son veuvage.

Les toutes dernières personnes semblaient prendre congé de lui, à présent. Urielle n'apercevait que son profil, son expression fermée, ses bras, rigides, le long de son corps. Et la façon dont il serrait et desserrait le poing, comme s'il avait besoin de ce geste pour supporter d'être là. En face de lui, une femme avec un large chapeau, dont les plumes s'agitaient frénétiquement tandis qu'elle parlait, n'en finissait pas de prendre congé. À côté d'elle, une jeune fille se tenait coite. Elle jetait de temps en temps de timides regards à Yaël, puis s'empressait de baisser la tête.

Enfin, elles s'éloignèrent. Yaël pivota et commença à se diriger vers Charlotte et Clarisse Sénéchal, qui se tenaient un peu plus loin, recevant elles aussi leur lot de condoléances. Urielle se précipita alors à l'extérieur. Il ne fallait pas qu'il rejoigne ces deux femmes. Pas encore. Elle voulait que cette première rencontre après un an d'absence se fasse en tête à tête, même si le parvis d'une église, après une messe commémorative, n'était pas le meilleur endroit.

— Yaël ! appela-t-elle.

Il stoppa net, mais ne se retourna pas immédiatement. Comme s'il doutait d'avoir bien entendu. Elle se rapprocha et répéta plus doucement :

— Yaël…

Cette fois, il fit brusquement volte-face, le visage adouci d'un sourire qui disparut aussitôt qu'il la vit. Un voile de confusion obscurcit son regard : il ne comprenait pas, manifestement. Ce qu'il voyait ne correspondait pas à ce qu'il avait perçu, ni ce à quoi il s'était attendu.

Elle releva sa voilette.

— C'est bien moi, dit-elle encore.

Le sourire réapparut, fugace. Yaël revint vers elle à grands pas et la serra dans ses bras.

— Urielle…

Il avait lâché son prénom dans un murmure qui

ressemblait plus à un souffle, un soupir de soulagement, qu'à un mot.

Puis, les mains sur ses épaules, il l'éloigna légèrement de lui et l'examina, peinant à en croire ses yeux.

— Comment…

Il la pressa de nouveau contre lui.

— Je n'ai pas reçu ta lettre ! Tu es arrivée à Saint-Malo ? Quand ? Si j'avais su, je serais allé te chercher !

— Tu n'as rien reçu parce que je n'ai rien envoyé. Je suis partie en février, juste après ton courrier nous annonçant…

Sa voix faiblit.

— … Enfin… Anne aurait tellement aimé être auprès de toi, mais…

Anne était toujours proscrite et risquait la guillotine si elle remettait les pieds sur le territoire.

— C'est donc moi qui suis venue, termina-t-elle. Et si je ne t'ai pas annoncé mon arrivée, c'est parce que ma lettre aurait certainement pris le même bateau que moi. Je n'ai débarqué qu'aujourd'hui, et je me suis installée à l'auberge.

— Je n'arrive pas encore à le croire ! Je suis si heureux de te voir, Urielle !

Sa surprise et son enthousiasme lui faisaient chaud au cœur. Pourtant, il se rembrunit bientôt, et toute lumière s'éteignit dans ses beaux yeux bleus.

— Je voudrais bien ne rester qu'avec toi, mais les circonstances…

— Oui, je comprends.

— Des gens sont attendus au manoir pour une collation. Il faut que j'y aille… Et puis, Charlotte et Clarisse…

— Je comprends, répéta-t-elle, un peu perdue, tout à coup.

Quoi ? C'était tout ? Il allait rentrer à Keroual et la laisser là, sur le parvis de l'église ?

— Ce ne sera pas très drôle pour toi, reprit-il. C'est un moment difficile. Mais nous parlerons mieux demain.

Il lui présenta le bras. Il fallut à Urielle quelques secondes pour prendre conscience qu'il s'agissait d'une invitation. Le cœur battant la chamade, elle glissa ses doigts dessous, et se laissa conduire, remettant en place sa voilette de l'autre main.

Lorsqu'ils furent en vue de la voiture près de laquelle les attendaient la belle-sœur et la belle-mère de Yaël, Urielle vit cette dernière se raidir légèrement quand elle les aperçut bras dessus, bras dessous. Une ombre passa sur le visage de Charlotte Sénéchal, qui l'enveloppa d'un regard sévère et ne la quitta pas des yeux tandis qu'ils approchaient. C'était plus que de la curiosité ; il y avait dans son insistance à la détailler quelque chose d'arrogant et d'hostile.

Clarisse, à côté d'elle, semblait absente. Tassée sur elle-même, elle avait les yeux rouges, la mine toute chiffonnée, et elle serrait convulsivement un mouchoir. Cette messe commémorative semblait l'avoir beaucoup affectée. Urielle imaginait sans mal ce que la jeune fille pouvait ressentir. Si elle n'était, sur le papier, *que* la sœur de lait d'Anne, un véritable amour sororal les unissait, nourri de toutes les années passées ensemble et d'avoir grandi sous le même toit. Elle avait eu si peur de la perdre, un an plus tôt, lorsque la garde nationale l'avait arrêtée et emprisonnée au Fort la Latte !

— Ce triste jour sera néanmoins traversé pour moi d'une éclaircie, déclara Yaël lorsqu'ils furent tout près des deux femmes. Charlotte, Clarisse, vous vous souvenez d'Urielle, la sœur de lait d'Anne ?

Urielle releva sa voilette, pour se faire reconnaître.

Clarisse la gratifia aussitôt d'un pauvre sourire, arraché à son chagrin.

— Oui, bien sûr, répondit-elle. Ainsi, vous voilà de retour en Bretagne, Urielle ?

— Oui, me voilà de retour, rétorqua un peu platement celle-ci.

Quant à Charlotte Sénéchal, elle pinça légèrement les lèvres, avant de lui adresser un léger signe de tête et de lâcher avec une réticence manifeste :

— Mademoiselle.

Elles ne s'étaient pas vues tant que cela, au moment des préparatifs du mariage. Urielle n'avait pas tenu à y prendre part. Ce qui aurait dû être pour tous un moment de fête ne l'avait été ni pour Yaël ni pour elle. Pas plus qu'elle n'avait tenu à rester au manoir ensuite. Comment aurait-elle pu, alors que Liz s'y était installée en maîtresse des lieux ?

Elle avait déjà pris pension chez Mona Le Fustec, à l'auberge de la Fauconnière, à l'époque, en attendant que la maison de Matignon soit prête à les accueillir, Anne et elle. Car Anne non plus n'avait pas envisagé de demeurer au manoir après le mariage de son frère. Elles avaient toutes deux prévu de s'installer dans cette maison appartenant aussi à la famille pour laisser Keroual à son nouveau maître et à son épouse. Elles n'en avaient pas eu le temps : les événements en avaient décidé autrement.

Yaël aida sa belle-mère à prendre place dans la voiture. Puis ce fut le tour de Clarisse et d'Urielle. Enfin, il y grimpa et frappa un coup au plafond, pour indiquer au cocher d'avancer.

Le trajet jusqu'à Keroual se fit dans le silence le plus complet. Clarisse avait la tête baissée, plongée dans la mélancolie. Par instants, elle était agitée d'un léger soubresaut. Sans doute un infime sanglot. Quant à

Charlotte Sénéchal, installée en face d'Urielle, elle n'en finissait pas de détailler sa toilette, sa capeline, ses boucles d'oreilles. Urielle pouvait presque l'entendre penser : « Comment cette fille, la bâtarde d'une gouvernante, peut-elle être aussi élégamment habillée que Clarisse et moi ? Et porter de véritables pierres aux oreilles ? » Régulièrement, son regard abandonnait ses vêtements et remontait à son visage ; elle semblait chercher quelque chose, derrière sa voilette.

Et elle paraissait tendue. Urielle se demanda si c'était à cause de la cérémonie, qui lui rappelait la fille qu'elle avait perdue, ou si c'était sa propre présence dans la voiture qui la dérangeait.

La tête tournée vers la fenêtre, Yaël regardait défiler les arbres, les prés, entre le village et le manoir. Urielle le sentait absent, loin de cet habitacle. Et, en dépit de sa joie évidente de la revoir à la sortie de l'église, loin d'elle également.

Chapitre 4

Manoir de Keroual

Les chevaux ralentirent pour amorcer le virage, juste avant la longue allée. Une sensation familière, qu'Urielle avait si souvent éprouvée depuis qu'elle était enfant. Elle aurait pu, les yeux fermés, dire exactement à quel endroit de la route ils se trouvaient, rien qu'au rythme de la voiture et au bruit des sabots. Puis les roues crépitèrent sur le gravier : là encore, une sensation et une impression qui revenaient de loin. Elle n'osa cependant pas baisser la vitre et passer la tête par l'ouverture pour apercevoir le manoir.

Son cher Keroual !

L'endroit où sa mère, jeune fille séduite et honteuse, tout juste accouchée à l'époque, avait retrouvé sa dignité et un emploi. L'endroit où elle-même avait été élevée sans que jamais on ne lui reproche son état de bâtarde. Bien mieux encore, elle y avait eu sa place, pleine et entière. Elle ne comptait plus les jours heureux passés ici, et elle espérait que beaucoup d'autres l'y attendaient.

Puis elle se rembrunit légèrement, songeant que Yann ne surgirait pas des écuries pour dételer les chevaux. Aesa, sa mère, ne jetterait pas non plus un coup d'œil par la fenêtre de la cuisine ou d'une autre pièce, pour voir qui arrivait. Elle avait hâte de pouvoir discuter en privé avec Yaël, pour comprendre ce qui s'était passé et qui était « l'autre agitée », qui les avait tous deux conduits à quitter ce lieu qu'eux aussi affectionnaient.

À côté d'elle, Yaël poussa un discret soupir, comme s'il se résignait à ce qui allait suivre et rassemblait ses forces pour l'affronter. Mais quelle idée, aussi, d'avoir convié des gens à une collation, alors qu'il avait déjà fait face, un peu plus tôt, à tant de personnes, tant de paroles ! Elle reconnaissait bien là le mal qu'il avait avec la vie sociale et les codes qui la régissaient !

Elle eut un brusque élan de tendresse : il était grand temps que quelqu'un de proche s'en mêle et lui serve de guide ! Elle y était toute disposée. C'était pour cela qu'elle était revenue, et pour bien d'autres choses !

La voiture entra dans la cour, où stationnaient déjà d'autres attelages. Deux palefreniers s'agitaient en tous sens, menant des chevaux de selle aux écuries. L'un d'eux se précipita lorsqu'il les vit arriver.

Yaël descendit, puis aida sa belle-mère et sa belle-sœur à faire de même. Lorsque vint le tour d'Urielle, il retint un instant ses doigts dans les siens.

— C'est si bon de te savoir là, dit-il.

Et Urielle sentit son cœur s'envoler.

À cet instant, un concert d'aboiements retentit, puis deux molosses firent irruption au milieu des voitures et des chevaux, se dirigeant droit vers eux. Ils commencèrent à faire fête à Yaël. Soudain, ils la reconnurent et se mirent à danser en gémissant autour d'elle.

— Trinidad ! Tabago[1] ! Bons chiens, vous voilà !

1. Jusqu'à la fin du XIXe siècle, l'île de Tobago dans les Antilles porte le nom de *Tabago*. Elle est voisine de celle de la Trinité.

Alors qu'elle les caressait, heureuse de l'accueil qu'ils lui réservaient, la voix sèche de Charlotte Sénéchal s'éleva :

— Herri ! Pourquoi ces chiens sont-ils dehors ? Renfermez-les immédiatement dans les communs !

Le palefrenier interpellé s'approcha, saisit les deux animaux par le collier et les entraîna loin d'eux. Urielle fut choquée du ton péremptoire de Charlotte, d'autant plus qu'il ne s'agissait ni de ses bêtes ni de sa maison. Mais elle fut plus choquée encore de l'impavidité avec laquelle Yaël accueillit son ingérence. Il semblait tout à coup indifférent à ce qui se passait autour de lui. Elle en conclut qu'il s'était abstenu de réagir par égard pour sa belle-mère. Il n'empêchait, cette dame en prenait vraiment à son aise !

Tandis que celle-ci se dirigeait d'un pas impérieux à l'intérieur du manoir, Clarisse prit gentiment le bras d'Urielle.

— Je crois que maman ne les aime pas du tout, dit-elle, mais moi, si. Ils sont impressionnants, à première vue. Pourtant, ce sont de braves chiens. Affectueux.

Urielle lui sourit. Elle aussi, elle avait toujours beaucoup aimé Trinidad et Tabago, qui le lui rendaient bien.

— Je vais souvent me promener avec eux, poursuivit Clarisse.

Je vais souvent me promener avec eux ? Urielle tiqua légèrement, mais n'eut pas le temps de s'interroger davantage : elles arrivaient dans le grand salon bruissant de monde. La dernière fois qu'elle était entrée dans cette pièce, que la famille avait cessé d'utiliser après la disparition de Myette de Keroual, c'était pour le mariage de Yaël et Liz. Elle n'y remit pas les pieds sans un frisson désagréable. Elle avait tant souffert de voir Liz se pavaner au bras de son *époux*, ce jour-là !

Mais autres temps, autres ressentis : malgré les circonstances peu joyeuses qui réunissaient ici tous ces gens, les mots que Yaël lui avait chuchotés à sa descente de voiture étaient une coulée de miel sur son âme.

Des tables avaient été placées contre un mur, supportant un assortiment de petits pâtés en croûte, de gâteaux et de boissons. Très vite, comme après la messe, Yaël fut accaparé. Des hommes à la mine sévère. Des femmes volubiles, flanquées de jeunes filles plus discrètes. Quant à Charlotte Sénéchal, elle naviguait, majestueuse, parmi tout ce monde, telle Junon en personne faisant les honneurs de l'Olympe aux invités.

Urielle erra un moment dans la pièce, un verre de vin pétillant à la main pour se donner contenance, sans reconnaître aucun visage.

Elle finit par se glisser dans le couloir, puis le petit salon, que la famille de Keroual utilisait au quotidien.

Des gazouillis accompagnèrent son arrivée.

— Hé ! Bonjour, vous… !

Près de la porte-fenêtre trônait la grande cage mauresque ouvragée où Hervé de Keroual et Anne enfermaient les oiseaux blessés trouvés sur la lande, pour les soigner avant de leur rendre leur liberté. Le dernier pensionnaire en date avait été le bébé pingouin torda qu'Anne avait rapporté de la pointe du cap, le jour de sa rencontre avec Malo.

À présent, six perruches l'occupaient. Elle s'approcha. C'était certainement Liz qui les avait apportées au manoir. Qui d'autre, sinon ? Qu'elle ait utilisé cette cage précisément, alors qu'elle devait en posséder d'autres avant de s'installer ici, contraria Urielle.

— Elles sont belles, n'est-ce pas ?

Urielle se retourna. Clarisse se tenait sur le pas de la porte.

— Très, répondit-elle.

Après tout, ces pauvres volatiles n'y étaient pour rien

s'ils avaient atterri là-dedans. Et il était vrai que leur plumage, vert vif et jaune d'or ou encore bleu tendre et blanc, retenait le regard.

Clarisse traversa la pièce et se planta devant la cage.

— Elles se mettent en frais pour vous, on dirait ! commenta-t-elle avec un petit rire. C'est rare lorsqu'elles chantent toutes ensemble comme ça.

Elle actionna délicatement une ouverture de côté, y glissa l'index et caressa la tête de l'oiseau le plus proche.

— Je les adore ! Maman me les a offertes il y a deux mois, pour mes dix-huit ans.

Pardon ? Que faisaient ces perruches *à Keroual* alors, et *dans cette cage*, si elles appartenaient à Clarisse et non pas à Liz ? Si elles avaient été acquises *récemment* ?

Elle allait le lui demander, mais des pleurs d'enfant retentirent dans les hauteurs de la maison.

Clarisse fit la grimace.

— Tristan pleure encore.

Elle avait l'air sincèrement désolée.

— Pauvre chou ! Je crois que je ferais bien de monter voir ce qui se passe. Même s'il n'y a probablement rien de particulier. Est-ce que vous voulez m'accompagner, Urielle ?

Les perruches et la raison de leur présence à Keroual furent aussitôt oubliées.

Urielle hocha vigoureusement la tête, submergée d'émotion. Elle allait faire la connaissance du fils de Yaël…

— Eh bien, eh bien ! Qu'est-ce que c'est que ce gros chagrin ? s'écria Clarisse avec tendresse, lorsque toutes deux arrivèrent sous les toits, dans la nourricerie.

La jeune femme qui berçait le petit garçon dans ses

bras, près d'une des fenêtres mansardées, se retourna alors, l'air à la fois terriblement crispé et navré.

— Comme d'habitude, mademoiselle Clarisse… Il s'était endormi et, tout à coup, il s'est réveillé en pl… Ça par exemple, *Urielle* ?

Elle fit quelques pas dans la pièce, le petit lui braillant aux oreilles.

— Te voilà de retour ?

— Katou ! Je savais que je te verrais ici. Mona m'a appris que tu travaillais au manoir, maintenant. Je me suis installée à l'auberge en arrivant, vers midi, précisa Urielle comme la jeune femme l'interrogeait du regard.

— Vous vous connaissez ? demanda Clarisse.

Puis, tendant les bras vers Tristan, elle ajouta :

— Donne-le-moi, Katou, que vous puissiez parler, toutes les deux.

L'enfant passa des bras de l'une aux bras de l'autre sans pour autant se calmer. Lorsque Mona lui avait dit qu'il était aussi maigrichon qu'une fouine, Urielle avait cru qu'elle exagérait. Mais non : à près de sept mois et demi, le fils de Yaël était un bébé chétif et nerveux. Un physique qui contrastait étonnamment avec la force de ses pleurs. Pressé contre la poitrine plate de Clarisse, il agitait ses menottes au-dessus de son petit visage rouge et de ses joues ruisselantes de larmes.

— Et comment, qu'on se connaît ! s'écria Katou avec enthousiasme.

Si sa diction était bien meilleure que celle de sa mère, elle avait son franc-parler.

— Nos mères sont amies depuis qu'elles sont petites comme ça…

Elle indiqua une hauteur à mi-cuisse avec la main.

Alors qu'Urielle allait parler à son tour, Yaël apparut à la porte de la nourricerie. Il avait les traits tirés. Il lança à son fils un regard douloureux, puis vint se placer à côté d'elle.

— J'ignore pourquoi il pleure comme ça, dit-il d'une voix qui trahissait son impuissance, comme s'il attendait d'elle la solution miracle. Le médecin n'y comprend rien non plus. Il a émis plusieurs hypothèses, mais aucune ne tient. Tristan mange correctement, même si ce n'est pas un glouton. Il n'est pas malade. Mais il s'épuise à hurler sans cesse, et il ne prend pas autant de poids qu'il devrait…

Elle exerça une pression affectueuse sur son avant-bras, pour lui signifier qu'il n'était plus seul à présent. Qu'il pouvait compter sur elle, comme avant son départ. Elle aimait déjà ce petit garçon à qui il fallait certainement bien plus que des employées pour s'occuper de lui, même si elle ne doutait pas de la bonne volonté de Katou. Il lui fallait *une mère*. Ou du moins quelqu'un qui lui donnerait, sans compter, l'amour d'une mère.

— S'il se nourrit et que le médecin n'a rien diagnostiqué de grave, c'est plutôt rassurant, dit-elle d'un ton encourageant, même si elle avait conscience que, dans l'immédiat, cela ne résolvait rien du tout.

Puis elle se dirigea vers Clarisse.

— Je peux ? demanda-t-elle en tendant les bras.

Non pas parce qu'elle s'imaginait faire mieux que les deux jeunes filles – pas en arrivant comme ça, pas la première fois –, mais parce qu'elle avait envie de sentir contre elle ce petit corps chaud, malgré le désagrément de ses cris.

Ce n'était pas nouveau pour elle de tenir un bébé tout contre elle. Combien de fois l'avait-elle fait, chez Solenn Le Bihan, avec le petit Edmond, lorsque Anne et elle allaient lui rendre visite, après la mort de son mari ? Les gestes lui vinrent donc naturellement. Elle nicha

Tristan contre sa poitrine, plus avantageuse que celle de Clarisse. Outre le brun de ses yeux, elle avait hérité de sa mère un physique aux formes généreuses, tout en courbes appétissantes.

— Eh… Bonjour Tristan…, commença-t-elle d'une voix très douce. On ne se connaît pas encore, toi et moi, mais j'ai déjà entendu parler de toi… Alors, qu'est-ce qui ne va pas, mon bonhomme ?

Les pleurs perdirent aussitôt de leur intensité, et l'enfant, bien que toujours secoué de sanglots, fixa sur elle son regard aussi bleu que celui de son père. Il avait ses cheveux blonds également, si blonds sur son petit crâne rond, qu'ils en paraissaient presque blancs dans la lumière encore vive de ce début de soirée.

La surprise de la nouveauté, songea-t-elle. *Il m'observe, puis il va se remettre à pleurer de plus belle, effrayé de se trouver dans les bras d'une inconnue.*

Mais il n'en fut rien. Les sanglots devinrent des hoquets de plus en plus espacés, puis de moins en moins appuyés, pour cesser tout à fait.

— Là… Ça va mieux, on dirait ? Tu te demandes qui je suis, pas vrai ?

Il était presque drôle avec son air étonné et très attendrissant, avec ses joues où s'attardait une dernière larme. Elle sentit son cœur fondre.

— Figure-toi que, moi aussi, j'ai occupé cette nourricerie, quand j'étais petite. Oui, parfaitement ! Avec ton papa et deux autres enfants : ton oncle Ronan et ta tante Anne. J'espère que tu pourras les rencontrer bientôt.

Les yeux de Tristan commencèrent à papillonner, sa bouche rose s'arrondit sur un bâillement. Il avait deux dents minuscules et nacrées dans la mâchoire du bas.

Urielle se rendit compte alors seulement que Clarisse, Yaël et Katou étaient silencieux depuis un moment déjà.

Tous trois avaient l'air abasourdis, comme s'ils venaient d'assister à une manifestation surnaturelle. Tristan était à présent tout à fait calmé. Ses traits étaient détendus, sa respiration régulière… Ses yeux ne la quittaient toujours pas, mais il était évident qu'il ne tarderait pas à se rendormir. L'une de ses petites mains avait agrippé la dentelle de son décolleté, et elle surprit le regard insistant de Yaël sur cette main, dont les doigts reposaient sur le renflement crémeux de l'un de ses seins.

Les battements de son cœur s'accélérèrent légèrement. C'était la première fois qu'elle surprenait un tel regard sur elle de sa part. Un regard d'homme qui appréciait manifestement ce qu'il voyait.

— Alors ça ! fit Katou à voix basse. Que je sois foudroyée à l'instant si j'ai déjà vu ça !

— Je peux peut-être le déposer dans son lit ? suggéra Urielle, en proie à un maelström de sentiments, inspirés autant par le père que le fils.

Tandis que tous quatre se dirigeaient vers un lit à barreaux peint en jaune pâle et décoré de lapins stylisés gambadant dans l'herbe et les fleurs, une jeune domestique qu'Urielle ne connaissait pas se présenta à la porte.

— Monsieur, dit-elle à Yaël, le régisseur vous demande d'urgence.

— Le régisseur ? répéta Urielle, qui venait d'allonger Tristan et remontait sur lui le drap fin.

Hervé de Keroual en avait eu un, autrefois. L'homme n'avait pas été remplacé lorsqu'il avait souhaité quitter son emploi, en mars 1790. D'autres choses avaient été plus pressantes.

— Oui, répondit Yaël. Je t'en parlerai plus tard.

Il disparut sur ces mots.

— Madame votre mère vous demande aussi au grand salon, mademoiselle Clarisse, ajouta la jeune bonne.

Clarisse hocha la tête.

— Merci, Joséphine.

Puis elle quitta la pièce également.

Ladite Joséphine s'attarda quelques instants et, regardant Katou, secoua théâtralement la main, feignant d'être catastrophée.

— Ça chauffe, à l'office ! s'exclama-t-elle d'un ton jubilatoire. Line Leven vient encore de menacer de rendre son tablier !

Puis, avisant Urielle, dont elle avait probablement appris le statut au sein de la famille de Keroual, elle arbora un air coupable.

— Enfin, j'veux dire…

Mais Katou lui sauta dessus et l'entraîna sur le palier, en haut de l'escalier. Urielle les entendit chuchoter et glousser. Katou revint quelques minutes plus tard, tout excitée.

— Qu'est-ce qui se passe ? s'enquit Urielle, piquée de curiosité.

Katou la prit familièrement par le bras et la conduisit de l'autre côté de l'arche qui séparait la partie nuit de la partie jeu et future salle de classe de la pièce. Elles s'installèrent sur les coussièges, dans l'embrasure de la plus grande fenêtre.

— Là, on peut parler sans réveiller le petiot.

La fenêtre était entrouverte et donnait non pas sur la cour, comme les ouvertures mansardées, mais sur le bout du jardin, sur le côté du manoir. Urielle y jeta un coup d'œil et nota la présence de nouveaux parterres fleuris et de nouveaux arbustes d'ornement.

— Qui est Line Leven ? demanda-t-elle encore.

— La gouvernante.

— Celle qui a remplacé ma mère ?

— La troisième après ta mère, tu veux dire ! Elles

finissent toutes par décamper. L'autre agitée les use jusqu'à l'os en moins de temps qu'il n'en faut pour le dire !

— *L'autre agitée ?* souligna Urielle, frappée d'entendre l'expression utilisée par Mona Le Fustec. De qui est-ce que tu parles, Katou ?

— Ben, de la Sénéchal, pardi ! répondit celle-ci sur le ton de l'évidence.

Comment Charlotte pouvait-elle « user jusqu'à l'os » les gouvernantes successives de Keroual lors des simples visites qu'elle devait faire au manoir ?

— Je sais pas pour qui elle se prend, la reine d'Angleterre ou quoi, mais depuis qu'elle vit ici, c'est l'enfer !

Urielle crut avoir mal entendu.

— Charlotte Sénéchal habite à Keroual ? C'est bien ce que tu viens de dire ?

Katou la fixa un instant, bouche bée, puis reprit :

— Ma mère t'en a pas parlé, quand tu t'es installée à l'auberge ?

— Elle avait des clients, nous n'avons pas eu vraiment le temps de discuter en détail. Alors, explique-moi…

Katou poussa un soupir dramatique, mais son air trahissait son plaisir à l'idée de pouvoir se laisser aller à quelques commérages.

— Quand Mme Liz a fait ses couches, sa mère est venue. Et c'était bien naturel pour une mère. D'autant qu'elle habitait pas loin. Puis Mme Liz est tombée malade, alors elle est restée pour la veiller. Ce qui allait de soi aussi, pas vrai ? Mais quand la pauvre jeune dame est morte, elle s'est carrément installée au manoir avec Mlle Clarisse, pour s'occuper du bébé. Enfin, ça, c'est ce qu'elle raconte à tout le monde. La vérité, je la connais, moi…, ajouta Katou d'un air entendu.

Urielle ne releva pas ses dernières paroles. C'était à peine si elle les avait écoutées. Elle demeurait bloquée sur : « Elle s'est carrément installée au manoir avec Mlle Clarisse. »

C'était insensé !

— Son mari aussi ?

— Non, lui, il a été nommé en Isle-de-France[1], un poste important auprès du gouverneur, mais j'ai pas compris quoi exactement. Il est parti l'été dernier et il sera absent de Bretagne pour deux ans au moins. Avec tout ça, le maître ne leur a pas encore demandé de rentrer chez elles. Tu crois que l'autre agitée se fait discrète pour autant et se comporte en invitée ? Non, elle en profite. Elle fait comme si c'était elle la maîtresse du manoir ! Et que je te donne des ordres par-ci. Et que je te fais déplacer les meubles par-là ! Que je fais engager de nouveaux domestiques, venir des couturières à façon pour la demoiselle…

— Et Yaë… M. de Keroual laisse faire ? demanda Urielle d'une voix blanche et légèrement tremblante, effarée par ce qu'elle apprenait.

— Il est pas souvent là, à vrai dire…

Cela faisait beaucoup d'informations à digérer, et des informations qui ne correspondaient pas du tout au tableau qu'elle s'était figuré, durant les deux mois et demi de voyage en bateau. Elle avait imaginé Yaël seul avec Yann et Aesa. Ainsi qu'une nourrice, bien sûr, pour le petit. Pas un instant elle n'avait supposé que la belle-famille avait investi le manoir, ni qu'il avait permis à Charlotte d'en prendre les rênes, comme si elle en avait été la propriétaire légitime.

Que s'était-il produit, pour qu'il en soit arrivé là ? À quoi songeait-il donc ? Pourquoi n'avait-il rien mentionné dans ses lettres ?

1. Ancien nom de l'île Maurice, jusqu'en 1814.

Et que voulait dire Katou en parlant de ses absences fréquentes ? S'agissait-il d'absences en journée seulement, pour les besoins du domaine, des métairies ? Ou bien Yaël partait-il ailleurs, pour des séjours plus longs ?

Oh ! toutes ces questions, toutes ces incertitudes qui lui tombaient dessus, à peine était-elle arrivée !

Katou avait décidément bien des choses à lui apprendre, même si ces nouvelles n'étaient pas toutes faites pour lui plaire.

— M. de Keroual s'absente souvent, tu dis ? Est-ce que tu s…

— Mademoiselle Legoff ?

La jeune domestique qui était venue chercher Yaël et Clarisse un peu plus tôt se tenait de nouveau dans l'encadrement de la porte.

— Mme Sénéchal vous fait dire qu'une dame qui retourne au village a une place pour vous dans sa voiture. Mais elle part tout de suite !

— Oh ! fit Urielle avec le sentiment très déplaisant d'être subitement déclarée *persona non grata*, M. de Keroual me raccompagnera certainement lui-même plus tard.

— M. de Keroual a dû partir d'urgence avec le régisseur. Il a averti qu'il ne savait pas à quelle heure il rentrerait.

Urielle sentit ses joues s'enflammer, comme sous l'effet d'un camouflet, et une grande agitation intérieure s'empara d'elle. Charlotte Sénéchal qui la congédiait, ni plus ni moins… Yaël qui disparaissait sans même remonter lui dire au revoir, sans même qu'ils conviennent de la suite… Tout cela était si loin de l'histoire qu'elle se racontait depuis son départ de Rivière-Salée !

— Je vois…, fit-elle d'une voix un peu éraillée.

Elle dut s'éclaircir la gorge pour ajouter, les larmes aux yeux et se sentant tout à coup terriblement faible :

— Eh bien, je vous suis.

Puis, s'adressant à Katou avec un enjouement forcé :

— Nous nous reverrons sous peu, et tu pourras me parler plus longuement du manoir et du petit Tristan. Je suis bien contente d'être rentrée à Plévenon et de te savoir ici. À bientôt !

— À bientôt, Urielle !

Extrait du journal intime d'Urielle

Dix heures du soir sonnent au clocher.

En revenant à l'auberge, tout à l'heure, je me suis jetée sur le lit sans même ôter mon chapeau, et j'ai pleuré. J'ai pleuré sans pouvoir m'arrêter, essayant d'étouffer mes larmes dans l'oreiller pour ne pas alerter Mona. Je n'avais pas envie qu'elle vienne frapper à la porte et insiste pour savoir ce qui n'allait pas.

Je me sens un peu mieux, mais j'ai très mal à la tête. J'ai la plus grande difficulté à me dire que, très tôt ce matin, j'étais encore à bord du Cassiopée, le cœur plein d'attentes. Ce soir, je suis épuisée et j'ai l'impression qu'il ne s'est pas passé une journée depuis, mais une décennie.

Pendant le voyage, j'avais tant de fois imaginé maman sortant précipitamment de la cuisine, les jupes relevées pour mieux courir. Yann, arrivant de son pas tranquille, avec à la main un outil ou une brosse pour les chevaux. Et puis Yaël surgissant à son tour du manoir, ou au bout de l'allée sur son fougueux Tango…

Mais rien ne s'est passé ainsi. Maman, que je n'ai pas vue depuis près d'un an, est absente de la région. Elle ne travaille plus au manoir, où Charlotte Sénéchal s'est installée en châtelaine ou presque. Et Yaël, mon beau Yaël, mon lumineux Yaël…

Chapitre 5

24 floréal (13 mai), Pléneuf, château d'Aubin

— Merci beaucoup, Tonin !

Le fils du forgeron de Plévenon l'avait accompagnée au château d'Aubin dans la carriole de son père. Avant leur départ pour Rivière-Salée, lorsque Anne et elle se rendaient au village, c'était à lui qu'elles confiaient l'attelage et Pâquerette, la vieille jument de trait du manoir, le temps de faire leurs achats. La gourmande y gagnait un sac de picotin pour l'aider à patienter, et Tonin un écu.

— À vot' service, mademoiselle Urielle ! Alors, je reviens vous chercher…

Il tira ostensiblement de sa poche de pantalon une petite montre toute brillante, la consulta un peu plus longtemps que nécessaire et poursuivit :

— … Vers 15 heures, comme vous avez dit ?

— C'est tout à fait ça. Bel objet, Tonin ! Très élégant, commenta-t-elle, amusée par le manège du jeune garçon.

Il se rengorgea.

— Je l'ai payée tout seul. C'est que j'ai commencé le travail de forge, vous voyez. Et je touche un vrai salaire, maintenant !

— Oh ! bravo.

— J'ai aussi offert des foulards à ma mère et mes sœurs, et une casquette du dimanche à mon père ! s'empressa-t-il d'ajouter.

Sans doute craignait-il qu'elle le trouve égoïste, s'il ne précisait pas que son argent lui avait aussi servi à faire des cadeaux à sa famille.

— C'est très gentil de ta part.

Rosissant, il tira de la carriole le panier dans lequel Mona avait placé un pique-nique, et le lui tendit.

— Bon… Ben… À tout à l'heure, alors, mademoiselle.

— À tout à l'heure !

Tandis qu'il remontait sur le banc et lançait le cheval au trot, Urielle sortit la clé que Malo lui avait confiée et se dirigea vers la lourde porte en bois.

C'était la première fois qu'elle venait ici. Si Hervé et Myette de Keroual lui avaient ouvert les portes de la nourricerie et de la salle d'étude, au manoir, puis lui avaient ensuite attribué une chambre au même étage que celles de la famille, jamais le comte Loïc ne l'avait conviée au château. Peut-être avait-il considéré que faire élever la sœur de lait de sa fille avec ses propres enfants était une des nombreuses lubies condamnables de son frère.

Elle venait faire le tour de la propriété, afin de se familiariser avec les lieux et de mettre leur configuration en résonance avec tout ce dont Malo lui avait parlé.

Alors qu'elle glissait la clé dans la serrure, les claquements d'un galop retentirent derrière elle. Elle se retourna, étonnée. Ce ne pouvait pas être Tonin qui avait fait demi-tour, elle aurait aussi entendu les roues.

C'était un cavalier. Seul. Ses cheveux blonds dénoués voletaient autour de son visage comme une aura.

Elle eut un léger sursaut.

Yaël ?

L'homme et sa monture parcouraient la large allée

ombragée de chênes. De part et d'autre, les buis qui délimitaient les parterres à la française avaient renoncé à toute discipline. Les graminées avaient envahi l'espace, camouflant presque les rosiers buissons, qui offraient cependant, çà et là, le rouge vif ou l'orangé de leurs fleurs.

Oui, c'était bien lui !

Il tira sur les rênes de Tango pour le faire ralentir puis s'arrêter, et sauta à terre. Il l'attacha à la branche basse d'un arbre, et le laissa brouter ce qui ressemblait plus à un bout de pré en friche qu'à de la pelouse.

— Bonjour ! cria-t-il, s'approchant à grands pas.

— Bonjour, répondit-elle, tandis que son cœur entamait une gigue.

Il était si beau, même s'il paraissait ne plus savoir sourire !

— Je suis passé à l'auberge pour te voir, et Mona m'a dit que je te trouverais ici. Désolé, pour hier soir. Une urgence à régler avec Renaud Le Tac dans une des métairies du domaine. Je ne pouvais pas ne pas me déplacer.

— Renaud Le Tac, c'est ton régisseur ?

Ce nom lui disait vaguement quelque chose.

— Oui. C'est aussi l'ancien régisseur de mon oncle. Il a perdu son emploi quand le château a été confisqué et déclaré bien national.

L'ancien régisseur d'Aubin, voilà ! Elle savait bien que ce nom ne lui était pas inconnu. Un personnage très peu sympathique, par ailleurs…

Malo l'avait mentionné sur *Le Fulmar des mers* qui les emmenait vers leur nouvelle vie. Avec plus de deux mois de traversée, ils avaient eu le temps, tous les trois, d'échanger des confidences ! Elle avait ainsi appris que le mari d'Anne était le fils du jardinier d'Aubin, et qu'à dix-sept ans il avait subi une humiliation terrible et révoltante en partie à cause de cet homme.

Elle fut tentée de révéler à Yaël le manque d'humanité dont ce Renaud Le Tac avait fait preuve, mais elle s'abstint. Ce n'était pas à elle de trahir les secrets de Malo.

— Il ne s'en est jamais vraiment remis, je crois, poursuivit Yaël. Il était extrêmement attaché à mon oncle, au château et à l'ensemble du domaine. Je l'ai embauché à l'automne dernier quand...

Sa voix se perdit dans un soupir, mais Urielle avait compris. Quand il avait veillé sa femme, aidé de Charlotte Sénéchal et d'Aesa, ainsi qu'il l'avait écrit dans sa lettre.

Elle hocha la tête. Elle n'avait pas envie de parler de Liz, aussi dirigea-t-elle la conversation vers tout autre chose.

— Malo m'a chargée de mettre en œuvre un projet qui lui tient très à cœur : faire d'Aubin une école afin que tout enfant ait accès à l'instruction, et pas seulement ceux de familles aisées. Et pour préparer de futurs officiers de marine. Tu étais au courant ?

— Oui. Anne m'a expliqué cela juste avant son emprisonnement et sa fuite. J'aurai d'ailleurs des choses à te dire à propos de Ninnen. Elle a proposé de contribuer financièrement à la création de cette école. Mais nous y reviendrons plus tard. Je suppose qu'Anne et toi avez reçu de ses nouvelles, depuis l'été dernier ?

Urielle acquiesça dans un sourire.

— Oui. Je connais toute l'histoire, jusqu'à son mariage avec Ronan !

— Qui l'eût cru ? L'amour prend parfois des chemins bien étonnants !

Et je voudrais tant qu'il prenne les mêmes pour nous, Yaël !

— C'est vrai...

— Alors, reprit-il, désignant le château d'un geste large, comme ça, ce sera toi le maître d'œuvre de cette vaste entreprise ?

— C'est ça, dit-elle. Bien que nous en ayons beaucoup

discuté, à Rivière-Salée, et que j'aie une idée très précise de la direction à prendre, je t'avoue que l'ampleur de la tâche m'effraie un peu ! Même si elle m'enthousiasme énormément.

— Tu pourras compter sur moi. Et puis, il faudra que tu me racontes votre vie là-bas avec plus de détails que dans vos lettres. Je veux tout savoir ! Attends… Laisse-moi faire…

La clé résistait, et elle n'avait pas cessé de batailler avec tandis qu'ils causaient. Elle fit un pas en arrière. Après quelques difficultés, Yaël déverrouilla et poussa le battant.

— Cette porte est restée trop longtemps fermée, commenta-t-il. Et le bois a dû gonfler pendant l'hiver. Il est temps qu'on occupe à nouveau régulièrement ce château !

Une agréable fraîcheur les accueillit dans le hall. Deux hautes fenêtres, de part et d'autre de l'entrée, l'éclairaient d'une belle lumière. Le sol présentait un carrelage à damier noir et blanc. En face d'eux, l'escalier monumental était composé de deux volées de marches en miroir. La rampe était de bois chantourné.

Urielle en resta sans voix. La surface de ce vestibule semblait presque identique à celle du grand salon du manoir de Keroual.

— C'est la première fois que j'y mets les pieds, dit-elle finalement en se tournant vers lui, même si elle ne lui apprenait rien.

Il se contenta de hocher la tête.

Elle fut tentée de souligner qu'elle n'y avait jamais été invitée par son oncle et sa tante, ni par sa cousine, avec qui elle s'entendait pourtant bien lorsque celle-ci venait au manoir. Mais elle jugea inutile de se montrer amère. Le passé était le passé. Et il y avait tant à faire, dans cet endroit immense, pour l'avenir !

— Tu me fais visiter ? suggéra-t-elle à la place d'un ton engageant.

La demie de midi sonna au clocher de l'église de Pléneuf, dans le lointain. Ils s'étaient installés sur la terrasse, à l'arrière du château, face au parc envahi de hautes herbes. Dans leur départ précipité, Malo et Jousserand, son homme à tout faire, avaient laissé derrière eux le peu de meubles et d'objets, d'ustensiles de cuisine et de linge dont ils avaient équipé l'endroit. Yaël avait sorti deux fauteuils en osier, la table basse du petit salon, et Urielle organisait leur pique-nique. La glycine qui recouvrait la pergola en abondance diffusait un parfum légèrement entêtant, et un merle, quelque part dans un arbre tout proche, modulait son chant. Il faisait très doux et le ciel était dégagé.

Elle inspira une grande goulée d'air tiède. Elle se sentait si bien ! Ils avaient parcouru le château des caves aux greniers, et les choses commençaient à s'ordonner dans sa tête. Une fois la transformation effectuée, l'établissement serait magnifique. Elle avait conscience de contribuer au progrès social. À sa mesure et dans la limite de la région, bien sûr, mais l'adage ne disait-il pas que les petits ruisseaux faisaient les grandes rivières ? Elle était fière d'être, en quelque sorte, l'un de ces petits ruisseaux.

— Mona Le Fustec a cru que l'école était déjà ouverte, et qu'elle devait nourrir une cinquantaine d'élèves ? plaisanta Yaël en examinant ce qu'elle venait de sortir du panier.

Il y avait plusieurs petits pains, des tranches de rôti froid, des œufs durs, du fromage, des fruits et des galettes. De quoi subvenir, en effet, au repas de plusieurs personnes à l'appétit d'ogre.

Urielle éclata de rire et Yaël l'enveloppa brièvement d'un regard pétillant. Cela semblait lui être devenu si rare, lui qui était la fantaisie même autrefois. Hélas, elle eut à peine le temps de le remarquer et de s'en réjouir, que ses yeux perdirent de nouveau tout leur éclat. Elle comprenait que le décès de Liz l'ait affecté, même s'il l'avait épousée sans amour. Mais de là à le transformer *à ce point* ?

Il se cala au fond du fauteuil et examina longuement le parc, les arbres, la gloriette à l'antique, dont le printemps avait livré les colonnes au liseron.

— Quand je pense à nos années passées, reprit-il enfin, à tous nos jeux, toutes nos courses dans ce parc, j'ai du mal à me dire que cette insouciance ne reviendra jamais.

— Les temps ont changé, Yaël. Et tu connais mes convictions. D'autres enfants y joueront bientôt qui, comme moi quand j'étais petite, n'auraient jamais imaginé y mettre ne serait-ce qu'un orteil.

Il la fixa d'un air grave, comme s'il prenait seulement alors la pleine mesure de ce qu'elle avait ressenti autrefois.

— Je ne reproche rien à personne, s'empressa-t-elle d'ajouter. Encore moins à vous trois, ou à vos parents. Simplement, chaque fois que vous partiez jouer avec votre cousine et, plus tard, lorsqu'on vous invitait aux fêtes, aux concerts, aux bals que ton oncle et ta tante donnaient ici, je me sentais terriblement exclue. Repoussée, même, comme une lépreuse. Mon statut me revenait en pleine figure avec une grande brutalité. Je n'étais plus la protégée de tes parents, celle qui vivait avec vous sur un pied d'égalité. Je redevenais la bâtarde de l'une des domestiques du manoir.

Il lui saisit la main et lui sourit tendrement.

— Aesa a toujours été bien plus qu'une domestique pour nous…

— Je le sais, Yaël, je le sais.

— Et toi, tu as toujours été Urielle. Ta présence nous était complètement familière. Une évidence jamais remise en cause par aucun de nous.

Elle désirait tant être une évidence d'une tout autre nature pour lui, désormais ! Mais cela viendrait. Elle le voulait tellement fort, que cela se réaliserait. D'ailleurs, elle en sentait les prémices, et son cœur en frémissait de joie.

Deux ou trois fois, depuis qu'il l'avait rejointe ici, elle avait surpris sur elle son regard… étonné ? Intrigué ? Il constatait peu à peu les changements que son année à la Martinique avait opérés sur elle, et c'était un excellent début ! Elle se sentait plus sûre d'elle, elle s'affirmait dans son apparence, ses toilettes. Et cela donnait sans doute à Yaël l'impression d'avoir quelqu'un de nouveau devant lui. Cette nouveauté était propre à induire chez lui un comportement différent vis-à-vis d'elle. À établir des bases de relation inédites.

Surtout, là-bas, elle avait découvert une chose importante dans le regard des hommes, les hommages reçus : elle avait appris qu'elle était belle. Une révélation tardive pour elle. Elle ne s'était jamais posé la question de savoir si elle pourrait plaire à un homme lorsqu'elle vivait encore au manoir, parce que le seul à qui elle souhaitait plaire ne la regardait pas comme une femme.

Il lui tenait toujours la main et la fixait, visiblement inquiet.

— Cela aussi, je le sais, Yaël. Je n'ai jamais douté de la sincérité de votre affection à tous les trois.

Il parut soulagé de l'entendre.

Il avait quatre ans de moins qu'elle. Cette différence d'âge n'était jamais entrée en compte dans les sentiments qu'elle éprouvait pour lui. Pour la simple et bonne raison que la fulgurance avec laquelle elle avait pris conscience de son amour avait fait table rase de toute autre chose.

C'était le jour des vingt ans de Yaël. Un jour de pluie et d'orage. Elle, elle venait d'en avoir vingt-quatre. Elle se tenait derrière la porte-fenêtre du petit salon, et il était arrivé au galop dans la cour. Trempé. L'eau ruisselant sur son visage. Dans toute la merveilleuse vigueur de sa jeunesse. Il avait sauté à terre souplement et, dans un éclat de rire, avait renversé la tête en arrière pour offrir sa figure à la pluie.

Elle avait alors été saisie d'une furieuse envie de presser les lèvres contre cette bouche qui riait, d'aspirer avidement la pluie sur ses joues, de passer les mains dans ses cheveux, de les lui agripper pour mieux l'embrasser. Le désir physique, dans toute sa force et sa douleur, elle en avait fait l'expérience à cet instant-là. Puis, en même temps qu'elle avait compris qu'elle l'aimait, elle avait su que cet amour ne trouverait jamais d'aboutissement. Parce qu'il était Yaël de Keroual, fils de vicomte, et elle, Urielle Legoff, une enfant naturelle. Celle d'un fils de bonne famille de Saint-Brieuc qui avait abusé de la jeunesse et de la naïveté de sa mère pour la séduire, alors qu'elle était aide-cuisinière chez eux. Quelqu'un qui avait ensuite laissé ses parents la chasser de leur demeure, enceinte, comme une fille de rien. Aesa n'avait que seize ans.

Le temps avait passé, depuis. Des événements avaient tranché dans les habitudes, bouleversé leur quotidien à tous, au manoir. Leur petit noyau avait éclaté, et chacun était devenu différent, marqué, blessé, mais plus exigeant aussi sans doute. Elle, du moins. Et elle ne voyait plus les choses de la même manière. À présent, elle osait se formuler ce qu'elle voulait pour son avenir, et elle se savait prête à jeter toute son énergie dans le combat pour l'obtenir.

Elle laissa fuser un petit rire devant l'expression de Yaël. Le vocabulaire martial n'était pas le plus approprié en la circonstance : si elle en croyait ce qu'elle lisait sur sa figure, l'année passée loin de lui agissait déjà en sa faveur.

Ce qu'il lui confirma d'ailleurs sans détour :

— C'est incroyable comme je te sens changée, Urielle ! Intérieurement, je veux dire. Et tu es si rayonnante ! Il faut vraiment que tu me racontes en détail ta vie là-bas. Je veux savoir à quoi est due ta métamorphose !

Oh ! comme son cœur battait vite ! Les choses se déroulaient presque trop rapidement pour elle. La tête lui tournait et elle en perdait le souffle.

Les deux heures suivantes, elle lui parla de leur quotidien à Rivière-Salée, de la vie à Fort-de-France et en Martinique de façon plus générale. De la société, là-bas, de ses coutumes. Elle lui décrivit la maison d'Anne et Malo dans son écrin de fleurs et de verdure. De leur passion de la mer, à tous deux, et du bateau marchand que Malo faisait construire pour son compte. Le navire était presque achevé au moment où elle était partie. Elle lui parla également de son travail de préceptrice et de ses trois adorables petites élèves.

— J'ai même été demandée en mariage deux fois ! ajouta-t-elle avec un petit rire.

— C'est vrai ?

Elle confirma d'un hochement de tête énergique.

— Attends, laisse-moi imaginer tes prétendants…

Il la dévisagea, le regard de nouveau pétillant et les traits détendus. Qu'elle aimait ces moments fugaces où son ange blond réapparaissait tel que dans ses pensées, dans ses rêves durant l'année écoulée !

Elle se prêta au jeu.

— Vas-y. Je t'écoute. Qui crois-tu qui ait voulu m'épouser ?

— Le premier était… un jeune officier extrêmement compétent, mais extrêmement timide. Il s'est emberlificoté dans son épée d'apparat en mettant un genou à terre pour te faire sa déclaration, et s'est retrouvé face contre le tapis. Tu as éclaté de rire, il a rougi jusqu'aux oreilles, et tu l'as gentiment renvoyé à son régiment en lui conseillant de revenir lorsqu'il serait grand.

— Intéressant… Et le second ?

— Hum… Un planteur. Un de ces nouveaux riches fumant des barreaux de chaise et faisant sonner ses poches pleines de pièces d'or dès qu'il se trouve en compagnie. Le rire gras et la bedaine prête à éclater.

— C'est donc là tout ce que je mérite, selon toi ? feignit-elle de s'indigner, très amusée, au fond, par ces caricatures présentant malgré tout un écho avec la réalité. Un garçon ridicule et maladroit, ou un parvenu vulgaire ?

De nouveau, les yeux bleus la sondèrent, et elle se sentit tout alanguie.

— Non, tu mérites beaucoup mieux ! s'écria-t-il avec ferveur. Quelqu'un pour qui tu serais toute sa vie. Quelqu'un qui te chérirait et te gâterait, parce que tu serais sa lumière.

Toi, Yaël. C'est toi que je veux, et personne d'autre…

C'était pourtant pour l'oublier qu'elle était partie. Contrairement à Anne et Malo, nulle épée de Damoclès au-dessus de sa tête. Nulle menace pour sa liberté. Elle avait quitté la Bretagne de son plein gré ; elle espérait trouver à l'autre bout du monde un apaisement qui n'avait pas cessé de la fuir.

Elle avait pesé sérieusement non pas la première demande en mariage – un tout jeune officier en effet, un peu feu follet – mais la seconde. Un commerçant prospère âgé de quarante-trois ans, qui tenait l'un des comptoirs marchands de Fort-de-France. Un veuf avec cinq enfants, au physique assez banal, mais gentil et cultivé. Il lui aurait procuré une vie matérielle très confortable, et offert une affection sincère et respectueuse. Un mariage de raison. Qu'aurait-elle pu espérer d'autre, là-bas, et à vingt-huit ans ?

Mais elle n'était pas *raisonnable*. Elle était au contraire la déraison même, lorsqu'il s'agissait de Yaël. Elle l'aimait. Depuis ce jour d'orage, dans la cour du manoir. Peut-être même depuis plus longtemps encore, sans en avoir eu conscience. Et elle avait la folie d'espérer qu'il l'aimerait, lui aussi.

Sa gorge se serra. Finalement, ce jeu n'était pas si drôle que cela. Elle chercha un prétexte pour y mettre fin.

Le ciel changeant de Bretagne lui vint en aide : il choisit ce moment pour se livrer à l'un de ses caprices.

— Le temps se gâte, fit-elle remarquer en désignant les nuages qui s'amoncelaient. On ferait bien de tout rentrer avant la pluie.

Alors qu'elle remettait dans le panier les restes du pique-nique, et que Yaël transportait les fauteuils et la petite table à l'intérieur, Tonin s'annonça à la porte d'entrée.

Ils rentrèrent à Plévenon en parlant du domaine de Keroual, Yaël réglant l'allure de Tango sur celle de la carriole. Elle eut beaucoup de plaisir à avoir des nouvelles des métayers, qu'elle connaissait tous, ainsi que leurs familles. Notamment de Solenn Le Bihan et de ses enfants. Mathéo n'avait pas été inquiété, après la fuite d'Anne. Personne ne l'avait soupçonné d'avoir aidé Malo à la délivrer de sa geôle du Fort la Latte.

Pourtant, malgré ces heures agréables qu'ils venaient de passer ensemble, ces retrouvailles toutes douces et complices, Yaël se contenta de chevaucher à ses côtés jusqu'à la place du village, où Tonin la déposa.

Son « À très bientôt » ne fut accompagné d'aucune date précise, d'aucune invitation à quitter l'auberge pour s'installer au manoir.

Chapitre 6

25 floréal (14 mai), auberge de la Fauconnière

— Ah, Urielle, te v'là enfin ! Viens donc prendre un verre d'cidre avec nous !

Mona Le Fustec lui faisait de grands signes depuis le fond de la salle, où Katou et elle étaient installées à une table. C'était l'heure creuse de l'après-midi. Seul un homme finissait son repas tardif dans un coin.

Urielle se doutait qu'elle trouverait la jeune femme à l'auberge, en rentrant de promenade. Mona lui avait indiqué lorsqu'elle était sortie que c'était le jour de congé de sa fille.

— Y s'en passe de belles, au manoir ! dit-elle encore, mais à voix basse cette fois, lorsque Urielle fut tout près d'elle.

Le coup d'œil qu'elle jeta à son client indiquait qu'elle ne souhaitait pas être entendue de lui.

Urielle se tourna aussitôt vers Katou, inquiète.

— Est-ce que…

Mais celle-ci la rassura, sans même lui laisser le temps de poser entièrement la question.

— M. de Keroual et Tristan vont bien. C'est pas eux, c'est Line Leven.

Elle attendit qu'Urielle prenne place à la table et ôte son chapeau de paille pour lâcher la nouvelle sur le ton de la confidence.

— Ça y est ! Elle a rendu son tablier ! La troisième en trois mois !

— Ça lui pendait au nez, à l'aut'e agitée, aussi, commenta Mona. Line lui a dit ses quat' vérités. Ça a fait un foin, à c'qui paraît, mais un foin ! J'aurais voulu êt'e une p'tite souris pour entendre. Vas-y, Katou, raconte-lui voir...

— Qui garde Tristan ? voulut savoir Urielle avant d'écouter quoi que ce soit d'autre.

— Sylvia, la femme de chambre de Mlle Clarisse. Et Mlle Clarisse a annoncé qu'elle irait le promener. Elle s'en occupe souvent, tu sais, même s'il pleure toujours autant avec elle. Avec les autres aussi, d'ailleurs. Je crois qu'elle l'aime sincèrement, cet enfant.

— Un beau gâchis, moi j'dis, d'puis qu'ta mère est partie. La faute à qui, hein ? Faut vraiment qu'elle ait abusé, pour lasser la sainte patience d'Aesa ! J'comprends toujours pas c'qu'elles font encore au manoir à c't'heure, toutes les deux. Enfin, si, j'comprends, mais...

Katou, déjà, avait fait un sous-entendu à propos de Charlotte Sénéchal et de sa présence prolongée à Keroual, le soir où elles s'étaient retrouvées un moment seules dans la nourricerie. Urielle était très tentée de saisir la perche que Mona lui tendait, mais elle répugnait à encourager les commérages. Elle préférait tenir les informations de Yaël lui-même, et cela viendrait en son temps.

Aussi réorienta-t-elle la discussion sur l'événement du jour.

— Que s'est-il passé, avec Line Leven ? demanda-t-elle à Katou.

— Oh ! comme d'habitude, sauf que ça a été la fois de trop. Mme Sénéchal se mêle de tout, sans rien connaître à rien. Elle exige, elle critique, alors qu'on ne peut pas dire que Line, tout comme ta mère et les autres après, ne sache pas son métier ! Et pas agréable avec ça. Elle s'adresse à nous comme si on était des moins-que-rien.

— Je vois…, dit simplement Urielle.

Si ce que lui rapportait Katou n'était pas exagéré, comment Yaël avait-il pu laisser Charlotte Sénéchal traiter Aesa de la sorte ? Elle comprenait que sa mère ait décidé de partir, malgré la promesse faite à Anne de rester au manoir pour veiller sur Yaël. Pour être « sa voix de la raison ». Une raison qu'il semblait avoir trouvée par lui-même, si elle en croyait ce qu'il avait accompli, en une année, pour le domaine et les métairies. Il était devenu le maître de Keroual ingénieux et entreprenant que Ronan et Anne espéraient qu'il deviendrait. Et, avec l'accalmie générale sur le plan social et politique, la prospérité commençait à revenir pour tous. Les céréales poussaient dans les champs – les moissons s'annonçaient copieuses –, les étables, les bergeries, les basses-cours abritaient de nombreux animaux…

Mais à quel prix pour lui ? Il paraissait ne s'accorder aucun répit, ou si peu.

Quant à ce qui se passait véritablement au manoir, elle était ici depuis trop peu de temps pour en juger. Et, malgré leur gentillesse, Katou et Mona n'étaient sans doute pas les bonnes personnes à écouter. Charlotte Sénéchal commettait peut-être des maladresses, mais elle était également une mère qui avait perdu sa fille aînée. La douleur pouvait être à l'origine de sa rudesse et de ses impairs. Même si cela n'excusait pas le manque de respect envers les employés – s'il était avéré, bien entendu.

— Je parlerai de tout cela avec M. de Keroual, promit-elle. Et nous tâcherons d'arranger les choses.

— En attendant, le manoir va encore être sens dessus

dessous ! prophétisa sombrement Katou. Mais qu'on ne compte pas sur moi pour mettre la main à la pâte ! Le petit, ce pauvre chou, me donne bien assez de travail comme ça. Le voilà qui fait encore des dents. Ça arrange pas ses pleurs, c'est moi qui vous le dis !

Sans vraiment s'en rendre compte, elles s'étaient remises à parler normalement, aussi le client attablé redressa-t-il vivement la tête lorsque Mona demanda :

— Et les travaux au château, ça commence bientôt ?

Urielle lui avait expliqué le projet de Malo.

— Alors, c'est vrai de vrai, cette histoire ? s'enquit l'homme assez sèchement, en s'invitant dans la conversation.

— Je t'l'ai déjà dit, Renaud. Faut pas rester coincé dans l'passé comme ça, le rabroua aussitôt Mona.

Apparemment, ce n'était pas la première fois qu'ils avaient cette discussion, et la nouvelle relative à la création de l'école avait déjà commencé à circuler.

— T'es plus régisseur là-bas. Et l'projet d'l'ancien commissaire politique, c'est un bon projet !

Urielle tressaillit à ces mots. Ainsi, elle était en présence du fameux Renaud Le Tac… Elle l'observa un peu plus attentivement. C'était un homme d'âge mûr à présent. Pourtant, rien dans son allure ne trahissait la moindre faiblesse. Il était râblé, les épaules musculeuses, les mains épaisses. Et son expression disait à quel point il était loin de partager l'opinion de leur hôtesse.

— Une école, ça peut se construire n'importe où, bougonna-t-il, mais le château de m'sieur le comte, ça doit rester le château de m'sieur le comte.

— Il est déjà plus à lui d'puis près de trois ans ! rétorqua Mona.

— Et pour cause ! Ces maudits républicains se sont

tout bonnement servis, sous prétexte d'égalité ! Des voleurs, oui ! Ni plus ni moins.

Manifestement, il ne partageait pas ses convictions, songea Urielle. Elle respectait cela. Anne, Ronan et Yaël demeuraient royalistes, mais des royalistes progressistes, qui prônaient une monarchie parlementaire. Malo et elle, tous deux d'origine modeste, défendaient les idées républicaines. Cela ne les avait jamais empêchés de vivre ensemble, et d'accepter ce que chacun était.

Elle aurait aimé que le changement de régime politique se fasse en douceur. Cela n'avait pas été le cas. Heureusement, Yaël l'avait rassurée en lui confirmant, la veille, la position très modérée de la Convention thermidorienne vis-à-vis de la Bretagne, que la rébellion chouanne avait secouée par vagues ces dernières années. Cela leur donnait bon espoir de voir Anne et Malo amnistiés. Ils n'en étaient pas encore là, cependant. Yaël avait dû se rendre plusieurs fois à Fougères pour plaider leur cause. Sans résultat pour l'instant.

— Vous ne trouvez donc pas juste que tous les enfants, même ceux des familles les plus pauvres, aient droit à une éducation de base, voire plus ? Qu'ils puissent apprendre à lire, à écrire, à compter ? demanda-t-elle au régisseur.

— J'ai pas dit ça… Mais pas au château ! s'obstina-t-il, sans plus d'argument qu'une réaction irrationnelle.

Il était vrai que le symbole était très fort. Ce lieu de pouvoir et de richesse, de privilèges, deviendrait bientôt l'instrument d'une meilleure égalité des chances… Malo avait le sens du spectaculaire et de la provocation !

— Et Jakez ! enchaîna-t-il. On sait qui c'est, maintenant, même si personne l'avait reconnu, au début. Il veut juste se venger, voilà ce qu'il veut…

Il en aurait probablement craché par terre de dépit, s'il avait pu.

Ah, nous y voilà vraiment… Il lui reprochait de ne pas être resté l'adolescent qu'il avait pu brutaliser et dénoncer autrefois, en somme. Et d'avoir acquis le château pour un retour au pays triomphant.

Elle décida de ne pas insister. Elle prit congé de Mona et Katou, afin de les laisser profiter en tête à tête du congé de la jeune femme, et remonta dans sa chambre, en proie à un malaise diffus. Se pouvait-il que Renaud Le Tac ne soit pas le seul, au cap Fréhel, à voir d'un mauvais œil la transformation du château d'Aubin en école pour les enfants du peuple ?

Elle n'avait considéré jusque-là que le point de vue des futurs petits bénéficiaires. Elle s'était toujours estimée extrêmement chanceuse d'avoir reçu une très bonne éducation, alors que son histoire familiale ne la destinait pas à cela. Et cette chance, elle était heureuse de la donner à d'autres, par sa contribution au projet. Dans son enthousiasme, elle n'avait pas envisagé – ou pas *voulu* envisager – qu'elle devrait peut-être faire face à des oppositions.

Manoir de Keroual

Yaël se sentait très las et abattu. Lorsqu'il était rentré du château d'Aubin, la veille, singulièrement apaisé par les heures passées en compagnie d'Urielle – un apaisement qu'il n'avait plus jamais ressenti depuis l'éparpillement de sa fratrie –, deux contrariétés l'attendaient au manoir : une crise domestique et une « invitation » à rencontrer le représentant régional du Comité de sûreté générale[1], à Fougères.

Pour l'amnistie d'Anne et Malo, il pensait tenir le bon bout. Après plusieurs mois de démarches, il lui semblait qu'elle allait enfin être prononcée. Apparemment non. Et cette « invitation » l'intriguait, pour ne pas dire plus. Que lui voulait-on, tout à coup, en si haut lieu ?

Quant à la démission de Line Leven… Un profond soupir lui échappa. Tout partait à vau-l'eau, ici, depuis le départ d'Aesa ! Et tant de choses l'absorbaient, à l'extérieur, qu'il ne parvenait pas à s'investir dans la vie familiale comme il l'aurait souhaité.

Il avait bien conscience de ne pas passer assez de temps chez lui, seulement les saisons précédentes avaient été terribles pour ses métayers et les affaires du domaine en général. Il y avait encore tellement à faire pour redresser la barre. Dans les dernières années de sa vie, son père, paix à son âme, avait préféré s'enfermer dans son cabinet de curiosités, pour recenser ses trésors recueillis sur la lande. Anne avait fait ce qu'elle avait pu pour maintenir le navire à flot. Ronan et lui, il fallait bien le reconnaître, s'étaient montrés assez insouciants, se reposant sur elle.

Mais il avait changé. Et son changement en avait entraîné d'autres, dont les bénéfices se faisaient déjà sentir. Il n'était pas question pour autant de se reposer sur ces premiers lauriers !

Il était absent de Plévenon lorsque Aesa avait pris la décision de quitter Keroual. Sans doute un jour où Charlotte s'était montrée particulièrement maladroite. Il passait quelque temps à Lamballe pour ses affaires. À

1. L'équivalent d'un ministère de la Police durant toute la Convention. Il sera dissous en octobre 1795 et remplacé, en janvier 1796, par le ministère de la Police générale.

son retour, Yann et Aesa n'habitaient plus là. Comme ces derniers venaient d'acquérir une petite maison à Pléneuf, il s'y était rendu aussitôt pour parler avec eux et tenter d'éteindre l'incendie. En vain. Tous deux l'avaient assuré de leur très grande affection, mais ils étaient déterminés : ils ne reviendraient pas au manoir tant que Charlotte y serait. Ce qui rendait la situation affreusement compliquée pour lui, et le mettait face à un choix impossible.

Sa belle-mère était venue à Keroual à la naissance de Tristan, pour faire la connaissance de son premier petit-enfant et aider Liz. Ce qui était tout à fait naturel pour une mère dont la fille venait d'accoucher. Clarisse, qui ne pouvait demeurer seule à Erquy, puisque Victor Sénéchal occupait déjà son poste en Isle-de-France, l'avait accompagnée. Elles devaient ne séjourner qu'une vingtaine de jours. Puis Liz avait été prise de ces terribles fièvres et elle était morte…

Charlotte et Clarisse étaient alors restées un peu. Pour Tristan. Puis elles avaient prolongé. Et prolongé. Prolongé encore… Au départ, il n'avait pas eu le cœur de priver son fils de ces présences féminines, alors que Liz venait de décéder. Après tout, il ne s'agissait pas de n'importe quelles femmes, mais de la grand-mère et de la tante du petit.

Clarisse, notamment, entourait l'enfant de beaucoup de tendresse et de fraîcheur, grâce à son caractère doux et enjoué. Il voulait privilégier cette relation, lui donner le temps nécessaire pour s'épanouir. Il se sentait tellement mieux lorsqu'il se disait que, faute de mère, son fils aurait au moins dans son enfance l'amour et l'attention d'une tante jeune et gaie !

Il avait fixé un premier horizon aux six mois du petit, avant d'aborder avec elles la question de leur départ du manoir. Il se promettait, ensuite, de le leur confier régulièrement à Erquy, afin qu'il conserve le lien avec elles.

Mais cela faisait un mois et demi que Tristan avait eu six mois… Il repoussait encore et toujours le moment de parler à Charlotte. Sans cesse quelque chose requérait son attention de toute urgence, quelqu'un venait le chercher pour un problème dans l'une des métairies, ou bien il devait se rendre à Lamballe ou Fougères…

Un léger coup frappé à la porte de son bureau le tira de ses réflexions.

— Oui ?

Clarisse passa la tête par l'entrebâillement.

— Je vais promener Tristan sur la route des Noës. Aimeriez-vous nous accompagner, Yaël ?

— Avec plaisir !

Cela lui changerait les idées, et il profiterait ainsi de son fils, même si le petit allait surtout sommeiller dans sa poussette, cet astucieux moyen de transport sur roues pour les enfants en bas âge, inventé soixante ans plus tôt par un Anglais, à la demande d'un duc. Le mouvement le berçait, et la promenade était l'un des rares moments de la journée où il était parfaitement calme.

Yaël rejoignit Clarisse dans le vestibule, attrapant sa veste et son chapeau au passage.

Alors qu'ils atteignaient le bout de l'allée et s'engageaient sur la route, il observa, attendri, le visage de Tristan qui s'assoupissait déjà. Ses cheveux fins. Ses paupières closes, ourlées de cils blonds. Son nez délicat. Sa bouche rose, qui se tordait par instants en une petite grimace, comme s'il rêvait. Rêvait-il ? Et à quoi ? Ses mains aux ongles minuscules reposaient sur le drap, et sa poitrine se soulevait et s'abaissait régulièrement.

Mon fils, songea-t-il tandis qu'une immense vague d'émotion le submergeait. *Ma chair, mon sang…* Il ne l'avait pas voulu, sa venue au monde n'avait pas été le fruit d'une décision mais, dès que la grossesse de Liz avait été certaine, il avait su ce qu'il avait à faire. Ce qu'il *devait* à cet enfant.

Aesa affirmait qu'il lui ressemblait beaucoup, qu'il était son portrait craché au même âge. Il n'y avait plus qu'elle pour le dire, à présent. Aucune autre personne de sa famille susceptible de se souvenir de lui petit ne vivait plus à proximité du manoir – ou ne vivait plus, tout simplement.

Penser à elle lui rappela l'un des problèmes en cours.

— Il va nous falloir trouver une nouvelle gouvernante, fit-il d'un air sombre.

Puis il lâcha un petit rire amer.

— Cela commence à devenir tristement comique ! Et c'est d'autant plus urgent que je dois repartir sous peu à Fougères. J'aimerais que ce soit réglé avant mon départ.

— La fille d'Aesa ne pourrait-elle pas prendre cette fonction ? suggéra Clarisse.

— Urielle ?

Il la revit, telle que la veille au château. Sa taille souple bien prise dans sa robe aux reflets chatoyants. Ses cheveux blonds non pas retenus en une simple tresse, comme autrefois, mais coiffés en chignon, sous sa capeline ornée de roses de tissu et de rubans. Ses petits pieds dans des chaussures brodées. Sa cheville fine recouverte d'un bas de soie, entraperçue alors qu'elle soulevait ses jupons pour ne pas les laisser traîner dans la poussière tandis qu'ils descendaient dans les caves. Ses mains aux ongles longs et polis.

Cette Urielle-là n'avait plus grand-chose en commun avec la jeune femme effacée qui avait suivi Anne à l'autre bout du monde. Sans doute était-elle belle depuis toujours. Mais il ne le remarquait que maintenant. Et ces formes voluptueuses que la coupe élégante de ses vêtements mettait en valeur… Une féminité resplendissante !

— Ne serait-elle pas la mieux qualifiée ? reprit Clarisse, le ramenant à la question du moment, qui n'était certainement pas d'établir le catalogue des atouts physiques d'Urielle.

— Je ne crois pas que ce soit une bonne idée. Urielle sera bientôt très occupée à superviser les transformations du château d'Aubin…

La veille au soir, durant le souper, il avait expliqué à sa belle-mère et à sa belle-sœur le projet de Malo, et le rôle qu'y tiendrait Urielle.

Et puis, elle n'avait jamais eu le statut de domestique, au manoir, même si Aesa, elle, était rémunérée pour son emploi de gouvernante. Elle était la protégée de ses parents, leur pupille, en quelque sorte. Si elle avait aidé sa mère, si elle s'était attelée à quelques tâches ménagères, c'était au même titre qu'Anne, Ronan ou lui-même, car ils avaient été élevés ainsi et avaient toujours vécu très simplement, au manoir. Sans compter que, après 1789, il leur avait fallu réduire de beaucoup le personnel de Keroual et, tous, ils s'étaient adaptés à cette situation nouvelle, ils avaient fait front, pour traverser la tempête et la baisse de revenus.

Mais Clarisse poursuivait sur sa lancée, visiblement satisfaite de tenir ce qui lui paraissait la solution idéale.

— Elle connaît le manoir, et elle connaît le travail. Je suppose qu'elle a secondé sa mère, jusqu'à son départ pour les colonies ?

Elle s'interrompit, le temps de se pencher sur Tristan qui s'était découvert en gigotant dans son sommeil, et de replacer le drap sur lui. Lorsqu'elle se redressa, Yaël fit « non » de la tête.

— Elle n'a jamais aidé sa mère ? s'étonna Clarisse en recommençant à pousser la poussette.

— Si, bien sûr. Ce que je voulais dire, c'est qu'Urielle a toujours eu une place particulière, au manoir. Et je ne suis pas certain du tout qu'une telle proposition…

Il n'acheva pas sa phrase, mais sa belle-sœur avait compris. Elle reprit, en nuançant :

— Peut-être accepterait-elle au moins de venir durant un mois ou deux ? Vous avez dit, hier, que les travaux au château ne débuteraient pas immédiatement, qu'il y avait d'abord un certain nombre de démarches administratives à effectuer. Les deux ne seraient donc pas incompatibles. Cela laisserait le temps de choisir quelqu'un d'autre, de mettre cette personne à l'essai. Urielle pourrait la guider et la conseiller.

Le lui demander comme un service ? À titre amical et pour une durée limitée ? Vu de cette manière, cela pouvait se considérer… L'idée lui paraissait nettement plus acceptable, même si se poserait l'épineuse question des gages. Il connaissait la bonté d'Urielle. Il ne doutait pas de sa réaction.

Par ailleurs, il était gêné de la laisser vivre à l'auberge, alors que sa chambre, au manoir, était inoccupée. Pourtant, il ne l'avait pas invitée à s'y installer, lorsque Tonin l'avait déposée devant la Fauconnière, pressentant une forme d'hostilité de la part de Charlotte. Il sentait combien c'était stupide de sa part : il était le maître de Keroual, bon sang ! C'était à lui de décider, pas à sa belle-mère. Seulement, si Urielle y venait pour apporter une solution temporaire à un problème, sa présence serait mieux perçue.

— Je pourrai toujours lui en parler, déclara-t-il. Et elle sera libre de décider ce qu'elle souhaite faire.

Clarisse approuva d'un hochement de tête.

— Sans compter le bénéfice pour Tristan, si elle accepte. Il s'est calmé si vite, dans ses bras, l'autre soir ! C'en était presque de la magie. J'en ai été jalouse, je ne vous le cache pas, ajouta-t-elle avec un petit rire qui disait qu'elle n'en voulait pas pour autant à la magicienne.

Si Urielle étendait un peu de sa magie sur l'ensemble du manoir, comme Aesa l'avait fait après la mort de leur mère, alors qu'Anne, Ronan et lui étaient encore des adolescents, il pourrait enfin souffler un peu, vaquer aux affaires du domaine sans inquiétude ni tracas domestiques, et partir à Fougères le temps qu'il faudrait pour défendre la cause d'Anne et Malo.

Si tu pouvais dire oui, Urielle ! J'ai tant besoin de la chaleur et de l'affection qui ont éclairé nos années passées !

Chapitre 7

Lamballe, le 26 floréal

Chère mademoiselle Legoff,

J'espère que votre arrivée à Plévenon s'est passée comme vous le souhaitiez, et que vous êtes installée au mieux. J'espère également que cette lettre vous parviendra bien à l'auberge de la Fauconnière, où vous avez indiqué que vous descendriez.

Je profite de ce courrier pour vous dire, une fois encore, quel plaisir j'ai eu à vous rencontrer, voici trois jours, et combien je vous suis reconnaissant d'avoir été une compagne de voyage si agréable et si attentive pour ma grand-mère lors de cette longue traversée. Elle ne tarit pas d'éloges à votre propos, et attend impatiemment la visite que vous lui avez promise.

Comme vous le savez, je suis conseiller du district de Lamballe, et certaines affaires vont me conduire dès après-demain non loin du cap Fréhel. Vous m'avez fait l'amitié de me parler de ce qui va vous occuper durant les prochains mois, aussi mon déplacement pourrait-il être l'occasion de nous voir et d'en discuter un peu plus longuement. Peut-être même pourriez-vous me faire visiter l'endroit ? J'aurais alors tous les éléments et, dès mon retour à Lamballe, je vous obtiendrai les autorisations administratives et les aides nécessaires. Cet ambitieux et généreux projet va dans le sens de notre belle devise républicaine : liberté, égalité, fraternité !

On me dit qu'il existe à Pléneuf l'un de ces nouveaux « restaurants », où l'on sert des mets un peu plus raffinés que dans les auberges. Me permettriez-vous de vous y inviter à dîner[1] *? Ce pourrait être le jour qui vous conviendrait, entre le 28 floréal et le 3 prairial.*

Dans l'attente de votre réponse, je vous prie de croire, mademoiselle, à l'expression de toute ma considération.

Votre dévoué,

Guillaume Janet

Lorsque Lucie Janet avait déclaré que son petit-fils pourrait peut-être l'aider dans ses démarches, Urielle avait songé, sans mettre en doute l'enthousiasme de son amie, qu'un conseiller de district nouvellement nommé aurait sans doute mille autres choses à faire. Elle s'était trompée. Aussi s'empressa-t-elle de lui répondre.

Plévenon, le 27 floréal

Cher monsieur Janet,

1. Au XVIIIe siècle, le premier repas du matin était le déjeuner (littéralement : rompre le jeûne). Le repas de milieu de journée était le dîner. Et le soir, on soupait.

Quel plaisir de vous lire ! Et quelle charmante idée que cette invitation ! J'accepte très volontiers, cela va de soi. Et je suis impatiente de vous faire visiter le château d'Aubin, afin que vous ayez une idée plus précise de ce à quoi ressemblera cette école de la République ouverte à tous et à toutes.

Vous l'avez parfaitement compris, ce projet me tient très à cœur, ainsi qu'à M. Malo Jakez, le propriétaire des lieux. Et votre aide me sera ô combien précieuse, pour me guider dans les méandres des démarches à effectuer.

Puisque vous avez la courtoisie de me laisser le choix de la date pour notre dîner, alors que vous êtes certainement bien plus occupé que moi en ce moment, disons demain ?

Je ne fais pas attendre plus longtemps votre coursier, et lui confie ma réponse afin qu'elle vous parvienne d'ici la fin de la journée.

Retrouvons-nous donc demain à Pléneuf, dans ce « restaurant ».

Bien à vous,

Urielle Legoff

Extraits du journal intime d'Urielle

J'ai toujours du mal à me faire au calendrier républicain et mon premier mouvement est de penser les jours, les semaines et les mois comme autrefois[1]. *Il va pourtant falloir que je m'adapte enfin ! Mais peu importe ce soir… Huit heures sonnent au clocher de l'église, et je suis montée dans ma chambre sans tarder, après le souper, pressée de consigner ma journée.*

[…]

Quel homme charmant et attentionné que ce Guillaume Janet ! Tout de douceur, d'humour et de bonnes manières. Sa compagnie est un régal.

[…]

Nous nous sommes retrouvés comme convenu dans ce nouvel établissement, dont le principe est pareil à celui des auberges, mais où le niveau de raffinement est bien supérieur. Une dame qui arrivait de Paris nous en avait parlé, l'hiver dernier, à Fort-de-France, lors d'une réception chez le gouverneur. Mais de là à imaginer que ces « restaurants » gagneraient notre région de Bretagne ! Nappes et serviettes de damassé, service à l'assiette, vaisselle fine… Ambiance feutrée, où la serveuse s'affaire en silence et avec diligence. Où aucune Mona ne vient vous entretenir de manière intempestive des derniers cancans du village. Mais je suis mauvaise langue ! J'aime beaucoup Mona. Maman et elle se connaissent depuis si longtemps !

[…]

M. Janet m'a expliqué avec toute la clarté et les

1. Le calendrier révolutionnaire comptait douze mois. Chaque mois était composé de trois décades de dix jours chacune (primidi, duodi, tridi, quartidi, quintidi, sextidi, septidi, octidi, nonidi, décadi). Pour obtenir les 365 jours de l'année, fructidor comptait également quelques jours appelés « complémentaires ». Une nouvelle année commençait chaque 1er vendémiaire.

détails nécessaires les démarches à suivre. Mieux encore, il a proposé de les effectuer lui-même à Lamballe pour m'éviter des voyages fastidieux. Juste retour des choses, affirme-t-il, puisque j'ai veillé sur Lucie.

[…]

Il a été enthousiasmé par notre visite du château. Grâce à Yaël, j'ai pu le lui faire découvrir des sous-sols aux greniers, comme si j'y avais vécu. Sans compter les communs…

J'attends donc, à présent, de ses nouvelles pour tout mettre en œuvre.

[…]

J'ai néanmoins omis de lui indiquer une chose, et de taille ! Volontairement. Car cette chose doit demeurer secrète et n'être connue que du moins de personnes possible, sinon son existence même n'aurait plus de sens.

Je n'ai pas mentionné la galerie souterraine qui relie l'office à la petite chapelle, à l'orée du bois. Je connaissais son existence. Anne m'en avait tellement parlé quand nous étions petites ! C'était en partie pour cela que je rageais tant, à cette époque, de ne pas être invitée à jouer avec eux à Aubin. J'étais si friande des récits d'Anne, lorsque Ninnen et elle désobéissaient aux ordres et parcouraient la galerie à l'insu de Mlle Dupin, la gouvernante de Ninnen.

Yaël m'a montré comment fonctionne le mécanisme, dissimulé dans l'une des boiseries de l'office. Un système très discret et très ingénieux. Il faut vraiment être averti pour le trouver. Aucune chance d'y arriver seul.

Nous ne nous sommes pas engagés dans la galerie, mais je sais également comment actionner le mécanisme du panneau de l'autel, dans la chapelle, pour en sortir. Ou, à l'inverse, pour entrer par là. À présent, je me figure bien mieux Anne et Ninnen, à dix ou onze ans, faussant compagnie à la terrible Mlle Dupin. Je mets plus facilement des images sur certaines anecdotes. C'est un peu infantile, mais j'en ris toute seule en écrivant cela !

[…]

En vérité, cette bonne humeur vient plus probablement du fait qu'un petit mot de Yaël m'attendait à l'auberge, à mon retour, en fin d'après-midi. Il est passé me voir et, ne m'ayant pas trouvée, me donne rendez-vous demain après-midi pour une promenade sur la lande. Il viendra me chercher ici, et nous irons dans son nouveau cabriolet. On sent que la prospérité a commencé à revenir au manoir. Un nouveau cabriolet. Un nouveau cheval de trait, forcément, car je n'imagine pas que la pauvre vieille Pâquerette fasse à présent autre chose que paître tranquillement dans le pré. Un jardin replanté et réarboré. Une domesticité accrue, il me semble, même si je n'ai pas bien pu les dénombrer, le premier jour. Et même si Clarisse et Charlotte sont venues avec leurs propres femmes de chambre, à ce que m'a appris Katou…

Il souhaite me parler de choses importantes, m'indique-t-il. Sans doute sera-t-il question (enfin) de mon installation au manoir en tant que… que quoi, d'ailleurs ? En tant qu'invitée ? Au même titre que Clarisse ou Charlotte ? Il me semble que mon statut devrait me placer bien au-delà : après tout, j'ai grandi à Keroual, prérogative dont elles ne peuvent se targuer. Pour autant, je ne veux pas y retourner comme j'en suis partie. Mais il est encore trop tôt pour un changement aussi phénoménal. L'important, c'est d'être dans la place. (Quelle horreur, cette métaphore militaire, encore une fois !) Ce que je veux dire, c'est que j'ai hâte d'être plus près de lui au quotidien. Et plus près du petit Tristan.

Oh oui, j'ai tellement hâte !

29 floréal (18 mai), lande de Fréhel

Ils avaient laissé le cabriolet neuf au hameau de La Latte, et s'étaient engagés à pas lents sur l'un des chemins qui menaient à la pointe du cap. Le ciel était d'un bleu étal, presque irréel, et les fleurs incendiaient la lande de leurs couleurs. Un enchantement…

Tandis qu'ils marchaient, le vent se mit à souffler, et la robe d'Urielle claquait contre ses jambes. Les rubans de son chapeau lui battaient les joues. Yaël et elle devaient se pencher très près l'un de l'autre pour se parler et s'entendre. Une proximité qui avait un air d'intimité tout à fait délicieux, et la mettait en émoi. À deux reprises, elle surprit même Yaël à s'approcher sans rien de particulier à lui dire, juste pour humer discrètement son parfum : un mélange de senteurs exotiques – épices et tubéreuses –, rapporté de Fort-de-France. Pas assez discrètement cependant, et une bouffée de joie lui gonfla le cœur.

Malgré tout, il demeurait tendu, ainsi qu'il l'était déjà, les quelques fois où elle s'était trouvée en sa compagnie, depuis son retour. Même si son sourire, son si beau sourire, avait illuminé son visage de brefs moments. Il semblait en proie à des tourments profonds, dont il n'était visiblement pas décidé à lui parler. Ce ne pouvait pas être des tracas liés au domaine. Ce qu'il lui en avait dit était au contraire prometteur. Alors quoi ? Si seulement il voulait bien se confier à elle, elle trouverait peut-être les mots pour le soulager. En vérité, elle aurait surtout aimé constater que sa seule présence agissait tel un baume pour lui. Ce n'était pas le cas, mais cela viendrait. Il fallait que cela vienne !

Le phare se profila bientôt, sentinelle hiératique dressée face au large, et ils s'y dirigèrent. Urielle se remémora les confidences de sa sœur de lait. Au tout début de leurs amours, Anne et Malo s'étaient retrouvés secrètement entre ces murs. C'était ici même qu'elle s'était donnée à lui la première fois.

Elle jeta un coup d'œil à Yaël. Le savait-il ?

Des images la traversèrent. Des images d'ébats enfiévrés, mais les corps enlacés et ivres de désir étaient ceux d'autres personnes. Ces rêveries n'étaient pas nouvelles. Même si son imagination les avait placées ailleurs jusque-là.

Il s'arrêta au pied du phare et, lui faisant face, la dévisagea longuement. Il avait l'expression de quelqu'un qui voulait parler, mais n'osait pas. Elle s'en inquiéta soudain. Se serait-elle trompée sur ses intentions ? S'agissait-il d'Anne ou de Ronan ? Était-il arrivé quelque chose de grave ? Quelle était cette nouvelle qu'il hésitait visiblement à lui communiquer ?

— Tu m'as écrit que tu avais quelque chose d'important à me dire. De quoi s'agit-il ? demanda-t-elle, un peu anxieuse.

— C'est une demande, en fait… une demande de service. Mais… Tout bien pesé, je ne sais pas si…

— Une demande de *service* ? l'interrompit-elle, surprise. Eh bien, je t'écoute ! Pourquoi hésites-tu ? Depuis quand est-ce qu'on n'ose plus se parler franchement, toi et moi ?

Alors qu'elle prononçait ces paroles, elle songea qu'elle exagérait de lui faire ce genre de remarque : cela faisait quatre ans qu'elle n'était plus franche avec lui, et qu'elle lui dissimulait ses véritables sentiments. Mais le moment n'était pas encore venu de les lui révéler.

Son encouragement un peu rude ne le décida pas pour autant.

— Voyons, Yaël…, reprit-elle avec plus de douceur et rassurée en ce qui concernait Anne et Ronan. Nous sommes amis, tous les deux…

Comme elle aurait voulu remplacer ce mot, « amis », par un autre, à la signification si différente !

— … Tu sais que tu peux te confier à moi. Si je puis t'aider en quoi que ce soit, ce sera bien volontiers.

Il hocha la tête et esquissa un sourire.

— Il faut d'abord que je te dise que la gouvernante du manoir est partie. C'est la troisième en trois mois.

— Je l'ai appris, oui. Par Katou.

Elle ne voyait pas pourquoi il mentionnait cet incident, à moins que ce ne soit un détour laborieux et gêné pour aborder le départ d'Aesa. Cette fois encore, elle lui donna un petit coup de pouce. Plus par agacement que par amabilité, d'ailleurs. Il avait créé une attente, avec son message, et il soufflait le chaud et le froid, à la faire ronger son frein ainsi !

— Puisque tu évoques cela, j'aimerais comprendre ce qui s'est passé avec ma mère. Elle ne m'a rien écrit à ce propos, sans doute pour ne pas m'inquiéter. Seulement, tu te doutes bien que je m'inquiète depuis mon retour ici. D'autant plus qu'elle n'est pas à Pléneuf en ce moment, mais chez une sœur de Yann, et que nous ne nous sommes pas encore revues.

Il se passa la main sur le visage et poussa un très lourd soupir.

— La vérité, c'est que c'est le chaos, au manoir.

Il releva la tête, et elle rencontra son regard traversé de remous.

— J'ai l'impression que je ne maîtrise rien. Que tout part à vau-l'eau.

— D'après Katou, ma mère a démissionné à cause de ta belle-mère, qui se montre très déplaisante avec le personnel de Keroual.

— Les choses ne sont pas aussi simples, Urielle. Et je suis si peu au manoir pour démêler le vrai du faux ! Charlotte ne devait pas rester aussi longtemps. Mais il faut bien que quelqu'un s'occupe de Tristan. Quelqu'un de la famille, je veux dire.

Elle eut l'impression de recevoir un coup de poing dans le ventre. *Quelqu'un de la famille*... C'était stupide, mais elle n'avait pas encore songé à la situation sous cet angle. Elle avait pris le premier bateau en partance pour la France parce que, dans la lettre où il leur annonçait la mort de Liz, il avait écrit, noir sur blanc, qu'il était seul et désemparé. Il avait *demandé* leur présence. La présence de sa *famille*. Elle avait entendu son appel et elle était revenue.

Mais voilà que le temps qu'elle traverse les océans, il s'était trouvé une autre famille, qu'il avait installée à Keroual !

— Je regrette pour ta mère. Je regrette beaucoup. Mais c'était un dilemme.

Un dilemme entre quoi et quoi ? Ce qu'il disait était assez incohérent. Une chose, cependant, était certaine : il était malheureux. Cela se voyait sur son visage et dans son attitude. Cela s'entendait dans sa voix.

Calmée, elle posa tendrement la main sur son bras, pour l'assurer de son affection et de son soutien.

— Je t'avoue que je ne te trouve pas très clair dans tes explications. Peu importe, nous reparlerons de maman et Yann plus tard, si tu préfères. Revenons à ta demande de service. En quoi puis-je t'être utile ?

— J'ai besoin de quelqu'un de confiance à Keroual... comme gouvernante.

Elle en resta bouche bée.

Est-ce que c'était bien ce qu'elle pensait ? Est-ce qu'il lui demandait…

— Et… ? l'incita-t-elle à poursuivre, encore incrédule.

— Et je voudrais que ce soit toi.

Oui, c'était bien cela. Elle attendait une invitation au manoir à titre d'amie très chère, d'amie d'enfance, parce qu'elle y avait toujours vécu, à l'exception de l'année qui venait de s'écouler, et il lui proposait à la place un poste de… *domestique* ?

Un froid glacial s'empara d'elle, et elle sentit ses jambes flageoler, en même temps que le sang refluait de ses joues. Elle fit deux pas en arrière et s'assit sur une marche devant la porte du phare. Elle eut le plus grand mal à maîtriser sa voix, en demandant :

— Tu veux que je devienne la nouvelle gouvernante de Keroual, c'est bien cela ?

Elle en était si abasourdie, si blessée, qu'elle avait besoin d'une confirmation.

— Je n'oublie pas que tu vas être très occupée avec le château, mais pas dans l'immédiat. Ce ne serait que pour un mois ou deux, et tu m'aiderais à choisir quelqu'un d'autre avec plus de soin que cela n'a été fait jusque-là.

— À supposer qu'il s'agisse bien d'incompétence pour les trois femmes qui se sont succédé ! fit-elle remarquer un peu sèchement.

Mais il lui lança un regard si douloureux, si perdu, que son cœur se serra. Ils étaient partis, tous les trois, même si Ronan et Anne n'avaient pas vraiment eu le choix de rester. Elle non plus, d'une certaine manière, sauf à s'infliger une souffrance plus grande encore. Ils l'avaient laissé, lui, le plus jeune, enfermé dans un mariage qu'il n'avait pas souhaité, avec une épouse qui n'était pas faite pour lui, et un enfant à naître qu'il n'avait pas désiré. Elle était partagée entre le plaindre et enrager, car personne ne l'avait obligé à séduire Liz.

Il lui avait fait mal, sans le savoir, avec ce mariage et cet enfant. Tellement mal !

— J'ai conscience que Charlotte a un caractère difficile. Seulement, ce n'est pas si simple, répéta-t-il. Je n'ai pas le cœur de priver Tristan de sa grand-mère et de sa tante, puisqu'il n'a plus de mère.

Ce n'était pas du tout ainsi qu'elle avait envisagé son retour au manoir. Pas avec Charlotte Sénéchal installée en reine mère qui régentait tout.

Le désespoir la saisit soudain : comment pourrait-elle se faire une place nouvelle dans le cœur de Yaël, dans ces conditions ? Avec ce cerbère qui aurait un œil constant sur elle. Et comment nouer des liens particuliers avec son fils ? L'accueil très peu chaleureux de Charlotte, le jour de la messe commémorative, laissait assez mal augurer sur ce point.

— Urielle, fit-il humblement. J'ai tellement besoin de toi !

Peut-être, mais pas comme je le voudrais, Yaël. Pas comme moi *j'ai besoin de toi…*

Elle prit une longue inspiration. Allons… Elle n'avait pas fait tout ce chemin pour abandonner au premier obstacle. Elle devait dépasser la blessure d'orgueil qu'il venait de lui infliger et ne pas perdre de vue ce qui lui importait le plus : être près de lui, coûte que coûte. Le réchauffer à sa chaleur, lui devenir si indispensable qu'il finirait par l'aimer, lui aussi. Et ce n'était pas en restant à l'auberge et en se morfondant qu'elle y parviendrait.

Ce poste temporaire de gouvernante ne correspondait pas à ce qu'elle avait projeté, mais c'était en fin de compte un moyen comme un autre de s'installer au manoir. Elle y serait mieux à même d'évaluer la situation vis-à-vis de Charlotte Sénéchal. Elle n'avait pas oublié non plus l'immense élan de tendresse qui l'avait emportée lorsque Tristan s'était endormi dans ses bras, sa petite main si adorablement agrippée à son décolleté. C'était là encore le moyen de le voir souvent, de tisser des liens avec lui, puisqu'il ne semblait pas y en avoir d'autre, pour le moment.

— Jusqu'à ce que les travaux commencent au château, Yaël, finit-elle par concéder. Pas au-delà.

Une petite flamme dansa enfin dans le regard anxieux qu'il dardait sur elle, dans l'attente de sa décision. Il lui saisit la main avec fougue et la porta à ses lèvres.

— Merci, Urielle. Du fond du cœur, merci.

Chapitre 8

30 floréal (19 mai), manoir de Keroual

C'était assez étrange de se retrouver dans cette chambre… *sa* chambre, restée inoccupée toute une année. Lorsqu'elle en avait refermé la porte la mort dans l'âme, en juin 1794, elle pensait vraiment ne plus jamais y revenir. Si peu de temps mais de si nombreux bouleversements, depuis !

Il n'était pas loin de minuit, à présent, mais elle n'avait pas envie de se coucher. Trop de pensées tourbillonnaient dans son esprit, trop d'émotions se bousculaient en elle.

Les modalités pratiques de son installation – de sa *ré*installation – au manoir avaient suscité beaucoup de tension, à cause de son statut atypique. C'était malheureusement un air bien connu d'elle, et qui l'avait accompagnée de sa prime enfance à l'âge adulte. Tantôt presque une enfant de la famille de Keroual, tantôt la bâtarde d'une domestique. Vivant parmi les maîtres, étudiant, mangeant avec eux, dormant dans la maison au même étage que tous. Ne recevant cependant jamais les invitations qu'ils recevaient pour se rendre dans les grandes maisons de la région, aux concerts, aux bals, aux fêtes d'été dans les jardins. Dotée d'une excellente éducation et d'une solide instruction, propre à faire d'elle un très bon parti, mais fille sans père et sans nom, à l'origine obscure, qu'aucun gentilhomme ne pourrait jamais se résoudre à épouser. Sauf dans les colonies, où certaines frontières sociales étaient plus floues ou, du moins, n'impliquaient pas les mêmes distances qu'en métropole. Car il en existait aussi de très fortes, là-bas, marquées par la couleur de peau.

Charlotte Sénéchal avait commencé par vouloir l'installer au-dessus des communs, où Yann logeait autrefois. Puis à côté de la cuisine et de l'office, dans les deux pièces qu'Aesa avait occupées. Un petit appartement agréable et ensoleillé, cela dit, dont les fenêtres ouvraient sur le vert de la colline. Yaël avait alors déclaré d'une voix tranchante qui avait ravi Urielle qu'elle reprendrait sa chambre, à l'étage de celles de la famille. Il avait également rappelé que sa fonction de gouvernante n'était que temporaire, et acceptée *par amitié pour lui*.

Il ne s'en rendait pas compte mais, là encore, sa demande d'aide l'avait placée dans un entre-deux que chacun allait sans doute interpréter à sa guise, et qu'elle aurait du mal à tenir. Elle était néanmoins contente qu'il ait fixé d'emblée des limites. Sans cela, Charlotte aurait certainement envisagé la situation tout autrement, et n'aurait pas hésité à lui demander de vider le pot de son fauteuil d'aisance.

Le souper avait confirmé ses soupçons. Il s'était déroulé dans une ambiance relativement froide. Charlotte avait affiché un air pincé d'un bout à l'autre. Ni Yaël ni Clarisse, qui avaient tenté à plusieurs reprises de l'associer à la conversation, n'étaient parvenus à la dérider.

Ils avaient donc fini par ne discuter que tous les trois. Urielle aurait pu se croire ramenée des années en arrière, lorsqu'ils étaient encore réunis autour de la table, Anne,

Ronan, Yaël et elle, et que la salle à manger résonnait de leurs rires et de leurs projets du lendemain.

La haute fenêtre était ouverte sur la nuit paisible. L'air frais et bienvenu entrait par vagues douces dans la pièce. Les bruits familiers montaient jusqu'à elle, déchirant le semblant de silence. Le chant lointain des crapauds, tout au bout du jardin, parmi les roseaux du petit estuaire qui rejoignait la mer. Trinidad et Tabago qui couraient, au pied de la maison. Leurs halètements et le froissement de l'herbe sous leurs pattes. Le cri d'un rapace nocturne.

Elle soupira et fit lentement le tour de son petit domaine retrouvé. Les murs recouverts de cretonne claire et fleurie en haut, de lambris peints en vert pâle en bas. Le lit à la polonaise, son dais et ses rideaux de toile de Jouy rose. La petite garde-robe dissimulée derrière une porte, qui faisait également office de cabinet de toilette. Le bonheur-du-jour en merisier au sous-main de cuir usé et sa chaise. La commode ventrue, sur laquelle une main délicate avait posé un bouquet de lilas. Était-ce à Clarisse ou à Katou qu'elle devait cette gentille attention ?

Elle avait vidé sa grande malle, rangé ses vêtements dans la garde-robe, ses chaussures, ses chapeaux, ses bijoux, ses accessoires de toilette, ses flacons de parfum… Ce faisant, elle s'était dit que ses nouvelles tenues étaient bien peu appropriées pour les tâches qui l'attendaient au manoir. D'une manière générale, la nouvelle Urielle tout entière ne convenait pas à cet emploi.

Elle s'assit sur le bord du matelas, songeant qu'un verre de lait chaud l'aiderait peut-être à trouver le repos.

Elle devait être à pied d'œuvre tôt le lendemain. Il lui faudrait faire la connaissance des deux palefreniers, de la cuisinière et des deux femmes de chambre – le soir de son arrivée à Plévenon, elle avait déjà aperçu Joséphine, la jeune bonne qui s'occupait du ménage courant et du service à table. Une maisonnée fourmillante qui n'était pas sans lui rappeler la vie au manoir avant le décès de Myette de Keroual et les événements de 1789. Il lui reviendrait aussi d'établir les menus, de faire un inventaire des placards à linge de maison et des provisions, de s'assurer que Mme Michel, qui aidait sa mère pour les gros travaux de ménage et de lessive, était disposée à revenir à la journée. À moins qu'elle n'ait jamais cessé ou qu'une autre femme l'ait relayée. *Enfin*, et non la moindre de ses priorités, contacter le bureau de placement des gens de maison, pour dénicher la perle rare qui remplacerait une bonne fois pour toutes Aesa. Puis recevoir les postulantes, vérifier leurs références…

Elle ne doutait pas de la qualification des trois gouvernantes précédentes, cela dit, et c'était bien ce qui l'inquiétait. L'incompatibilité provenait apparemment de l'attitude de Charlotte Sénéchal, plutôt que des capacités des femmes embauchées. Mais elle se donnait justement ce laps de temps pour se faire sa propre opinion, et ne pas se fier uniquement aux propos de Mona et Katou. Quoi que l'accueil de Charlotte, dans l'après-midi, puis son mutisme au repas soient déjà des indices…

Allons, terminé les supputations ! Elle ne pouvait pas se permettre de veiller encore, ou elle allait véritablement manquer de sommeil. Un verre de lait chaud, oui, voilà ce qu'il lui fallait… Elle avait pris cette habitude à Rivière-Salée, et cela lui réussissait plutôt bien. Elle y glissait un quart de gousse de vanille ouverte pour le parfumer, mais elle doutait d'en trouver dans la cuisine de Keroual.

Elle ouvrit la porte et fit un pas dans le couloir. La lune, presque pleine, le baignait d'une lueur laiteuse. La partie est du manoir comprenait, outre sa chambre, celles d'Anne, de Ronan et de Yaël – du moins, son ancienne chambre, puisque après leur mariage Liz et lui avaient occupé les appartements des maîtres de maison, qu'Anne avait fait rafraîchir et redécorer. La partie ouest, de l'autre côté de l'escalier et du palier, abritait donc ces appartements, ainsi que deux belles chambres réservées aux invités, où Clarisse et Charlotte avaient été installées.

Alors qu'elle commençait à longer le couloir, aussi silencieuse qu'une souris, un léger bruit l'arrêta. Elle tendit l'oreille. Le bruit se reproduisit. Étrangement, il semblait provenir de l'ancienne chambre de Yaël. Elle fit demi-tour et s'approcha de la porte, située juste en face de la sienne. Retenant sa respiration, elle colla la tête au battant : le petit bruit, encore.

Voyons, c'était impossible ! La pièce était vide !

Et pourtant, quelqu'un, à l'intérieur, semblait bien en proie à une vive agitation. Elle percevait à présent le froissement de draps dans lesquels on se tournait et se retournait, ainsi que quelque chose entre le soupir et le gémissement. Pourquoi n'avait-elle pas entendu cette personne entrer dans la pièce ?

Une voix d'homme murmura alors confusément.

Yaël ?

Qui d'autre, sinon ? Certainement pas l'un des deux palefreniers. Il avait donc réintégré son ancienne chambre ?

Il était manifestement la proie d'un cauchemar. Devait-elle entrer ?

Alors qu'elle restait là, immobile et indéterminée, une suite de paroles décousues lui parvint de nouveau, derrière la porte. Puis comme un sanglot. Que lui arrivait-il ? Contre quoi Yaël luttait-il dans son sommeil ?

La main sur la poignée et la respiration un peu plus rapide, elle hésitait encore. Peut-être suffirait-il de le secouer légèrement, sans le réveiller, pour qu'il poursuive sa nuit avec sérénité ? Mais, s'il ouvrait les yeux ? S'il la découvrait dans sa chambre ?

Il cria soudain, et le cœur d'Urielle fit un bond dans sa poitrine. Là, c'en était trop ! Elle devait intervenir avant qu'il n'alerte, malgré lui, Clarisse ou Charlotte. Que penseraient-elles de lui, si elles l'entendaient gémir dans son sommeil comme un enfant qui a peur du noir ?

Enhardie par la conviction de protéger la dignité de Yaël, elle poussa doucement la porte. Il n'avait pas tiré les rideaux, et la fenêtre était entrouverte. Elle s'approcha des courtines qu'il n'avait pas fermées non plus, pour ne pas avoir chaud. Le drap le couvrait à mi-torse, et elle devinait, dans la semi-pénombre, le contour de ses épaules et le dessin de ses pectoraux.

Ce n'était pas la première fois qu'elle le voyait ainsi. Il était souvent arrivé à Yaël de se mettre torse nu pour fendre du bois, se rafraîchir à la fontaine après une course à cheval, ou plonger dans l'eau. De même que Ronan, dans une joyeuse mêlée familiale. Elle y était habituée. Mais seuls dans cette chambre… la nuit… Il y avait là quelque chose de profondément intime qui la jetait dans un grand trouble.

Les traits de Yaël n'avaient rien de paisible. Alors que le sommeil était supposé faire du bien, le sien semblait le torturer.

Elle s'assit avec précaution sur le bord du lit. Si elle frissonnait dans sa chemise de nuit de linon, ce n'était pas de froid. Elle lui saisit la main avec une extrême douceur. Il referma ses longs doigts sur les siens, et son visage parut aussitôt se détendre. Il soupira profondément, murmura de nouveau des paroles inintelligibles.

Un rayon de lune lui éclairait le front, qu'elle effleura de sa main libre. Il soupira une fois encore, mais de manière très différente, moins oppressée. Comme s'il réagissait à son contact et non plus à son cauchemar.

De ses doigts tremblants, elle osa alors lui caresser la joue, passant très près de ses lèvres.

Il ouvrit brusquement les yeux, sembla la fixer quelques secondes, puis les referma.

L'avait-il vue – vraiment vue –, ou s'était-il agi d'un simple geste réflexe dans son sommeil ?

Un troisième soupir lui échappa, presque un gémissement voluptueux, et Urielle se sentit soudain saisie d'une tentation irrésistible : celle de poser les lèvres sur les siennes. Elle se pencha vers lui, tout en sachant qu'elle n'en ferait rien. Elle voulait seulement éprouver l'effet que cela faisait d'être sur le point de l'embrasser.

Il marmonna encore quelque chose d'une voix un peu rauque, comme s'il lui murmurait un secret ou de tendres paroles, et Urielle fut parcourue d'un brusque élan de désir. Elle s'approcha encore, enivrée et se traitant pourtant de folle, jusqu'à sentir son souffle tiède sur sa bouche.

C'est alors que le marmonnement s'éclaircit, et qu'elle l'entendit prononcer distinctement dans son sommeil :

— Liz… Oh mon Dieu, Liz, tu es là !

Extraits du journal d'Urielle

J'étais tout près de lui ! Ses doigts s'étaient refermés sur ma main, ses traits adoucis à mon contact. Je pensais que, du fond de son sommeil, il avait reconnu ma présence et compris que c'était moi. Que j'avais réussi à le délivrer de son cauchemar. Mais il a dit… « Liz ». Il a dit « Liz » ! Oh ! l'impression affreuse que cela m'a faite ! Le plafond se serait effondré sur moi que je n'en aurais pas été plus choquée. Je me suis enfuie, manquant de trébucher contre le fauteuil, avant qu'il ne se réveille tout à fait.

[…]

Voilà 2 heures du matin qui sonnent à l'horloge du vestibule. Je n'espère même plus dormir. J'attends simplement que la nuit se termine, et j'écris encore. Il faut que je le fasse, j'en ai besoin. Il faut que je déverse mes émotions sur le papier pour ne pas qu'elles m'étouffent.

La flamme de la bougie vacille à chaque souffle d'air qui entre par la fenêtre. Le parfum des roses me parvient de l'extérieur, celui du lilas de l'autre bout de la chambre, et ce serait délicieux si je n'étais pas aussi mortifiée.

[…]

J'avais laissé un recueil de poèmes de Ronsard sur le manteau de la cheminée. Personne ne l'a rapporté dans la bibliothèque. Il m'a attendu là, comme s'il avait été secrètement averti de mon retour. J'ai passé un long moment à le picorer, pour tenter de m'apaiser. En vain.

Bien au contraire, un sonnet des Amours de Cassandre a exacerbé mon agitation. Il traduit si exactement mon état, depuis que j'ai quitté Le Cassiopée ! Sept jours seulement se sont écoulés, et je suis passée par autant de hauts et de bas que n'importe qui d'autre en plusieurs mois.

Je le recopie pour fixer ce que le poète exprime bien mieux que moi.

J'espère et crains, je me tais et supplie,

Or je suis glace, et ores un feu chaud,

J'admire tout, et de rien ne me chaut,

Je me délace, et puis je me relie.

Rien ne me plaît sinon ce qui m'ennuie,
Je suis vaillant et le cœur me défaut,
J'ai l'espoir bas, j'ai le courage haut,
Je dompte Amour, et si je le défie.
Plus je me pique, et plus je suis rétif,
J'aime être libre, et veux être captif,
Cent fois je meurs, cent fois je prends naissance.
Un Prométhée en passions je suis ;
Et, pour aimer perdant toute puissance,
Ne pouvant rien, je fais ce que je puis.

Oui, vraiment, Yaël, cent fois je suis morte et cent fois j'ai pris naissance, depuis mon retour… Cent fois j'ai été de glace et cent fois la proie des flammes.

Et que dire de ce qui vient de se passer ! Quelle honte, s'il s'était réveillé et m'avait trouvée là, penchée sur lui, indiscrète et quémandeuse ? Quelle humiliation, s'il avait pensé que je venais m'offrir à lui comme une de ces pensionnaires de la Gueguen, chez qui il est parfois allé chercher son plaisir ! Mais qu'est-ce qui m'est passé par la tête ?

[…]

Comment ai-je pu me persuader que cela irait de soi ? Pourquoi ai-je imaginé que les choses, ici, étaient demeurées telles que Yaël nous les avait décrites dans sa lettre du nouvel an ? Fixées dans le marbre, n'attendant que mes ciseaux et ma massette de sculpteur pour s'animer de nouveau ?

Quel orgueil, ma pauvre fille, et quelle bêtise !

DEUXIÈME PARTIE

Il est plus d'un silence, il est plus d'une nuit.
Car chaque solitude a son propre mystère.

SULLY PRUDHOMME

Chapitre 9

5 prairial (24 mai), manoir de Keroual

— Regarde qui est réveillé et vient te rendre visite !

Katou entra dans la cuisine, Tristan dans les bras. Il avait l'air encore tout ensommeillé, et se frottait la figure de ses petits poings serrés.

Urielle était en train d'établir avec Angèle Morin, la cuisinière, la liste des provisions et produits à faire livrer au manoir. Angèle lui avait appris, le lendemain de son arrivée, que « le maître avait insisté pour qu'Aesa l'embauche », de même que Joséphine, la petite bonne, dès que la situation financière s'était améliorée. Elle en avait beaucoup fait, des années durant, avait-il dit, et il voulait qu'elle s'allège la tâche et bénéficie désormais de plus de temps libre. Urielle n'avait pas été étonnée de l'entendre. Yaël était quelqu'un de généreux, ce qui rendait d'autant plus regrettable l'embrouillamini qui avait conduit au départ de sa mère.

Elle abandonna sa liste séance tenante et se leva de sa chaise pour s'approcher.

— Eh bonjour, mon bonhomme ! Tu m'as l'air de bonne humeur, ce matin !

Lorsqu'il la vit, le visage de l'enfant s'illumina, et il

lui tendit les bras. Chaque fois qu'il le faisait, depuis cinq jours qu'elle était revenue au manoir, elle sentait son cœur fondre de tendresse. Il témoignait une telle joie en sa présence ! Tout comme les autres membres de la maisonnée, elle avait le plus grand mal à s'expliquer pourquoi il se comportait différemment avec elle, mais le fait était là.

Elle le prit contre elle, et il se lança aussitôt dans un discours incompréhensible à son intention, des bulles de salive au coin de la bouche.

— Avec toi, il est toujours de bonne humeur, fit remarquer Katou.

— Comment a-t-il passé la nuit ?

— Bien… De mieux en mieux, je dirais. Il se réveille moins souvent en hurlant.

Urielle éloigna légèrement le petit garçon de son giron pour mieux le regarder.

— C'est bien, ça, Tristan ! Bravo…

Il lui fit un sourire baveux qui dévoilait à présent non plus deux, mais quatre perles nacrées dans sa mâchoire. Puis, prenant un air sérieux tout à fait comique, et la fixant dans les yeux, il lui plaqua sa paume sur la joue, comme s'il s'apprêtait à lui révéler un secret ou à lui faire un serment. Un geste qu'il avait répété, ces derniers jours, et qui la bouleversait tout particulièrement. Elle n'aurait su dire pourquoi cela l'émouvait plus que ses sourires ou son empressement à vouloir être avec elle.

Le miracle du premier soir, lorsqu'il s'était presque instantanément calmé puis endormi tout contre elle, n'en finissait pas de se reproduire, au point qu'elle passait avec lui bien plus de temps que prévu. Est-ce qu'il ressentait, de manière confuse, à quel point l'amour qu'elle éprouvait pour Yaël débordait sur lui ? Certaines femmes, à sa place, l'auraient détesté, lui, l'enfant d'une autre. Pas elle.

Bien au contraire. Elle ne demandait qu'à lui prodiguer l'affection inconditionnelle d'une mère.

— Sa bouillie est prête et tenue au chaud, annonça Angèle en désignant une casserole sur le potager[1]. J'y ai ajouté une tombée de compote de pommes. Pour le sucré et le moelleux.

— Mais tu vas te régaler, mon chou ! dit Urielle en lui saisissant la menotte pour y déposer un baiser.

— Pour sûr, qu'il va se régaler, renchérit Katou en s'approchant pour lui nouer un bavoir autour du cou.

Chaque fois qu'elle le pouvait, c'était Urielle qui lui donnait à manger, car il mangeait plus volontiers avec elle, en de meilleures quantités. Et il avait besoin de prendre du poids. Il était trop chétif pour son âge.

Elle l'installa sur ses genoux, car la chaise haute était dans la nourricerie. Pendant ce temps, Angèle versa la bouillie dans une assiette creuse qu'elle fit ensuite glisser sur la table, devant Urielle. Celle-ci eut à peine saisi la cuillère que Tristan ouvrit grand la bouche, comme un oisillon affamé attendant la becquée.

— Quand je pense à tout ce qu'il m'en a fait voir pour manger, le petit diable ! s'écria Katou.

Mais le regard plein d'indulgence qu'elle coula à Tristan disait qu'il était plutôt un ange à ses yeux.

— Alors, le maître revient ce soir, c'est bien vrai ? demanda Angèle.

Urielle avait du mal à relier « le maître » à Yaël, chaque fois que la cuisinière prononçait ce mot. D'autant plus que, du temps de Hervé de Keroual, les domestiques disaient simplement « monsieur » en parlant de lui. Elle avait l'impression qu'il s'agissait de quelqu'un d'autre,

1. Fourneau de cuisine placé à l'écart de la cheminée et chauffé à la braise, destiné aux préparations mijotées.

pas de *son* Yaël. Mais qu'elle pense à lui ainsi aurait tout autant étonné Angèle, si celle-ci l'avait su.

— Oui, c'est confirmé, Angèle. Un mot de lui est arrivé hier en fin de journée par la malle-poste. Il a terminé plus tôt ce qu'il avait à faire. Il sera là en fin d'après-midi.

— Alors je vais lui préparer son dessert préféré ! décréta la cuisinière. Il aura bien besoin de douceur !

Pour elle qui n'avait jamais quitté le tranquille village de Plévenon, la ville de Fougères – pas si grande ni si peuplée que cela, pourtant – lui apparaissait comme l'antichambre de l'enfer sur terre.

— Est-ce qu'il a réussi, cette fois, pour Mlle Anne ? s'enquit Katou. Est-ce qu'elle va pouvoir enfin revenir en Bretagne ?

— Nous le saurons tout à l'heure. Il n'en a rien dit dans sa lettre. Hé, Tristan ! Qu'est-ce que tu fais ?

Pour manifester son contentement, le petit garçon trouvait pertinent de taper du plat de la main dans l'assiette. Un jet de bouillie atterrit sur le bras nu d'Urielle, un autre dans son décolleté et sur son menton.

Elles éclatèrent de rire toutes les trois. Un instant interloqué, Tristan les regarda l'une après l'autre, puis il recommença de plus belle.

— Non, non ! Mauvaise idée, mon chéri, lui dit gentiment Urielle en saisissant avec douceur son poignet miniature. Nous n'aurions pas dû rire.

Katou attrapa aussitôt un torchon pour nettoyer l'instrument du délit, puis elle en tendit un autre à Urielle afin qu'elle s'essuie à son tour. Elle avait à peine terminé que Tristan recommença son manège avec un air si canaille que le fou rire les reprit.

— Vous en avez dans les cheveux, cette fois, mademoiselle, lui fit remarquer Angèle, qui n'arrivait pas encore à l'appeler par son prénom, bien qu'Urielle le lui ait déjà demandé plusieurs fois.

Ce fut ce moment que choisit Charlotte Sénéchal pour faire irruption dans la cuisine.

— Katou, lança-t-elle d'un ton tranchant, remonte immédiatement cet enfant dans la nourricerie ! Le fils de la maison n'a rien à faire dans la cuisine ! Et ce n'est pas un salon de thé, ici, ajouta-t-elle à la cantonade. Que chacune reprenne son travail !

Urielle reposa la cuillère avec un calme qu'elle était loin de ressentir.

— Tristan n'a pas fini de manger, dit-elle d'une voix ferme.

Elle s'interrompit le temps de lui nettoyer la main une fois encore, puis de le réinstaller contre elle, car ses gigotements l'avaient fait glisser.

— Katou le remontera lorsqu'il aura terminé. Il a bon appétit, ce matin, inutile de le perturber en le changeant de pièce.

Comme pour appuyer ses dires, le petit ouvrit la bouche et enfourna une belle cuillerée de bouillie.

Charlotte lança un regard noir à Urielle et pinça les lèvres – une mimique qui semblait tout particulièrement de rigueur chaque fois ou presque qu'elles étaient en présence l'une de l'autre. Angèle et Katou ne pipaient mot, tassées au bout de la table. Si elles l'avaient pu, elles seraient sûrement rentrées dans le vaisselier.

— Ma chère, fit Charlotte d'un ton acide, je pense savoir aussi bien que vous ce qui convient ou non à *mon petit-fils*.

Une façon de me rappeler que, contrairement à elle, je n'ai aucun lien de parenté avec lui. Donc aucun droit sur lui.

Charlotte devait continuer à ignorer à quel point ce genre de remarque faisait mouche sur elle.

Ne pas lui donner d'armes contre moi.

Oh ! encore ce vocabulaire martial ! Était-elle donc en guerre contre tout le monde, depuis son retour ? Offensive et conquête pour Yaël, combat à fleurets mouchetés avec Charlotte pour Tristan ?

Elle aurait dû se taire, mais elle poursuivit :

— Je ne pense pas que cela dérange Yaël que son fils passe un peu de temps ici. C'est un endroit chaleureux et animé. Nous en avons tous passé beaucoup, quand nous étions petits, puis plus tard. Nous nous y sommes toujours sentis bien.

Charlotte n'aimait pas qu'elle lui rappelle qu'elle avait vécu ici et qu'elle y était la protégée des parents de Yaël. Urielle avait pu s'en rendre compte à plusieurs reprises. Ce petit accrochage n'était pas le premier, depuis qu'elle était revenue au manoir. Elle s'y était attendue, d'ailleurs, d'autant plus que Yaël n'était pas là pour tempérer de sa présence le comportement autoritaire de sa belle-mère.

Il était parti pour Fougères deux jours après son installation, pour faire suite à une invitation du représentant local du Comité de sûreté générale. *Invitation* qui tenait plus, selon lui, de la sommation, étant donné la fonction de l'expéditeur. Et, les journées précédentes, il les avait passées sur le domaine, ici et là, partant tôt le matin et rentrant tard le soir.

Joséphine apparut à ce moment-là, finissant de nouer son tablier blanc à volants. Son petit minois enjoué s'assombrit lorsqu'elle constata la présence de Charlotte dans la pièce. Ce fut sur elle que celle-ci passa sa colère.

— Où te crois-tu donc, pour finir de t'habiller dans les couloirs ! C'est insensé ! Allons, dépêche-toi de nous servir à la salle à manger, si tu ne veux pas perdre ta place ! Tu as dix minutes de retard, au moins !

Ce qui était faux. La demie de 8 heures du matin

n'avait pas encore sonné à l'horloge du vestibule, et c'était à cette heure que Charlotte et Clarisse prenaient habituellement leur déjeuner.

À la mention d'un possible renvoi, Joséphine jeta un coup d'œil alarmé à Urielle, qui lui répondit par un sourire rassurant et lui fit signe de vaquer sans s'inquiéter.

Charlotte quitta la cuisine dans un bruissement de tissu, le dos raide et le pas impatient.

— Eh ben, mon vieux..., lâcha Katou en faisant la grimace et en roulant des yeux. La journée va être longue, si ça commence comme ça !

Yaël vérifia une dernière fois la sous-ventrière de Tango, puis commença à attacher les fontes de part et d'autre de la selle. Il avait hâte de rentrer à Keroual. Derrière lui, dans la cour de l'hôtel où il avait logé durant son séjour, deux valets chargeaient des malles sur la plate-forme arrière d'une berline. Ils discutaient bruyamment, partaient parfois d'un grand éclat de rire qui se répercutait dans l'espace enclos par les bâtiments. Un peu plus loin, un autre voyageur sellait lui aussi sa monture. Un chat tigré, gras comme un moine, suivait placidement les préparatifs depuis un coin de soleil.

Les deux nuits avaient été mauvaises, et Yaël commençait à en avoir assez de ces interminables traversées dans le noir qui ne lui apportaient aucun repos.

Le premier soir, il avait eu le plus grand mal à trouver le sommeil à cause de l'issue de son rendez-vous. Non seulement de nouveaux délais lui avaient été annoncés pour le projet d'amnistie d'Anne et Malo, mais cette amnistie était devenue sujette à condition pour lui. Pire qu'une condition, même. Une carotte par laquelle Longmartin, le représentant du Comité de sûreté générale à Fougères, entendait lui faire accepter un rôle de médiateur au sein de la commission chargée d'examiner le cas des chouans notoires et autres « traîtres à la République ». Le rôle de cette commission – rattachée au département de Justice – était de décider ou non de la cessation des poursuites à leur encontre ou de leur libération, pour ceux qui avaient été emprisonnés. Celle-là même qui traînait depuis des mois pour statuer sur le cas d'Anne et Malo, entre autres choses.

Dans son souhait de tempérance, et afin de bien marquer la rupture avec les mois sanglants de la Terreur, la Convention thermidorienne voulait associer d'anciens nobles – tempérés, eux aussi – aux dispositions mises en œuvre pour tenter de restaurer la paix sociale. Notamment dans des régions comme la Bretagne, la Vendée ou le Maine, particulièrement secouées par la rébellion.

Il aurait été difficile à Yaël de refuser la proposition, d'une part parce que la liberté de sa sœur et de son beau-frère était en jeu, d'autre part parce qu'il était content de pouvoir s'engager à son tour, politiquement, même si ce n'était pas du tout à la manière de ses aînés. Anne et Ronan avaient choisi le combat secret ; ils avaient empoigné le danger à bras-le-corps. Lui s'était également découvert homme d'action depuis peu, mais d'une autre nature : un organisateur, un gestionnaire, un garant du bien-être et de la prospérité de ceux qui dépendaient de lui au manoir, ainsi que sur le domaine. L'étape suivante, qui s'étendrait sur toute la région du cap Fréhel et au-delà, Longmartin la lui proposait : contribuer au rétablissement d'un équilibre où chacun pourrait espérer mener une existence plus paisible.

Depuis que Yaël avait pris les rênes du domaine de Keroual, il apparaissait aux yeux de tous comme un homme de ressource, quelqu'un de pondéré qui menait à bien ses projets, un pas après l'autre, mais avec une détermination le conduisant à la réussite.

Qui l'aurait cru, quand on savait quel chien fou il avait été ?

Il s'était montré négligent, à la mort de son père. Tellement négligent... Pour le manoir et les métairies, il s'était reposé sur Anne qui, déjà, avait pris la succession de leur mère à sa disparition, alors que Ronan et elle n'avaient que dix-sept ans, et lui-même treize. Il avait aussi fait des choses dont il n'était pas fier, avec le recul. Comme fréquenter occasionnellement l'une des pensionnaires un peu trop parfumées, un peu trop dénudées, de la Gueguen. Quel garçon, cependant, ne l'avait pas fait, dans le village ? Quel garçon n'avait pas, discrètement, fréquenté cet établissement, pressé de curiosité pour les choses de la volupté ?

Après avoir fait la connaissance de Liz à un bal à Erquy, puis l'avoir revue, il s'était servi sans vergogne dans le petit coffre où ils rangeaient leurs liquidités, à Keroual. Il avait subtilisé quelques écus d'abord, pour lui offrir des colifichets. Un peu plus tard, ce furent des louis, pour soudoyer sa chambrière afin que, au milieu de la nuit, celle-ci lui ouvre le chemin de la chambre de sa maîtresse.

Il avait séduit Liz parce qu'il l'avait trouvée jolie et pour éprouver son pouvoir de beau garçon autrement qu'avec une fille de joie. Une posture de jeune fat qui lui laissait un goût terriblement amer dans la bouche, à présent. Il lui avait fait un enfant par accident. À partir de là, son attitude vis-à-vis d'elle avait changé du tout au tout.

De toutes ses forces, il avait voulu réparer son inconséquence. Être un bon mari pour elle, faute d'être un mari amoureux. Il n'en restait pas moins qu'il n'en finissait pas de subir les conséquences de sa légèreté passée. Des conséquences qui le hantaient et troublaient son sommeil. Comme la nuit précédente à l'hôtel, la dernière en date, où les cauchemars s'étaient encore une fois invités. C'étaient toujours les mêmes terribles visions. Le corps convulsé de Liz au milieu de draps trempés de sueur. Ses joues ternes, creusées par la fièvre et l'épuisement. Ses doigts, devenus diaphanes, crispés sur la couverture. Ses mots incohérents. Les cernes violacés sous ses yeux. Puis, plus tard, son immobilité. Son visage de cire. La poignée de terre qu'il avait laissée tomber sur son cercueil.

Et puis, les cris de Tristan. Ses hurlements comme un reproche qui n'en finissait pas…

Comme il évoquait son fils, ses pensées finirent heureusement par s'envoler vers des perspectives plus joyeuses. Notamment une, qui l'avait rendu fou de joie. Pour la première fois depuis sa naissance, il l'avait entendu rire. *Rire !* Cela s'était passé trois jours plus tôt, juste avant son départ pour Fougères. Il n'en revenait toujours pas !

L'enfant était assis sur les genoux d'Urielle, et elle jouait avec lui à « la petite bête qui monte, qui monte, qui monte… ». Jeu que Clarisse et lui-même avaient déjà tenté de nombreuses fois avec lui. Sans succès. Mais avec Urielle, le miracle s'était produit. Une fois de plus… Oh ! ce rire ! Ce petit rire, monté de sa gorge comme une succession de notes limpides tirées d'un cristal léger et musical. Les larmes lui étaient montées aux yeux, et il s'était brusquement détourné, fixant le jardin à travers la fenêtre, pour qu'Urielle ne le voie pas pleurer.

Tango s'agitait. Revenant au présent et à la réalité de son départ, Yaël se rendit compte qu'il agrippait toujours la seconde fonte, pourtant accrochée à la selle depuis longtemps. Il flatta l'encolure de l'animal.

— Allez, mon tout beau, on rentre à la maison !

Il grimpa en selle et prit la route sans plus attendre. Le chemin était long et il devrait ménager Tango, en dépit de sa grande impatience de retrouver le manoir.

Chapitre 10

En arrivant de Fougères, tout couvert de la poussière de la route, Yaël avait rapidement salué la maisonnée, puis était monté voir son fils, faire un brin de toilette et se changer.

Le lendemain de l'épisode du cauchemar, Urielle avait eu la confirmation qu'il avait bel et bien déserté le grand appartement des maîtres et réintégré son ancienne chambre. Il l'avait fait à la naissance de Tristan, afin de laisser à Liz tout le calme et le silence nécessaires à son repos. Une migration qui s'était prolongée lorsqu'elle avait été saisie des fièvres qui devaient l'emporter. Il n'avait pas souhaité, ensuite, y revenir.

Il n'était pas loin de 20 heures et, depuis l'office où elle arrangeait un énorme bouquet de pivoines dans un vase, elle entendait le tintement de la vaisselle dans la salle à manger : Joséphine dressait le couvert pour le repas du soir. Le bouquet, magnifiquement odorant, prendrait place sur la cheminée, pour introduire dans cette pièce assez austère un peu du printemps qui explosait partout dans le jardin et dans les champs, sur le bord des chemins, sur la lande, en une symphonie de couleurs et de senteurs.

Elle avait si peu vu Yaël depuis son installation au manoir qu'elle trépignait d'impatience de passer enfin un moment avec lui, même si, ce moment, elle allait le partager avec Charlotte et Clarisse autour de la table. Pour l'occasion, elle avait choisi de porter une robe de mousseline bleu ciel brodée de fleurettes ton sur ton. La coupe en était simple, mais Urielle avait appris à la Martinique, au cours d'une partie de campagne organisée par un planteur, voisin d'Anne et Malo, que sa couleur mettait tout particulièrement en valeur ses cheveux blonds et son teint « de porcelaine », comme on se plaisait à le lui répéter là-bas. Le jeune officier qui l'avait par la suite demandée en mariage ne s'y était pas trompé : il ne l'avait pas lâchée de l'après-midi ni de la soirée. Un large ruban bleu marine soulignait sa taille fine et voletait derrière elle à chacun de ses pas. Ce même bleu marine se retrouvait dans les saphirs qui ornaient le peigne dont elle avait rehaussé sa coiffure, dans les gouttes de ses dormeuses et son bracelet assorti.

Elle avait chaussé des mules de satin clair, qu'elle mettait pour la première fois depuis son départ de Rivière-Salée. Délicates, inspirées d'un Orient plus fantasmé que véritablement connu, elles étaient faites pour l'intimité d'un boudoir plutôt que pour mener tambour battant l'intendance d'un manoir. Ce qui expliquait qu'elles aient été reléguées jusque-là tout au fond de sa garde-robe.

Mais Charlotte et Clarisse étaient toujours si élégantes ! Elle ne voulait pas, pour le retour de Yaël, déparer à côté d'elles, lui offrir l'image de la Urielle d'avant, sobre dans sa tenue, effacée, et transie en sa présence d'un amour qui n'osait se montrer, encore moins s'exprimer.

Elle qui s'était imaginée passant de longs moments en

tête à tête avec lui au cours de promenades ou simplement dans le jardin, elle avait eu, durant les jours précédents, un redoutable aperçu de ses obligations de maître du domaine, de son emploi du temps, et – le plus regrettable pour elle – de son indisponibilité et du peu de temps qu'il passait à Keroual. Aussi ne pouvait-elle manquer aucune des rares occasions de lui apparaître sous son meilleur jour. Elle désirait qu'il la regarde, encore et encore, avec cet air étonné et charmé qu'elle avait surpris plusieurs fois sur son visage, lors de leur pique-nique au château d'Aubin. Elle n'était plus cette jeune femme transie ; elle était une amoureuse déterminée à gagner le cœur de celui qu'elle aimait !

Alors qu'elle sortait de l'office et traversait le vestibule pour emporter le bouquet à la salle à manger, ses mules claquant sur le sol, elle entendit une porte se refermer à l'étage. Elle reconnut les pas, puis Yaël apparut au sommet de l'escalier. Il ne portait plus le deuil, si toutefois il l'avait jamais porté, mais se vêtait néanmoins de couleurs foncées. Une fois encore, elle fut frappée du contraste entre sa blondeur angélique et la dureté qui marquait son expression de manière habituelle, désormais. Une dureté qui n'altérait pourtant pas sa beauté, à ses yeux. Qui la rehaussait même d'une aura farouche et sombre. Sauf lorsqu'il lui souriait, ce qui se produisait quelquefois – si peu de fois, si peu de temps. Elle retrouvait alors brièvement le Yaël d'autrefois, celui qui riait sous la pluie, insouciant. Celui qui débordait de joie de vivre.

Elle s'immobilisa sans y penser au milieu du hall, la figure levée vers lui, le vase et les fleurs pressés contre la poitrine. La tête étourdie du parfum entêtant des pivoines. Le cœur battant à tout rompre sous la mousseline de sa robe.

— Quel adorable tableau tu offres aux regards ! s'écria Yaël lorsqu'il aperçut Urielle au bas des marches, le visage émergeant d'une brassée de fleurs. Un véritable Vigée Le Brun[1] !

Les mots étaient sortis tout seuls, et ils étaient loin de refléter ce qu'il pensait vraiment. Urielle était bien plus qu'une vision charmante. Elle était incroyablement belle. D'une beauté pure et naturelle qu'il s'étonnait de n'avoir pas remarquée plus tôt, quand elle vivait encore au manoir, avant les événements qui les avaient tous dispersés aux quatre vents. Il s'efforçait de ne pas passer son temps à la dévisager lorsqu'il était près d'elle, mais tant de choses semblaient avoir changé, en elle, qu'il se surprenait bien plus souvent qu'il ne le souhaitait à la contempler.

Dès qu'il fut en bas de l'escalier, il se dirigea vers elle.

— Donne… Ça m'a l'air très lourd, tout cela. Je vais t'aider, dit-il en la délestant du vase et des fleurs.

À la vérité, il cherchait surtout à dissimuler le trouble absurde qui s'était emparé de lui.

Bon sang ! Il n'allait tout de même pas devenir timide en sa présence !

Il tourna deux fois sur lui-même avec son fardeau, conscient d'être un peu ridicule.

— Je vais où, avec ça, maintenant ?

Le rire d'Urielle résonna et s'éleva sous le plafond.

— Dans la salle à manger, gros malin !

Il rit, lui aussi. C'était la deuxième fois depuis qu'elle était revenue, alors que cela ne lui était plus arrivé depuis des mois et des mois.

1. Élisabeth Vigée Le Brun, célèbre portraitiste du XVIIIe siècle et peintre de cour. Elle deviendra notamment le peintre officiel et favori de la reine Marie-Antoinette avant la Révolution.

Mais son rire mourut dans sa gorge lorsque tous deux entrèrent dans la pièce, et qu'il vit Charlotte debout près de la porte-fenêtre. Son rire lui parut tout à coup indécent, et cette amertume, ce goût de cendre qu'il connaissait si bien depuis la maladie de Liz, lui emplit de nouveau la bouche. Il sentit également Urielle se raidir légèrement.

Elle lui reprit le bouquet et alla le placer sur le manteau de la cheminée, tandis que Charlotte déclarait, impavide :

— J'entends Clarisse. Nous allons pouvoir passer à table.

— J'arrive ! J'arrive ! chantonna la jeune fille en entrant dans la pièce, un grand sourire aux lèvres.

Son apparition chassa le léger froid qui était tombé sur eux, d'autant plus qu'elle entreprit de lui raconter les derniers exploits de Tristan, qui se déplaçait déjà à quatre pattes pour explorer son petit monde.

Il lui en fut reconnaissant. De cela, et de la fraîcheur et la gaieté qu'elle apportait au manoir ainsi que dans la vie de son fils, depuis sept mois et demi. Il avait en revanche de plus en plus de mal à supporter l'autoritarisme de sa belle-mère, qui se comportait en maîtresse à Keroual, une place que Liz n'avait pas eu le temps d'occuper, mais Anne et sa mère, si, avec une tout autre bienveillance, un tout autre charisme.

Lorsqu'il avait pris la route pour Fougères, il s'était fixé son retour au manoir comme date limite pour parler à Charlotte de son départ. Il était plus que temps. Hélas, la perspective de devoir s'absenter de nouveau sous peu, et pour une durée bien plus longue cette fois, le conduisait à repousser encore l'échéance. Si, d'aventure, Urielle devait quitter le manoir plus tôt que prévu pour superviser les travaux au château d'Aubin, il ne voulait pas laisser Tristan à la seule garde des domestiques, même s'il avait toute confiance en elles. Il préférait malgré tout que Clarisse et Charlotte demeurent – surtout Clarisse –, jusqu'à ce que lui-même revienne à Keroual, son travail pour la commission terminé.

— Il devient de plus en plus joueur, conclut sa belle-sœur. Et il se dresse sur ses jambes avec une telle vigueur qu'il marchera sûrement bientôt ! Qu'en pensez-vous, Urielle ? Ne trouvez-vous pas qu'il a fait beaucoup de progrès, ces derniers jours ?

— Si, beaucoup.

Comme Joséphine apparaissait, un plat dans les mains, ils s'installèrent autour de la table.

— M. Jakez est-il propriétaire d'une plantation, là-bas ? s'enquit Clarisse, en posant délicatement sa fourchette et son couteau de part et d'autre de son assiette vide.

Yaël venait de leur rendre compte de son séjour à Fougères et du délai d'attente supplémentaire pour l'affaire d'Anne et Malo. Il leur avait également annoncé qu'il serait bientôt absent pour deux mois environ. La déception qui avait un instant obscurci les traits d'Urielle ne lui avait pas échappé. Curieusement, il avait éprouvé comme une petite joie à l'idée qu'il puisse lui manquer. Puis il avait songé que la réaction de celle-ci avait certainement plus à voir avec son poste de gouvernante et son impatience à laisser la place. Quelques lettres étaient arrivées au manoir, suite à leur recherche d'une candidate, et Urielle recevait deux personnes en entretien dans les jours à venir. Mais elle devait se sentir obligée de rester jusqu'à ce qu'il en ait fini avec le comité. Il faudrait qu'ils en parlent en privé.

— Non, Malo n'a jamais été planteur, répondit-elle. Il était marin. Corsaire du roi, plus précisément. La maison qu'il possède à Rivière-Salée était pour lui un refuge, un endroit où se poser entre deux voyages en mer, pas une exploitation.

— On dit qu'il existe aux îles des oiseaux si petits qu'on pourrait les prendre pour des insectes. Est-ce que c'est vrai ?

— Oui. Les colibris. On les appelle d'ailleurs aussi les oiseaux-mouches.

— Ils sont donc si minuscules que cela ? s'écria Clarisse en ouvrant des yeux ronds qui la firent tellement ressembler à Liz, en cet instant, que Yaël eut l'impression de recevoir un coup dans le ventre.

Il aimait bien Clarisse. C'était une gentille fille. Il était en outre persuadé qu'elle serait une tante attentive et présente tout au long de la vie de Tristan. Il n'y avait qu'à la voir avec lui, et il voulait encourager cette relation. Pour son fils. Pour lui créer un entourage affectif fiable. Mais son visage... Sa silhouette... Sa façon de s'habiller et de se coiffer, depuis qu'elle était à Keroual... La pauvre n'y était pour rien si elle ressemblait à ce point à son aînée. Seulement, il avait constamment l'impression de voir Liz, et cela ne lui faisait pas de bien. Cela ne l'aidait pas. Il faisait son possible pour ne rien laisser paraître, bien sûr. Clarisse n'avait pas à pâtir de ses propres tourments.

— Certains, oui, poursuivit Urielle. Ils ne sont pas plus longs que cela...

Elle tendit l'index gauche et marqua du droit la limite de sa première phalange.

— Vraiment ?

— Vraiment !

— Et ce sont bien des oiseaux ? Je veux dire... Comme ici les rouges-gorges ou les moineaux ?

— Oui !

Urielle paraissait s'amuser de la curiosité presque enfantine de Clarisse.

— Et ils ont des noms si évocateurs, parfois ! Il y a là-bas une poésie du quotidien surprenante, dans les noms qui sont donnés aux lieux ou à la faune. Rivière-Salée, par exemple. Ou, pour les colibris : les madères, les huppés, les falle-verts, ou les colibris à tête bleue…

— Il y en avait beaucoup, dans le jardin de M. Jakez ?

— Énormément ! Et des iguanes, des papillons extraordinaires, des loriquets. Nous avons même eu un petit singe écureuil, une fois. Il est resté plusieurs jours dans un arbre, puis, un matin, il avait disparu.

Tandis que la discussion se poursuivait entre Urielle et Clarisse, Joséphine avait débarrassé les assiettes et les couverts. Elle apportait à présent le dessert. Yaël reconnut l'odeur du *farz fourn*, son préféré. Angèle le faisait aux pommes, ce qui rendait la pâte très fondante au fond, particulièrement sucrée, avec un petit goût caramélisé, et offrait un contraste intéressant avec le haut, plus ferme.

Aesa le faisait ainsi. Sans doute était-ce elle qui avait soufflé à Angèle sa recette. Il soupira. Le départ d'Aesa et Yann l'avait énormément contrarié. Plus que contrarié, même. Il s'était senti abandonné par les deux dernières personnes qui constituaient les piliers de son existence passée. À sa décharge, les catastrophes s'étaient accumulées, et toutes au même moment ou presque, pour faire bonne mesure. Il n'avait pas su gérer.

Il mangea sa part de *farz* avec un plaisir qui remontait à l'enfance. C'était étrange, ces parts de soi qui demeuraient, intactes, alors que la vie vous précipitait dans les changements, les urgences, les adaptations permanentes.

Ces considérations le ramenèrent à Urielle, une fois de plus. À la métamorphose que son séjour d'une année à la Martinique avait opérée en elle. Il y avait une familiarité, une sensation de bien-être et de sécurité, à se trouver en sa présence. Et puis, il y avait autre chose, de totalement nouveau, qui l'intriguait parce que cela bouleversait aussi sa relation avec elle.

Clarisse et elle en étaient à présent à parler des réceptions données par le gouverneur à Fort-de-France, tandis que Charlotte quittait la table pour écrire quelques lettres, avait-elle indiqué. Aussi prit-il congé à son tour pour s'enfermer dans son bureau : le grand livre de comptes du domaine l'attendait pour une longue soirée en tête à tête.

Les affaires allaient de mieux en mieux, depuis l'automne précédent. Et les récoltes s'annonçaient belles pour l'été. Au moins pouvait-il faire cela pour Tristan : redonner à Keroual son faste d'avant les événements de 1789, d'avant la disparition de sa mère même, afin de lui assurer, plus tard, un patrimoine et une situation générale prospère. Il n'avait pas toujours été à la hauteur par le passé mais, pour son fils, il le serait.

Chapitre 11

27 prairial (15 juin), manoir de Keroual

Les trois semaines – les *deux décades*, plutôt – qui venaient de s'écouler depuis son retour au manoir, Urielle les avait à peine vues passer. Tant de choses à faire, à organiser, à superviser ! Sans compter qu'elle avait le plus grand mal à trouver une gouvernante pour Keroual. Les deux personnes qu'elle avait reçues en entretien ne convenaient pas. Trop peu d'expérience, pour le coup. Même si le manoir n'avait jamais eu et n'aurait jamais le grand train du château d'Aubin à son heure de gloire, le poste nécessitait une certaine stature et un sens poussé de l'initiative. Ce que ni l'une ni l'autre des candidates ne lui avaient semblé posséder, malgré toute la bienveillance avec laquelle elle avait examiné leur parcours. Depuis, plus personne ne s'était manifesté.

D'après Katou, qui le tenait de Mona, la réputation de Charlotte Sénéchal était si mauvaise au village que personne n'avait envie de travailler sous ses ordres. D'autant plus que son installation à Keroual était tenue pour définitive par bien des gens, ce que la discrétion interdisait à Urielle de démentir. La rumeur allait donc bon train, décourageant les meilleures volontés.

Urielle voyait bien à présent que la présence de sa belle-mère agaçait Yaël, quelles que soient les raisons qui l'avaient poussé à l'accueillir, au départ. En fait, ces raisons, elle les concevait aisément, même s'ils ne les avaient jamais évoquées de vive voix, tous les deux. Tout comme elle comprenait à quel point il pouvait être difficile pour Yaël de lui demander de partir. La décision aurait dû venir de Charlotte, et depuis longtemps déjà. Elle-même estimait que l'affaire ne la regardait pas, et se gardait d'aborder le sujet.

Pourtant, l'attitude de Charlotte lui pesait, et lui rendait le quotidien désagréable, à tel point qu'en l'absence de Yaël elle avait renoncé à prendre le repas de milieu de journée avec Clarisse et sa mère. Ce qui était le cas presque tous les midis. Elle prétextait le travail et ne partageait que le souper, où il était là, la plupart du temps. Charlotte avait essayé, les premiers temps, de lui donner des ordres, et de lui imposer des tâches qui ne correspondaient pas aux attributions d'une gouvernante en général, encore moins à elle, qui n'était là qu'à titre provisoire et *amical*, comme l'avait souligné Yaël le premier jour.

Devant sa résistance calme mais déterminée, Charlotte avait changé de tactique. Elle semblait mener contre elle une guerre dont Urielle ignorait les tenants et les aboutissants, sauf peut-être à propos de Tristan. Manifestement, l'affection démonstrative que le petit lui portait la dérangeait. De même que ses toilettes et ses bijoux, si elle se fiait à sa désapprobation évidente les rares fois où elle revêtait autre chose que les simples cotonnades adaptées au quotidien.

En réalité, Urielle supputait les raisons de l'hostilité sourde de Charlotte à son égard. Son statut, encore une fois, déstabilisait celle-ci dans sa vision rigide et structurée de la hiérarchie sociale. Aux yeux de cette femme, elle ne pouvait pas être à la fois une bâtarde de domestique et une jeune personne instruite, dotée de bonnes manières, portant robes de soie et pierres précieuses aux oreilles, autour des poignets ou du cou. Une jeune personne, en somme, qui pouvait prétendre à la même place qu'elle. À croire que Charlotte Sénéchal défendait l'ordre ancien, alors que son mari et elle étaient notoirement ralliés aux idées de la République ! Étrange paradoxe.

Et ce n'était pas le seul que cette femme cultivait ! Urielle n'avait pas beaucoup vu Liz, avant son mariage. Et pour cause… Mais la ressemblance des deux sœurs ne lui avait pas échappé, ressemblance qui semblait un enjeu pour Charlotte. Elle avait en effet surpris deux ou trois altercations entre la mère et la fille à propos de toilettes et de coiffures. Altercations qui lui avaient laissé penser que Charlotte encourageait ce mimétisme, voire l'exigeait, alors que Clarisse souhaitait au contraire le gommer et se différencier de sa sœur. Comment une mère pouvait-elle si peu prendre en compte la personnalité de sa cadette et vouloir au contraire retrouver à travers elle une copie de son aînée disparue ? C'était une attitude particulièrement malsaine et irrespectueuse. Dangereuse, à la longue, pour l'intégrité mentale de Clarisse. Peut-être essaierait-elle d'en discuter avec la jeune fille, songea Urielle. Pour l'aider à s'affirmer. Elle avait beaucoup de sympathie pour elle, elles s'entendaient bien.

Malgré tout, l'ambiance demeurait lourde et chargée de tension, au manoir. Bien loin de ce qu'elle avait imaginé lorsque, à bord du *Cassiopée*, elle déroulait dans son journal intime l'histoire espérée de ses retrouvailles avec Yaël. Elle ne lui en voulait pas des longues heures qu'il passait loin du manoir. Il travaillait dur. Il n'économisait pas sa peine pour redresser une situation dont de nombreuses personnes dépendaient, dans les fermes notamment. Pas plus qu'elle ne lui en voulait d'avoir accepté cette fonction au sein de la commission républicaine, si cela devait accélérer l'amnistie d'Anne et Malo, et permettre leur retour en Bretagne ou, du moins, leur libre circulation.

Mais le fait qu'il soit si peu au manoir semblait encourager Charlotte à multiplier vis-à-vis d'elle les petites piques, les petites vexations quotidiennes, dont le but évident était de lui rappeler constamment – ainsi qu'aux autres personnes vivant ou travaillant au manoir – son statut « inférieur », en dépit de son passé au sein de la famille de Keroual.

Urielle essayait de les ignorer, se répétant les raisons de sa présence entre ces murs. Pourtant, à la longue, ce travail de sape commençait à éroder sa résistance et son humeur. Elle se raccrochait de toutes ses forces à l'image de Tristan lui tendant les bras ou de Yaël le visage illuminé de l'un de ses trop rares sourires. Elle avait compté sur un prompt retour des Sénéchal à Erquy pour en finir avec Charlotte : hélas, le long séjour à Fougères de Yaël allait reporter d'autant ce départ.

C'est pourquoi l'arrivée de deux lettres à son intention parmi le courrier du jour lui fut une bouffée d'air frais. L'une était de Guillaume Janet. Leur relation s'était d'emblée installée dans une légèreté reposante pour elle. L'autre était de Lucie.

Elle sortit dans le jardin et s'installa sur le banc près de l'échauguette pour les lire tranquillement. Un endroit où Anne et elle aimaient à venir autrefois, dans un doux rituel, pour échanger des confidences.

Elle brisa d'un coup d'ongle le cachet du premier courrier, celui de Guillaume, et déplia le feuillet. Elle commençait justement à se demander où en étaient les démarches pour le château.

Lamballe, le 25 prairial

Chère Urielle,

Vous voyez, je vous obéis bien volontiers, et j'abandonne ce « mademoiselle Legoff » trop formel, selon vous. Vous avez peut-être trouvé mon silence un peu long. C'est qu'après mon séjour dans les environs du cap Fréhel mes nouvelles fonctions m'ont aussitôt entraîné ailleurs, puis ailleurs encore. Mais rassurez-vous, dès mon premier retour à Lamballe, j'ai prestement ouvert le dossier « château d'Aubin ». Je m'en occupe moi-même, sans déléguer, afin d'avoir le plaisir de vous tenir directement informée de chaque étape franchie. Je peux déjà vous assurer que le projet fait l'unanimité.

J'ai été enchanté de vous revoir à Pléneuf et de passer avec vous ces heures si agréables au restaurant, puis à visiter le château. Vous entendre m'exposer toutes vos idées généreuses pour ce lieu en devenir m'a permis de faire connaissance avec la femme que vous êtes, et – oserai-je l'écrire sans vous offenser – de discerner une personne aussi belle à l'intérieur qu'à l'extérieur. Cela n'a pas été une surprise pour moi, cependant. Les propos élogieux de ma grand-mère m'avaient préparé à vous découvrir telle que vous m'êtes apparue ce jour-là.

Elle vous a écrit ce matin, m'a-t-elle dit et, par cette lettre, je fais écho à la sienne et joins à ses vœux les miens : acceptez, chère Urielle, son invitation à venir séjourner quelque temps chez elle à Lamballe, puisque les travaux au château ne commenceront pas dans l'immédiat. Même si tout cela est bien engagé auprès de l'administration.

Il se trouve que quelques-unes des œuvres du peintre Jean-François Hue seront exposées à Lamballe à partir de la décade prochaine. Notamment des tableaux et dessins préparatoires d'inspiration antique et bucolique. J'ai pensé qu'une telle exposition pourrait vous intéresser, et ce serait un réel plaisir pour moi de vous y accompagner.

Dans l'attente de vos nouvelles qui, je l'espère, nous combleront, je reste votre dévoué,

Guillaume Janet

Inutile de le nier, cette lettre la flatta. Il n'était jamais désagréable de savoir que l'on était apprécié. Cela dit, elle n'apprenait rien. Les attentions répétées de Guillaume, lors de la journée qu'ils avaient passée ensemble – attentions qui allaient bien au-delà de la courtoisie due à une femme lorsque l'on était un gentleman –, ses regards, même s'il avait essayé d'être discret, l'avaient déjà informée de l'intérêt qu'il lui portait.

Elle sourit, et poursuivit sans plus attendre avec le courrier de Lucie.

Lamballe, le 25 prairial

Ma chère petite,

Voici bientôt un mois que nous nous sommes quittées à Saint-Malo. Je suis très impatiente d'avoir des nouvelles de votre retour à Plévenon et au manoir de Keroual. J'espère que vous ne me trouverez pas trop indiscrète de m'en enquérir. C'est que nos conversations à bord du Cassiopée m'ont été si agréables et me manquent ! Je sais par Guillaume que les démarches pour l'école sont en cours et je m'en réjouis.

Vous avez promis de me rendre très vite visite, vous en souvenez-vous ? Pourquoi pas ces jours prochains ? Puis-je espérer votre prompte venue ?

Pardonnez son empressement à une vieille dame dont vous avez éclairé les journées durant deux mois et demi. J'ai hâte de vous revoir, ma chère Urielle, et j'espère de tout cœur, vraiment, que vous trouverez très bientôt ce que vous êtes revenue chercher dans notre belle Bretagne.

J'attends avec impatience votre réponse.

Avec toute mon affection,

Lucie Janet

C'était vrai qu'elle avait promis. Une promesse sincère. Mais tant de choses étaient arrivées, qu'elle avait été loin d'imaginer, à bord du bateau ! On croit toujours que l'on aura le temps, que les circonstances nous seront, sinon favorables, du moins neutres. Et l'on sous-estime le poids du quotidien, les petits freins successifs qu'il occasionne, au point de devenir un véritable empêchement. Le fait était qu'elle ne pourrait pas rendre visite à la vieille dame avant un mois ou plus. À son grand regret.

Comme elle avait exceptionnellement une heure devant elle, elle monta dans sa chambre et s'installa devant le bonheur-du-jour pour leur répondre à tous deux. Inutile de les laisser espérer ce qui n'adviendrait pas de sitôt.

Plévenon, le 27 prairial

Chère madame Janet,

Quel plaisir de recevoir votre lettre ! Bien sûr que je n'ai pas oublié la promesse que je vous ai faite. Nos discussions sur le bateau resteront pour moi un souvenir très doux, et j'ai hâte également de vous revoir.

Mais je crains malheureusement de vous décevoir en vous annonçant que cela ne pourra pas se faire immédiatement, même si j'aurais aimé le contraire. Les événements se sont un peu précipités, au manoir. Mon aide a été requise, et je n'ai plus tout mon temps. Rien de grave, rassurez-vous. Plutôt une proposition inattendue qui occupe beaucoup mes journées et les occupera encore durant le ou les deux mois à venir. Je vous expliquerai tout de vive voix. Vous voyez, je compte bien vous rendre visite dès que je le pourrai.

Je suis navrée si cette lettre vous cause du désappointement. Mon séjour à Lamballe n'est que partie remise, soyez-en certaine.

Dans l'attente de vous revoir,

Avec toute mon affection également,

Urielle Legoff

La réponse à Guillaume requérait plus de circonspection. Elle devait trouver la bonne distance avec les mots : ni familiarité, ni politesse guindée.

Plévenon, le 27 prairial

Cher Guillaume,

Je vous remercie pour votre lettre et les gentillesses que vous m'écrivez. Je ne pense pas les mériter toutes ! M. Jean-François Hue, ses paysages italiens, ses cascades pittoresques et ses ruines antiques devront se passer de mon admiration, j'en ai bien peur. Je ne suis plus aussi libre de mon temps que je vous l'ai indiqué lors de notre dîner. Et cela pour un ou deux mois.

Je regrette beaucoup la déception que je cause à votre grand-mère en ne pouvant accepter son invitation. Ce n'est que partie remise, croyez-le bien.

Je profite de cette lettre pour vous remercier, une fois encore, de l'intérêt que vous manifestez pour le projet d'école. Votre aide m'est extrêmement précieuse, et je vous en suis très reconnaissante.

À plus tard, donc.

Bien à vous,

Urielle Legoff

Le lendemain en fin de matinée, une nouvelle lettre lui parvint, par porteur spécial, cette fois. La réponse était attendue par retour.

Lamballe, le 28 prairial

Chère Urielle,

J'espère ne pas être importun avec une nouvelle invitation. Rien ne me ferait plus de peine que de vous agacer par mon insistance.

Le colonel Estani, qui commande à présent le Fort la Latte, donne après-demain soir une réception chez lui, à Erquy. Tous les conseillers du district y sont conviés. Ainsi que les notables de la région et leurs familles.

Me jugerez-vous prétentieux si je vous apprends que, dans ce genre de manifestation, le pauvre céli-

bataire que je suis doit fuir les assauts des matrones qui veulent me voir courtiser leurs filles ? Soyez mon bouclier, Urielle ! Faites-moi l'amitié de m'accompagner. Avec vous à mon bras, je ne risquerai pas de me retrouver fiancé par inadvertance. Voyez cela comme une mission de sauvetage.

Trêve de plaisanterie, je serais vraiment honoré si vous acceptiez de m'accompagner. Il ne s'agit que d'une soirée, pas d'un déplacement de plusieurs jours. Peut-être vos occupations peuvent-elles vous le permettre ?

Je l'espère et, dans l'attente de votre réponse, demeure votre dévoué,

Guillaume Janet

PS : Si vous acceptez, j'enverrai une voiture vous chercher à 20 heures au manoir de Keroual. Elle vous attendra sur place ensuite, pour vous raccompagner quand il vous plaira.

Urielle éclata de rire. Guillaume était impayable ! Tournée différemment, sa demande lui aurait peut-être paru importune, en effet. Mais il avait su trouver la formule la plus drôle qui soit pour la convaincre : « Avec vous à mon bras, je ne risquerai pas de me retrouver fiancé par inadvertance. » Elle l'imagina, poursuivi comme un malheureux dans les salons du colonel par une armée en jupons, éventails en guise de baïonnettes et, en place de tricornes, des plumes d'autruche vibrionnant au sommet de savants édifices de mèches et d'épingles à chignon. Elle rit de plus belle. Non, vraiment, elle ne pouvait pas lui refuser son soutien !

Elle avait envoyé le porteur spécial attendre dans la cuisine, où Angèle devait sûrement le régaler d'un verre de cidre et d'une part de gâteau, et sa monture à l'écurie, à laquelle Herri avait dû donner une ration de picotin.

Elle se dépêcha néanmoins de répondre à Guillaume, afin de confier rapidement sa missive au jeune homme qu'elle entendait rire à gorge déployée avec Joséphine. Était-ce l'humour de Guillaume ou la gaieté des deux jeunes gens ? Elle se sentait d'humeur badine, elle aussi, et sa réponse en fut le reflet.

Plévenon, le 28 prairial

Cher Guillaume,

Il ne sera pas dit que je laisserai couler dans un océan tempétueux de jeunes filles à marier le valeureux conseiller de district qui s'est chargé personnellement du dossier « château d'Aubin ».

À après-demain soir, donc,

Votre bouée de sauvetage,

Urielle Legoff

PS : Merci pour la voiture. J'apprécie beaucoup l'attention.

Chapitre 12

30 prairial (18 juin), Erquy,
maison du colonel Estani

Les voitures et les chevaux dessinaient un ruban souple et sombre sur toute la longueur de la chaussée. Le cocher fit un premier passage, à la recherche d'un endroit où s'arrêter. En vain. Il contourna le pâté de maisons et, alors qu'il s'engageait de nouveau dans la rue, un coupé s'en alla juste devant eux, un peu avant la maison du colonel Estani. Il prit la place aussitôt.

On ne pouvait pas manquer le petit hôtel particulier, songea Urielle tandis que l'homme lui ouvrait la portière et l'aidait à descendre. Outre l'afflux d'attelages qui déversaient le flot de leurs occupants, d'étroites et hautes lanternes éclairaient la façade de granite, dont l'ensemble des fenêtres scintillaient déjà, en ce début de soirée encore clair. Un bâtiment dont la simplicité l'étonna, quand on connaissait, à Pléneuf, la maison prétentieuse de Pruvost, l'ancien commandant du Fort la Latte. Un homme avec qui Anne et Malo avaient eu maille à partir.

— J'vous attendrai là, comme conv'nu, m'dame, lui dit le cocher en remontant sur son siège. Bonne soirée.

Puis il inclina son chapeau sur son visage, comme s'il avait l'intention de dormir. Il n'était pourtant pas si tard, mais qu'aurait-il pu faire de mieux, à part peut-être discuter avec un autre cocher ?

Urielle fit quelques pas, relevant délicatement le bas de sa robe de soie pour ne pas en balayer les pavés. Si c'était la première fois qu'elle était invitée à ce genre de soirée en Bretagne, elle ne comptait plus les fêtes, les concerts, les bals, les pique-niques auxquels elle avait participé à Fort-de-France, chez les gens fortunés. Les nouveaux arrivés étaient toujours les bienvenus dans l'entourage du gouverneur et des planteurs, qui demeuraient avides de nouvelles de France.

Alors qu'elle parvenait à la hauteur de la maison, Guillaume jaillit de derrière un fiacre à l'arrêt, et se précipita à sa rencontre. Sans doute avait-il guetté son arrivée devant la porte. Elle lui trouva beaucoup de prestance et d'allure dans son habit de soirée.

— Urielle, quel plaisir ! dit-il en lui saisissant la main avec chaleur pour la porter à ses lèvres. Je suis tellement content que vous ayez accepté de m'accompagner ce soir !

— Moi aussi, Guillaume. Je suis ravie d'être ici…

C'était vrai. Elle venait de passer les vingt derniers jours occupée du matin au soir, sans aucun divertissement. Elle ne put d'ailleurs s'empêcher de ressentir un peu d'amertume en comparant l'indisponibilité habituelle de Yaël et la joie qui illuminait le visage de Guillaume à la perspective de passer ce moment avec elle. La manière distraite ou absente dont le premier traversait la maison, toujours occupé d'une affaire, d'une urgence, et prenait ses repas, le soir, avec elles trois. L'attention pleine et entière que le second lui avait portée et lui portait encore en cette circonstance.

Il était bel homme, de surcroît. D'une beauté très

différente de celle de Yaël. Moins spectaculaire. Moins émouvante pour elle, aussi...

— Et sachez que j'aurai à cœur de remplir ma mission, ajouta-t-elle en forçant un petit rire pour chasser la pointe de mélancolie qu'avaient fait naître ses pensées. Je compte bien repousser à coups d'éventail féroces toute matrone qui aura des velléités de vous assiéger !

— Mais j'espère bien !

Il rit lui aussi, tout en lui présentant le bras pour la conduire à l'intérieur.

Le ton était donné entre eux. Et c'était exactement ce qu'il lui fallait. Elle avait besoin de légèreté et d'insouciance. Charlotte et Clarisse avaient quitté le manoir en fin d'après-midi. Charlotte n'avait pas daigné lui indiquer leur destination. Elle avait simplement annoncé qu'elles seraient absentes quelques jours. Le soulagement qu'Urielle en avait ressenti – non à cause du départ de la fille mais de la mère – lui avait donné la mesure de la tension qui l'habitait.

Le colonel et son épouse accueillaient leurs invités à l'entrée de deux salons en enfilade, dont le premier était déjà plein de monde et presque trop petit pour contenir tant de gens. Urielle aperçut dans le second des rangées de chaises ainsi qu'un clavecin, pour le concert qui marquerait le début de la réception. Elle nota également les portes-fenêtres ouvertes sur un jardin, où elle ne manquerait certainement pas de faire un tour, plus tard.

La guidant parmi les robes chatoyantes, les plumes, les bijoux, et l'uniforme sobriété des redingotes, Guillaume la présenta à plusieurs personnes. Il expliqua à chacune d'elles qu'elle allait diriger la transformation du château d'Aubin en une école gratuite de la République. L'enthousiasme avec lequel cette nouvelle était accueillie lui fit chaud au cœur. Il était vrai que se trouvaient là nombre d'officiers de la garde nationale, les douze conseillers du district de Lamballe et leur famille, ainsi que d'autres personnalités connues dans la région pour la ferveur de leur engagement républicain. Uniquement des invités qui partageaient ses convictions et celles de Guillaume. Elle était bien loin de l'hostilité de Charlotte à son égard et de ses petites vexations incessantes, tendant à bien lui faire comprendre qu'elle la considérait ni plus ni moins qu'une domestique, en dépit des interventions de Yaël.

On l'interrogeait avec égard et intérêt sur le projet. On l'encourageait. On approuvait ses idées. Et cela lui faisait un bien fou ! Sa vie était là, désormais. Une vie qui correspondait à la nouvelle Urielle.

Soudain, un mouvement général se fit en direction du second salon. Le concert allait commencer. Guillaume et elle s'installèrent côte à côte parmi les premiers rangs. Urielle consulta le feuillet du programme, qu'elle avait trouvé sur sa chaise. Des airs de Destouches, Desmarest, Colin de Blamont… empruntés aux œuvres baroques du début du siècle, et interprétés par une ancienne chanteuse d'opéra. Elle s'était retirée dans la région, lui apprit Guillaume, et se produisait occasionnellement dans les salons, pour son plaisir et celui de ses auditeurs.

Dès la fin du concert, alors que l'on applaudissait encore, et qu'un brouhaha de commentaires s'élevait sous les plafonds et les lustres à pampilles, Guillaume fut happé non pas par une horde de mères en chasse de maris pour leurs filles, mais par d'autres conseillers. Il en parut assez contrarié et s'excusa auprès d'elle : voulait-elle bien lui accorder une quinzaine de minutes ? Il semblait qu'un problème requérait une concertation immédiate.

Urielle en profita pour sortir prendre l'air dans le

jardin : l'atmosphère était très lourde à l'intérieur, malgré les portes-fenêtres ouvertes.

L'endroit n'était pas immense, mais charmant. Il se divisait en plusieurs pièces végétales cloisonnées d'arbustes et de haies, décorées de parterres de fleurs, d'où s'élevait par moments la silhouette enténébrée d'un arbre. Elle les parcourut toutes, à la lueur de flambeaux disséminés dans les allées gravillonnées. Un mélange de style à la française, par l'ordonnancement général, et de style à l'anglaise, par le foisonnement et le mélange à l'intérieur des espaces délimités.

Elle s'installa dans l'un d'eux, sur un banc, attirée par l'extraordinaire parfum de hampes de lys aux calices gigantesques. Même à la Martinique, où la nature exubérait, jamais elle n'en avait vu de tels.

La nuit était tombée à présent. Il faisait bon. Les conversations lui parvenaient, étouffées, lointaines, depuis la maison. Elle aurait presque pu se croire seule et en pleine campagne.

Mais sa paix fut bientôt troublée par des voix féminines qui approchaient.

— Je suis étonnée de vous voir ce soir chez le colonel, Charlotte. Je ne vous pensais pas rentrée à Erquy.

Charlotte ? Charlotte… Sénéchal ?

— Je n'y suis que pour deux jours avec ma fille. Un problème de travaux à régler sur place, dont mon majordome ne pouvait décider seul. Je retourne après-demain au manoir de Keroual.

Oui, c'était bien elle. Sa voix, ses paroles le confirmaient. Étrange… Urielle ne l'avait pas vue dans la salle, avant le concert. Peut-être Charlotte était-elle arrivée en retard. Elle-même était sortie tellement vite, ensuite… Les Sénéchal étaient des notables. Rien d'étonnant à ce qu'ils soient invités partout.

— Vous y séjournerez encore longtemps ?

— C'est que j'espère bien y séjourner toujours, ma chère ! Vous connaissez mon histoire avec ce manoir. À présent que j'y suis, j'y reste !

Urielle fronça les sourcils. *J'y suis, j'y reste…* Qu'est-ce que cela voulait dire ? Que Charlotte comptait y habiter à vie ?

Les deux femmes avaient manifestement fini par s'installer sur un banc, elles aussi. Juste de l'autre côté de la haie. La correction aurait voulu qu'Urielle indique sa présence. Il était par trop indiscret de les écouter, alors qu'elles se croyaient seules au bout du jardin. Mais sa curiosité fut la plus forte. Elle retint alors son souffle et se figea pour éviter tout froissement de soie.

— Et lorsque Victor rentrera d'Isle-de-France ?

— Il fera comme bon lui semblera, Jeanne. Il restera ici, dans notre maison, ou il viendra au manoir.

— Mais…, objecta encore l'interlocutrice de Charlotte. Qu'en pense M. de Keroual ?

En dépit de sa stupéfaction, Urielle ne put retenir un petit sourire. Cette Jeanne posait décidément les bonnes questions ! Comment Charlotte pouvait-elle en effet imaginer que Yaël la laisserait s'installer définitivement chez lui ? En quel honneur ? Elle avait perdu la tête !

— Il est fort probable qu'il se remarie, ne pensez-vous pas ? poursuivait Jeanne. Surtout avec un enfant en bas âge.

Et c'est bien ce que j'appelle de tous mes vœux, songea Urielle.

— Votre pauvre Liz a disparu depuis bientôt six mois. Beaucoup d'hommes reprennent femme après ce délai. Que ferez-vous, si cela arrive ? Pardonnez ma franchise, Charlotte, mais quelle nouvelle épouse voudrait s'encombrer chez elle de la belle-mère précédente ?

— Justement, j'ai très bon espoir de marier sous peu ma cadette à mon gendre.

— Vraiment ? M. de Keroual vous en a parlé ? Il a demandé la main de Clarisse ?

Urielle sentit son sang refluer de son visage, et elle pressa les paumes l'une contre l'autre pour s'empêcher de trembler. Une pensée d'autant plus dérangeante qu'elle ne l'avait pas effleurée jusque-là la saisit, avec la violence d'une gifle. Se pourrait-il qu'une telle chose ait été envisagée ? Se pourrait-il que Yaël, persuadé d'être éloigné des siens pour toujours, ait à ce point adopté sa belle-famille qu'il ait songé à épouser Clarisse en secondes noces ? La chose était fort fréquente. De nombreux veufs ou veuves épousaient un frère ou une sœur du conjoint disparu. Cela simplifiait les questions d'héritage et de répartition des patrimoines.

Elle se remémora le comportement de la jeune fille vis-à-vis de Tristan. La manière attentive et protectrice dont elle s'occupait de lui. Les initiatives qu'elle prenait. Comme… comme si elle voyait en lui non pas seulement un neveu, mais un enfant qu'elle aurait à élever au quotidien.

Non… Non, non, non ! Cela ne se pouvait pas ! C'était *son* Yaël ! Urielle songea alors avec une jubilation mesquine au comportement du petit garçon avec sa tante et avec elle-même. Tristan avait, dès le premier jour et sans aucune ambiguïté, indiqué sa préférence. Elle s'en voulut aussitôt de cette mauvaise pensée, et elle en eut honte. L'enfant ne devait en aucun cas devenir un enjeu quelconque.

Charlotte n'avait pas encore répondu à la question de son amie. Yaël avait-il ou non évoqué l'éventualité de se remarier avec sa belle-sœur ? Pire : avait-il demandé la main de Clarisse ? L'esprit d'Urielle butait : *Impossible.*

Il lui en aurait parlé, s'il l'avait fait. Ou bien Clarisse. Des fiançailles, pour une jeune fille, n'étaient pas un état que l'on gardait secret. À moins qu'ils aient tous deux convenu d'une réserve, d'un délai avant de les rendre publiques, compte tenu du décès encore récent de Liz ?

— Non, déclara enfin Charlotte, à l'issue d'un silence pendant lequel Urielle avait bien cru mourir. Mais Clarisse ressemble tellement à sa sœur ! Son vivant portrait. La première lui a plu. La seconde lui plaira aussi. Je n'ai aucun doute sur ce point. D'autant que je fais tout ce qu'il faut pour.

Urielle ne comprit pas immédiatement. Il lui fallut une ou deux secondes pour mettre en relation ces paroles et ce qu'elle-même avait observé. Ce ne pouvait tout de même pas… Charlotte ne sous-entendait pas qu'elle… Mais si, sans doute ! Un haut-le-cœur la secoua. Elle s'était complètement trompée, en croyant que la mère encourageait le mimétisme entre ses filles pour retrouver l'une à travers l'autre. Ce n'était pas l'agissement d'une mère brisée d'avoir perdu son enfant. C'était le comportement d'une maquerelle ! Elle espérait attiser le désir de Yaël pour Clarisse en lui présentant l'image d'une femme qui lui avait déjà éveillé les sens.

Son amie parut s'en émouvoir également.

— Charlotte ! Vous ne voulez tout de même pas dire…

Elle se fit aussitôt rabrouer assez sèchement.

— Allons, Jeanne ! Ne jouez pas les ingénues à votre âge, s'il vous plaît ! Un homme comme Yaël de Keroual, dans la force de la jeunesse, a des besoins physiques. Vous le savez aussi bien que moi. Vous avez été mariée, que diable ! Et, endeuillé ou non, il finira tôt ou tard par les assouvir.

Un nouveau silence plana, mais il semblait cette fois qu'il soit le fait de Jeanne.

— Je vous choque ? demanda Charlotte au bout de quelques secondes.

— Nnnon… Je vous trouve simplement très directe dans vos propos.

— Examinons les choses sous un autre angle, si vous préférez… Réfléchissons à l'intérêt de mon petit-fils. Comment croyez-vous qu'une seconde épouse se comportera avec lui, dès lors qu'elle aura mis au monde ses propres enfants ?

Jeanne marmonna quelque chose qu'Urielle ne comprit pas.

— Elle les privilégiera ! enchaîna Charlotte. Et Tristan sera laissé pour compte, envoyé loin, pensionnaire dans une école dont il ne reviendra dans le meilleur des cas qu'une fois l'an et encore, pour peu de jours !

Non, pas si c'est moi l'autre épouse. Cet enfant, je l'aime déjà comme s'il était le fruit de ma chair !

— Alors qu'il est le neveu de Clarisse – un lien de sang les unit déjà –, et qu'elle a pour lui beaucoup d'affection. Parce qu'à travers lui c'est aussi sa sœur qu'elle continue à chérir. Mes deux filles étaient très proches, vous le savez, Jeanne.

Une vérité irréfutable, dont Urielle ne pouvait que prendre acte. Les liens du sang… Qu'elle ne partagerait jamais avec Tristan. Par ailleurs, l'affection de Clarisse pour l'enfant était bien réelle, en cela Charlotte n'affabulait pas. Et dans sa bonté – car elle était une heureuse nature –, Clarisse ne paraissait même pas jalouse de la préférence marquée du garçonnet. Urielle aurait pu en jurer.

— L'intérêt de ce petit bonhomme ne doit pas être oublié, c'est sûr, approuva Jeanne. Et mieux vaut pour lui les sentiments sincères d'une tante que la détestation d'une marâtre.

Je ne serai jamais une marâtre pour lui ! J'aime trop le père pour vouloir du mal au fils, eut envie de leur crier Urielle, à qui revenait à l'esprit certains contes qu'on lui avait narrés dans son enfance. Ces contes dans lesquels le mot « marâtre », désignant initialement la seconde épouse du père pour les enfants du premier lit, était devenu synonyme de femme cruelle qui les maltraitait.

De puissants éclats de rire retentirent tout à coup à l'autre bout du jardin, tandis que les premières mesures d'une polka plaquées sur le clavecin parvenaient jusqu'à Urielle. Il semblait que la soirée se poursuive par un bal improvisé.

Charlotte proposa alors à son amie de rentrer pour profiter de la musique. Urielle entendit derrière le feuillage le frou-frou de leurs robes tandis qu'elles se levaient et regagnaient l'allée.

Elle attendit que le bruit de leurs pas sur le gravier et le son de leur voix aient suffisamment décru pour se lever à son tour. Elle n'avait plus envie de rester, et certainement pas de se retrouver face à Charlotte dans les salons, après ce qu'elle venait d'entendre.

Heureusement, elle n'eut pas à entrer. Guillaume faisait partie du groupe de messieurs qui riaient sur la petite terrasse. Dès qu'il la vit, il la rejoignit. Elle prétexta un mal de tête et lui indiqua qu'elle rentrait. Il l'accompagna jusqu'à la voiture, réveilla le cocher et l'aida à s'installer.

Il l'enveloppa alors d'un regard ardent, puis lui saisit la main pour un baisemain qui s'attarda un peu trop.

— Je crains de ne pas m'être montré à la hauteur, ce soir, dit-il d'un air contrit, avant de refermer la portière dont la vitre était baissée. Je vous invite, j'insiste pour que vous acceptiez de m'accompagner à cette soirée, et je me laisse accaparer par des collègues du conseil…

— Au moins, vous êtes toujours célibataire ! Aucune

émeute, pas de crêpage de chignons jusque-là… On ne vous a pas enfermé dans une malle pour vous conduire de force à l'autel… Je considère donc ma mission comme accomplie !

Elle essayait de plaisanter, faisant allusion à sa lettre, mais le cœur n'y était plus.

— Oui, je suis toujours un cœur à prendre, souligna-t-il d'une voix âpre.

Était-il encore dans le jeu ? Urielle en doutait. Mal à l'aise, elle conservait la sensation des lèvres chaudes de Guillaume sur sa main.

— Allons-y, dit-elle au cocher.

Puis, pour ne pas le laisser trop abruptement, elle ajouta, avec un enjouement un peu surfait :

— À très bientôt, Guillaume ! J'espère avoir très vite de vos nouvelles et de celles du château !

Yaël rentra au crépuscule, ce soir-là. Il avait parcouru à cheval toutes les terres cultivées du domaine avec Renaud Le Tac, son régisseur, afin de voir où en étaient les plantations et d'évaluer les récoltes. Il aurait dû être fourbu. Cette longue journée de plein air lui avait au contraire fouetté les sangs et procuré un bien-être incroyable. Il avait renoué avec les chevauchées d'avant son mariage, lorsqu'il partait à travers la lande ou la campagne sur Tango, le visage offert au vent. Sans attaches. Insouciant.

Il confia son cheval à Herri, puis pénétra dans la maison, tout étonné de trouver le petit salon vide.

— Où sont ces dames ? s'enquit-il auprès de Joséphine, venue lui demander s'il avait soupé ou si Angèle devait lui préparer quelque chose.

— À Erquy, monsieur.

Ah oui… Il avait oublié. Charlotte et Clarisse lui

avaient en effet annoncé au déjeuner qu'elles s'absentaient pour deux jours. Lui-même était sur le départ. Il quittait le manoir pour Fougères tôt le lendemain.

— Et Mlle Legoff ?

— À Erquy aussi, monsieur.

— Comment cela ?

Urielle les avait accompagnées ? Pour le moins surprenant…

— On lui a envoyé une voiture. Elle allait à une soirée là-bas. Chez le commandant du fort.

Tiens donc !

— Est-ce que tu sais si elle y allait seule ?

— Pardi non, monsieur ! C'est le monsieur de Lamballe qui l'a invitée.

— Le monsieur de Lamballe ?

— Oui, le conseiller du district qui va l'aider pour le château.

— Je vois…

Urielle lui avait parlé de cet homme, bien sûr. Et de sa grand-mère, qu'elle avait rencontrée sur le bateau. Mais il ignorait qu'ils en étaient déjà tous deux à se rendre ensemble aux soirées du colonel Estani.

Curieusement, il en ressentit une contrariété qui ternit d'un coup la bonne humeur et le bien-être que lui avait valus sa journée à cheval.

Il indiqua à Joséphine qu'il n'était pas utile qu'elle lui prépare un couvert dans la salle à manger.

Il alla s'installer à la longue table en noyer de la cuisine, comme Anne, Urielle, Ronan et lui le faisaient souvent autrefois, tandis qu'Aesa les gavait de bonnes choses. Sa façon à elle de leur montrer jour après jour combien elle les aimait.

Cette évocation assombrit encore son esprit, et c'est

tourmenté qu'après un repas sur le pouce il alla s'installer dans la bibliothèque pour lire.

Il se réveilla dans la nuit, ignorant à quel moment il s'était endormi dans son fauteuil. Quelqu'un avait soufflé les bougies, car elles n'étaient qu'à moitié consumées, et il faisait un noir d'encre dans la pièce. Il fila dans sa chambre et se glissa dans ses draps.

Urielle était-elle rentrée ? Sans doute. Il était près de 1 heure du matin, maintenant. Il avait dû piquer du nez sur son livre très vite : il n'avait rien entendu.

Chapitre 13

De retour de chez le colonel Estani, Urielle s'était un peu attardée, malgré l'heure, afin de faire le tour du rez-de-chaussée et de vérifier que tout était en ordre.

Elle avait trouvé Yaël assoupi dans la bibliothèque. Il paraissait si calme, dans un tel état d'abandon, qu'elle l'avait laissé dormir dans le fauteuil. Trop souvent, la nuit, elle l'entendait faire des cauchemars. Il parlait. Des mots inintelligibles. Il s'agitait. Se tournait, se retournait dans son lit. Elle percevait les craquements du sommier. Plus d'une fois, elle s'était levée et avait traversé le couloir pour coller l'oreille à sa porte. Elle en avait le cœur serré. Qu'est-ce qui pouvait le torturer ainsi ? Quelles images, quelles pensées ? Elle brûlait du désir d'entrer. De passer la main sur son front. De lui chuchoter de douces paroles pour l'apaiser. Mais après la mésaventure du premier soir, elle n'avait plus jamais rien tenté.

Les bougies jetaient sur son visage la sarabande de leurs flammes. Elle l'avait contemplé, retenant son souffle. Sa respiration tranquille. Ses yeux fermés. Sa bouche qu'elle avait tant envie d'embrasser. Ses mains. Oh ! comme elle aimait cet homme ! Comme elle aurait voulu le toucher. Éprouver sous la pulpe de ses doigts la sensation de sa peau claire. Parfois, elle pensait à lui le corps en repos. Parfois, comme en ces instants, elle était saisie d'un désir brûlant de contact, de caresses…

Elle n'avait soufflé les bougies qu'au bout d'un long moment, et elle était montée. Mais elle n'avait pas trouvé le sommeil.

Allongée dans le noir, elle avait ressassé la conversation surprise entre Charlotte et son amie. Bien des choses prenaient tout leur sens, à présent. Elle comprenait mieux l'attitude odieuse de cette femme à son égard. Alors que cette dernière tendait sa toile d'araignée autour d'un Yaël isolé des siens pour organiser son remariage avec Clarisse, voilà qu'elle-même débarquait, et sans s'annoncer, encore ! Pire, elle revenait les malles pleines de vêtements et d'accessoires de demoiselle et non pas de « servante », bien qu'elle n'en ait jamais possédé de tels. Seulement, Charlotte semblait bourrée de préjugés stupides. Pour elle, être une bâtarde s'accompagnait probablement de tout un tas de corollaires qu'elle n'avait pas retrouvés dans la jeune personne bien éduquée, aux robes et aux chapeaux de prix, aux souliers fins et bijoux précieux, qui revenait au bercail. Qui sait d'ailleurs si ce n'était pas elle qui avait soufflé à Clarisse de suggérer son embauche comme gouvernante à Yaël, histoire de la réduire au rang de subalterne. C'était ignorer ce qui la liait à lui depuis l'enfance !

Ou peut-être que non, justement. Au contraire, ce lien l'inquiétait. L'affection de Yaël lui étant acquise, peut-être redoutait-elle qu'après un an de séparation cette affection devienne d'une tout autre nature. Voilà… Charlotte craignait une forme de rivalité qui placerait Clarisse au second plan, en dépit de sa ressemblance avec Liz.

Oh ! que tout cela était compliqué ! Et pourquoi cet acharnement ? Pourquoi vouloir à tout prix ce second mariage ? Pas par crainte de « perdre » Tristan si Yaël épousait une inconnue : il était tout disposé, à l'inverse, à le leur confier régulièrement par la suite.

Soudain, des paroles de Charlotte lui revinrent à l'esprit. Paroles sur lesquelles elle ne s'était pas arrêtée, dans le jardin, en regard de l'énormité des autres confidences faites à son amie Jeanne. « Vous connaissez mon histoire avec ce manoir. » Qu'est-ce que cela signifiait ? Que sa relation avec Keroual – et la famille – ne datait pas seulement du mariage ?

Katou et Mona Le Fustec avaient toutes deux fait des allusions, qu'Urielle relia soudain à cette déclaration assez sibylline. « La vérité, je la connais, moi… », avait affirmé Katou en parlant des raisons qui avaient poussé Charlotte à demeurer au manoir après le décès de Liz. Ce que Mona avait formulé différemment, mais le sous-entendu semblait le même. Urielle n'avait pas souhaité les encourager dans les commérages. Elle le regrettait à présent. La curiosité la piquait, en même temps qu'un sentiment d'urgence qu'elle s'expliquait mal. Y avait-il quelque chose qui reliait Charlotte au manoir, indépendamment du fait que Liz ait épousé Yaël ? Peut-être interrogerait-elle Katou sur ce point, finalement. La jeune femme se ferait un plaisir de lui raconter ce qu'elle savait !

Elle songea alors à un incident qu'Anne lui avait relaté. Lorsque Charlotte était venue au manoir pour la première fois, afin d'annoncer la grossesse de sa fille, et révéler par la même occasion la liaison de Yaël et Liz, Anne l'avait surprise en train de fouiller avidement le cabinet de voyage de Myette de Keroual. Sa sœur de lait en avait hérité, à la mort de sa mère. Mais elle n'avait pas touché à son contenu. Des souvenirs personnels, intimes, que la vicomtesse conservait dans les tiroirs et qu'Anne avait gardés, tels quels.

Deux heures du matin sonnèrent à l'horloge du vestibule, et elle ne dormait toujours pas ! Elle entendit des pas dans le couloir, et tendit l'oreille, le cœur battant plus rapidement. La porte en face de la sienne s'ouvrit et se referma : Yaël regagnait sa chambre.

Une heure plus tard, les yeux grands ouverts dans le noir, elle attendait encore le sommeil. Ce fut alors que le bruit recommença. Une plainte sourde, comme étouffée. Une autre encore. Des quatre enfants du manoir, Yaël avait toujours été le plus sujet aux rêves. Ou du moins était-il celui que ses rêves mettaient dans un état de profonde agitation. Il prononçait souvent des suites de mots dont le sens restait nébuleux. Parfois une phrase plus compréhensible, qu'elle pouvait relier à un événement de la journée.

Elle se souvenait de nuits, dans la nourricerie, où cela la réveillait. Elle se levait de son lit pour aller le secouer doucement. Une année, tout particulièrement, il avait été en proie à une série de cauchemars récurrents. Anne et Ronan ne l'entendaient pas, leurs deux petits lits étant d'un côté de la grande chambre, celui de Yaël et le sien de l'autre. Elle, si. Forcément.

Et puis, Yaël était resté seul tout là-haut sous les toits. L'année de leurs dix ans, Anne, Ronan et elle s'étaient vu attribuer des chambres individuelles à l'étage au-dessous. Si Yaël avait continué à s'agiter la nuit, elle n'en avait plus jamais rien su. Manifestement, la tendance demeurait.

Comme bien des nuits précédentes, elle se glissa dans le couloir et colla l'oreille à sa porte. Il geignait, oui, elle avait bien entendu. Comme s'il souffrait profondément. Cachait-il des problèmes de santé à tout le monde ? Elle le trouvait si différent, depuis son retour !

Elle posa la main sur la poignée, hésitante. N'était-il

pas temps de le réveiller et de parler avec lui ? Quelque chose le taraudait, le hantait la nuit, c'était évident.

Elle se décida alors et entra. Cette fois encore, il n'avait pas fermé les courtines. La fenêtre était ouverte sur le jardin, et un léger vent poussait par vagues la fraîcheur nocturne dans la pièce. Une nuit comme elle en avait tant vécu ici. Les nuits de fin de printemps et d'été…

Elle s'approcha du lit. La lune descendante éclairait la pièce d'une faible lueur qui avivait la blancheur du drap et le halo de cheveux blonds autour du visage de Yaël. Elle s'assit avec précaution près de lui et le regarda. Ses traits se contractèrent soudain, comme s'il venait de ressentir une violente douleur. Il remua, se tourna d'un côté, puis de l'autre, soupira plusieurs fois, proférant des sons entre plaintes et paroles.

— Yaël…, murmura-t-elle, sans encore oser le toucher, alors qu'elle le faisait sans y penser, autrefois.

Il parut l'entendre dans son sommeil, car il tourna le visage vers elle.

— Yaël… Quoi qu'il se passe derrière tes paupières, ce n'est qu'un cauchemar. Ce n'est pas réel.

Il sortit le bras de sous le drap, sans pour autant se réveiller, et parut chercher quelque chose à tâtons, à côté de lui. Elle avança la main, très étonnée de le faire en même temps, car sa volonté n'avait pas commandé ce geste. Il la saisit aussitôt, comme mû par une forme d'instinct. Ses doigts étaient brûlants. Avait-il de la fièvre ? Elle approcha son autre main, qu'elle lui appliqua sur le front. Non. Apparemment pas.

Il soupira de nouveau. Un long, très long soupir. Il serra sa main plus fort, et dit quelque chose qu'elle ne comprit toujours pas.

Puis il parut vouloir l'attirer à lui. Elle résista, soudain affolée. Dormait-il encore ? Ou bien se rendait-il compte de sa présence ? N'allait-il pas être fâché de la trouver là, s'il ouvrait les yeux ? Le sommeil était une chose si intime ! On y était si vulnérable ! Aucune personne n'aimait qu'on la regarde dormir, n'est-ce pas ? C'était comme l'épier, vouloir surprendre le secret de ses rêves. Exactement ce qu'elle était en train de faire, en somme.

Mieux valait qu'elle s'en aille. S'il se réveillait, il pourrait être vraiment en colère de la trouver là. Cela pourrait altérer leur relation.

Elle voulut se lever, lui reprendre sa main, qu'il tenait toujours. Mais les doigts se firent impérieux.

— Reste, murmura-t-il clairement.

Le cœur d'Urielle se mit à battre frénétiquement. Est-ce que… Il avait toujours les yeux fermés, pourtant. Comment être certaine que cette demande était volontaire ? De son autre main, il chercha à l'envelopper, pour mieux la convaincre.

— Yaël, attends, je…

Comme elle cherchait encore à se soustraire à ce début d'étreinte, gênée qu'il n'agisse pas en pleine conscience, il cria, presque dans un sanglot :

— Reste, Liz ! Oh ! pour l'amour de Dieu, reste ! Je t'en supplie !

Urielle ignora comment elle se dégagea, puis se retrouva assise par terre, pelotonnée contre le mur à l'opposé du lit. Frissonnant dans sa chemise de nuit. La tête sur les genoux, gémissant à son tour. Tout ce qu'elle savait, c'était qu'elle avait un poignard planté dans le cœur, et que tout son sang, toute sa vie, s'écoulaient à flots.

La situation lui apparut alors. Stupéfiante, amplifiée par la nuit, le silence, et ces mots qui avaient résonné pour la meurtrir bien plus encore que lorsqu'elle avait surpris la conversation d'Anne et Aesa, à propos de ce bébé que Yaël avait fait à une autre.

Il aimait Liz ! Oui, il l'aimait ! Voilà la vérité. La cruelle vérité. À un moment ou un autre de leur si brève existence commune, il était tombé amoureux d'elle. Et elle lui manquait. Elle lui manquait si terriblement qu'il rêvait d'elle la nuit, qu'il l'appelait. C'était une éventualité à laquelle elle n'avait jamais pensé. Pas un instant. Il avait séduit une jeune fille, en beau garçon insouciant qu'il était alors, puis, lorsqu'il avait fallu réparer, redonner à Liz une honorabilité par le mariage, il l'avait fait. Point final. Parce que, au-delà de sa période d'égarement, il était un homme honnête et droit. Il n'avait pas nié, n'avait pas essayé d'échapper à ses responsabilités. Non. Il avait épousé celle qu'il avait compromise. C'était pour lui la seule chose à faire.

Urielle l'avait compris. Elle n'aurait pas voulu qu'il se dérobe, même si ce mariage lui avait brisé le cœur et avait décidé ensuite de sa fuite à l'autre bout du monde, pour se soustraire à la vue du couple et de ce ventre qui poussait sous les jupes de Liz. D'une certaine manière, elle s'était, sinon consolée, du moins apaisée à l'idée que, si elle-même n'aurait jamais Yaël, Liz non plus, au fond, car il ne l'avait pas épousée par amour. Et seul comptait l'amour.

Elle s'était trompée. Elle avait voulu croire à cette chimère qui l'avait aidée à supporter les jours, les semaines et les mois loin de lui. Elle savait qu'il se montrerait un mari attentif et courtois, qu'il serait un bon père pour son enfant. Mais pas une seconde – pas une ! – elle n'avait imaginé que l'amour pourrait naître en lui. Sans doute cette volonté d'en nier la possibilité avait-elle été pour elle une façon de se protéger. De ne pas souffrir plus qu'elle ne souffrait déjà.

Tout s'expliquait, à présent. Le changement de Yaël. Cette humeur sombre en permanence. Ces démons qui semblaient le ronger. Cette souffrance, devenue son lot quotidien. Et cette agitation, la nuit. Ces gémissements. Ces sanglots, parfois. Oh ! comme cela faisait mal de se dire que, presque toutes les nuits, il pleurait une autre femme. Qu'il l'appelait dans son sommeil troublé. La retrouvait, en somme.

L'évidence lui apparut alors : Yaël ne l'épouserait pas. Jamais. Pas plus qu'il n'épouserait Clarisse ou une autre femme. Parce qu'il aimait Liz au-delà de la mort.

Des larmes silencieuses avaient commencé à couler ; elles mouillaient sa chemise de nuit et ses genoux.

Elle redressa la tête.

Bien…

Elle inspira un grand coup, essuyant sans douceur ses joues humides du plat des deux mains.

Elle était là, maintenant. Elle était revenue de Martinique, courant de nouveau après un rêve que les événements avaient ravivé. Et elle ne repartirait pas comme la première fois, les mains vides et le désespoir dans l'âme.

Yaël aimait Liz ? Cela la brisait de le comprendre mais, elle, elle disposait de ce que Liz n'avait plus : un corps jeune et bien vivant. Des formes appétissantes. Une chair douce et chaude.

« Un homme dans la force de la jeunesse a des besoins physiques. Et, endeuillé ou non, il finira tôt ou tard par les assouvir », avait déclaré Charlotte à son amie, de la plus choquante et la plus crue des manières. Des paroles fort instructives, néanmoins, songea Urielle avec cynisme. Elles lui ouvraient brusquement des perspectives qui heurtaient sa morale, mais pas au point qu'elle n'y réfléchisse pas. Elle n'avait encore jamais partagé le lit d'un homme. Elle n'en était pas pour autant naïve, et connaissait la réalité. D'ailleurs, Yaël n'avait-il pas fréquenté quelquefois l'établissement de la Gueguen, pour ces « besoins physiques » de la jeunesse, justement ?

Elle devait regarder les choses en face. Elle avait refusé deux demandes en mariage, à Rivière-Salée, parce qu'elle n'envisageait pas d'épouser un homme sans éprouver d'amour pour lui. Or, celui qu'elle aimait, c'était Yaël. Et tout serait mieux, *tout*, plutôt que la solitude à ses côtés, en sachant que jamais il n'éprouverait pour elle ce qu'il éprouvait encore pour Liz, malgré sa disparition.

Elle pouvait encore devenir sa maîtresse.

Le mot la fit frémir. Il heurtait sa conception des convenances. Mais à quoi servaient-elles, ces convenances, si elle devait être condamnée, comme Tantale, à avoir à portée de main tous les jours ce qu'elle convoitait, sans l'obtenir ? Repartir à Rivière-Salée ? Non, plus maintenant que cette idée venait de germer en elle. Elle n'était plus la jeune femme timide et sage partie un an plus tôt. La donne avait changé. *Elle* avait changé. Elle était surtout convaincue qu'elle n'avait plus rien à perdre. Parce que le plus important – l'espoir que Yaël l'aime un jour en retour – il venait de l'anéantir en quelques mots plus tranchants qu'une arme blanche.

Sa maîtresse…

Il avait déjà porté sur elle des regards qui en disaient assez long. Il aimait ce qu'il voyait, c'était manifeste. Il ne se laisserait pas aller pour autant à des gestes osés. Pas avec elle. Sauf si elle lui faisait comprendre ce à quoi elle était disposée. « Un homme dans la force de la jeunesse… des besoins physiques… endeuillé ou non… » Si elle s'offrait à lui, il était probable qu'il ne la repousserait pas, malgré son amour pour Liz. Parce que Liz n'était plus là.

Seulement, c'était délicat ! Horriblement délicat ! Comment ferait-elle ? Elle ne savait pas jouer les coquettes, ni aguicher les hommes, comme elle avait vu certaines femmes le faire, à Fort-de-France. Le badinage ? Une pratique qui lui était étrangère… Mais cela devait évoluer. Elle s'y emploierait.

Très perturbée par ce qu'elle venait de décider, elle se remit sur pied et se dirigea vers la porte. Yaël partait à Fougères dans la matinée pour siéger à la commission, elle aurait le temps d'y songer durant sa longue absence.

Alors qu'elle attrapait la poignée, elle entendit derrière elle :

— Urielle ?

Son cœur fit un bond soudain dans sa poitrine. Elle se retourna, se sentant prise en faute. Yaël était réveillé. En appui sur les coudes, il la regardait.

Chapitre 14

Il se sentait coupable. Tellement coupable… Il ne pourrait jamais réparer le mal qu'il avait fait. Son inconséquence. Son attitude irresponsable de séducteur. Sa fatuité devant la naïve admiration de Liz. Aucun mot ne serait jamais assez fort, assez juste, pour fustiger sa conduite. Parce que aucune raison ne serait jamais assez acceptable pour justifier la mort de cette femme. La mère de son fils. De son petit garçon, qui grandirait sans elle.

Bien sûr, elle était consentante. C'était même elle qui avait mis au point, avec la complicité de sa femme de chambre, leurs rendez-vous secrets. Elle qui l'avait abordé, à ce bal, le jour où ils s'étaient rencontrés. Une poupée ravissante. Souriante. Élégante. Parfumée. Elle lui avait réservé presque tout son carnet de bal, ce premier soir. Il avait été flatté de son intérêt. Lui qui n'avait pas eu à conquérir de haute lutte les quelques faveurs de Florine, sa première amante. Elle l'avait initié à la sensualité dans l'une des chambres capitonnées de velours de chez la Gueguen. Une très gentille fille, Florine, dont la presque trentaine épanouie et bon enfant n'avait rapidement plus fait le poids face aux manières raffinées de Liz. Un jeune imbécile, voilà ce qu'il avait été ! Un jeune imbécile dont les choix avaient eu des conséquences dramatiques pour deux innocents.

Ses cauchemars le lui rappelaient presque chaque nuit. Et c'était un juste retour des choses. Pourquoi aurait-il trouvé le repos ? Liz l'avait-elle trouvé, après la naissance de Tristan, elle qui avait été rongée de fièvres et de douleurs ?

Cette nuit encore, elle lui était apparue. Comme dans la réalité. Comme à son dernier jour. Hâve. Amaigrie au point que c'était à peine si les draps et les couvertures laissaient deviner son corps. Il avait vu l'instant précis où la vie l'avait quittée, ce matin du jour de l'an. Il avait crié. L'avait implorée de se battre encore. Pas pour lui, mais pour Tristan. Pour ce bébé si fragile. « Reste, Liz ! Oh ! pour l'amour de Dieu, reste ! Je t'en supplie ! » Ces mots, il les entendait sans répit. Ce moment, cette seconde suspendue où elle avait compris qu'elle s'en allait et posé sur lui un regard empli d'effroi, il le revivait sans cesse.

Il n'était pas amoureux d'elle. Il ne l'avait jamais été. Seulement, les choses ayant tourné comme elles avaient tourné, il était devenu de son devoir de la protéger. Et il avait échoué. Combien de fois s'était-il reproché d'avoir cédé à la tentation de la faire sienne ? Le responsable de sa mort, c'était lui. Sans cette grossesse, elle aurait toujours été en vie. Mais Tristan n'aurait pas été là. Or, il n'imaginait plus son existence sans lui. Un paradoxe qui participait à sa confusion.

C'était pour son enfant qu'il s'était jeté dans le travail. Pour avoir un beau patrimoine à lui transmettre. Au moins cela. Qu'en plus d'être privé de sa mère, il ne soit pas privé de biens.

Il s'était réveillé en sursaut. Presque en même temps, une silhouette claire s'était levée en face du lit, de l'autre côté de la pièce. Il avait cru avoir la berlue. Ou bien n'être pas encore totalement sorti de son cauchemar. Puis il avait reconnu celle qui se trouvait dans sa chambre.

— Urielle ? répéta-t-il. Qu'est-ce que tu fais là ?

Elle abandonna la poignée de la porte et fit quelques pas vers lui.

— Tu geignais..., répondit-elle, l'air embarrassé. Je... je ne savais pas si je devais agir ou non. J'ai cru que tu étais malade.

Il secoua la tête et se laissa lourdement retomber sur l'oreiller, un bras sur le front.

— Non, dit-il. Je ne suis pas malade. Je... je rêvais.

— D'accord.

Elle commença à pivoter pour regagner la porte.

— Attends... Merci de t'être inquiétée pour moi.

— De rien.

— Si, c'était gentil.

Il eut un petit rire triste.

— Comme autrefois, alors ? Dans la nourricerie ?

Elle lui sourit à demi.

— Comme autrefois.

Elle s'était arrêtée par hasard dans le rayon de lune qui éclairait un peu la pièce, et il devinait ses formes, sous la fine chemise de nuit. C'en était troublant. Ses hanches rondes. Sa taille fine. Le fuseau de ses cuisses. Ses seins généreux qu'il eut subitement envie de saisir à pleines mains, de malaxer, d'embrasser.

Embarrassé, il détourna aussitôt le regard, qu'il fixa sur la commode, à gauche de la porte. Mais la vision perdurait, et les répercussions se faisaient sentir dans son corps. Une fois encore, il s'étonna de ne pas avoir remarqué à quel point elle était belle, avant. Ronde et fraîche. Pleine d'une attirante vitalité. Et ce qu'il entrevoyait dans cette semi-pénombre le lui confirmait.

— Bon, eh bien, j'espère que la fin de ta nuit sera meilleure, Yaël.

Elle fit de nouveau un pas pour s'en aller.

— Attends ! lui redit-il d'un ton pressant.

Puis, avec plus de calme :

— S'il te plaît…

Il n'avait pas envie de rester seul. Ils avaient eu si peu le temps de parler, tous les deux, depuis qu'elle était revenue au manoir, entre le travail et l'omniprésence de Clarisse et Charlotte. Leurs discussions d'avant son départ lui manquaient.

L'horloge sonna deux petits coups.

— C'est la demie de quelle heure ? demanda-t-il, incapable de savoir combien de temps s'était écoulé depuis qu'il avait quitté la bibliothèque.

— Trois heures.

— Oh ! pardon… Tu dois être fatiguée et, moi, je t'empêche de dormir avec mes cauchemars. Excuse-moi. Je ne m'étais pas rendu compte…

— Je n'ai pas sommeil. Je peux rester un peu, si tu veux.

Oh oui, il le voulait. Il s'assit dans le lit, et le drap, en glissant, dévoila son torse nu. Il tapota le matelas près de lui, où elle vint s'asseoir.

— J'ai bien conscience d'être trop souvent absent du manoir, reprit-il. Mais tout est si compliqué ! Tout se précipite. Constamment. Quand j'ai fini d'un côté, quelque chose d'autre requiert aussitôt ma présence ailleurs.

Il se tut brusquement, honteux de se plaindre alors qu'elle avait mis ses propres projets sous le boisseau pour venir l'aider.

— Mais toi ? Dis-moi…

Il lui saisit la main et se mit à jouer avec ses doigts. Il fut surpris de constater à quel point ce contact l'apaisa.

— Eh bien, demain, je vois une nouvelle candidate pour le poste de gouvernante et j'espère que, cette fois, ce sera la bonne !

— Non, je voulais parler de tes projets de vie. Il y aura le château, bien sûr. Mais… Tu es revenue après avoir reçu ma lettre du nouvel an… Et si je n'avais pas écrit ? Si… si rien ne s'était passé, ici, est-ce que tu serais revenue un jour ?

— Sincèrement, je l'ignore.

— Rien ne te retenait donc vraiment, là-bas, pour que tu aies décidé de tout abandonner si vite ?

— Si, il y avait des gens. Anne et Malo, pour commencer. Mais ils ont leur vie de couple. Je ne serais pas restée éternellement chez eux. J'envisageais de me trouver une maison, pas très loin de la leur.

— Et… ces hommes qui t'ont demandée en mariage ? Aucun n'a trouvé grâce à tes yeux ? Aucun ne t'a inspiré un peu d'amour ?

Elle lui jeta un coup d'œil étrange, puis secoua la tête.

— Non. Aucun.

Pourquoi en éprouvait-il une forme de satisfaction ?

Les longs cheveux blonds d'Urielle étaient dénoués. Ils ondulaient légèrement sur ses épaules comme un voile de soie. Elle n'avait pas dû se rendre compte que la nouette de sa chemise de nuit s'était défaite, et que l'encolure élargie laissait apparaître sa gorge blanche et la naissance de ses seins. Ses yeux y revenaient sans cesse, malgré ses tentatives de regarder ailleurs. Et il était chaque fois saisi d'une violente envie de les empaumer. Cet élan de désir le déconcertait un peu. Jamais, avant son départ pour la Martinique, il n'avait ressenti cela pour elle. Mais depuis son retour, le passé s'était effacé. L'affection était toujours là, les souvenirs, cette joie immense lorsqu'il avait compris, à l'église, que l'inconnue à la voilette, c'était elle. Qu'elle était revenue. Mais les choses ne s'étaient pas remises en place comme avant. Il ne la regardait pas de la même façon. Et cette nouveauté le troublait.

Il comprit qu'elle avait surpris ses coups d'œil indiscrets, et il eut l'impression que sa respiration s'en était accélérée. Serait-il possible que, ce trouble, elle le ressente aussi ? Elle avait les lèvres entrouvertes, et le fixait de son chaud regard brun.

Elle avança la main vers son visage et lui caressa légèrement la joue.

— Je vois bien que tu n'es pas heureux, Yaël, et ça me fait tellement de peine !

Ces quelques mots suffirent à ouvrir des vannes qu'il tentait de maintenir fermées depuis des mois et des mois. Il recouvrit cette main chaude de la sienne pour prolonger le contact. Il s'était senti si abandonné ! Si perdu ! Ronan avait été emprisonné. Puis il avait dû fuir en Angleterre. Anne, à son tour, avait été enfermée au Fort la Latte. La nouvelle de son évasion et de son départ pour Saint-Malo, en vue de s'embarquer pour les colonies, lui était parvenue alors qu'elle était déjà loin. Il n'avait pas pu la voir une dernière fois. Il n'avait pas pu lui dire au revoir. Et voilà qu'Urielle avait décidé de s'en aller avec elle. Il n'avait pas compris pourquoi. Le fait qu'elle soit la sœur de lait d'Anne n'expliquait pas tout, sans compter qu'elle n'avait jamais été une aventurière.

Il était resté avec Liz, épousée si peu de temps plus tôt, Liz qu'au fond il ne connaissait pas vraiment. Il avait perdu tous ses repères en une poignée de jours. Il avait eu l'impression que la terre s'était ouverte sous ses pieds. Face au départ de ces êtres chers, il avait son avenir à réinventer auprès d'une jeune femme qu'il n'aimait pas, mais à qui il était lié pour toujours.

Et puis, Urielle était revenue ! Un rayon de soleil déchirant soudain l'épaisseur des nuages.

Il eut envie de la presser contre lui. Pas de lui faire l'amour, non, même si son corps réagissait face à sa chair pleine et satinée qui promettait mille merveilles, mais de sentir sa chaleur, sa présence bien réelle au cœur de la nuit. Il en avait besoin. Pour conjurer la solitude. Pour conjurer les cauchemars et les remords.

— Est-ce que… Est-ce que je peux te serrer dans mes bras, Urielle ? Juste te serrer dans mes bras ?

Elle releva la tête d'un mouvement gracieux, le rideau doré de ses cheveux lui cachant la moitié de la figure, et elle lui répondit d'un sourire tendre qui le transperça.

Il lui tendit les bras, et elle vint se blottir contre lui avec une douceur et un naturel qui enveloppèrent aussitôt Yaël d'une onde chaude et bienfaisante. Les mois de solitude qu'il venait de traverser, la culpabilité, les cauchemars… Tout s'effaça soudain au profit d'un sentiment très fort et familier, qui remontait à bien loin. À son enfance… À ces nuits où elle le secouait légèrement de sa petite main, dans la nourricerie, et l'arrachait aux visions qui l'agitaient. Il ouvrait les yeux. La vue d'Urielle penchée au-dessus de lui, sa tresse déjà longue effleurant le drap, cet instant extraordinaire où il prenait conscience que tout ce qu'il venait de vivre n'était pas réel, le submergeait alors de gratitude, de bien-être et de soulagement. Un ressenti inoubliable qu'aucune autre circonstance ne lui avait jamais procuré. Jusqu'à cet instant.

Il referma lentement les bras autour d'elle, se retenant de la presser contre lui, malgré l'envie qu'il en avait. Seul le tissu fin de la chemise de nuit établissait une séparation entre leurs deux peaux. Une séparation plus symbolique qu'autre chose... Elle nicha la tête dans son cou, l'enserrant à son tour un peu timidement, et le doux parfum de sa chevelure lui emplit les narines. Il avait de plus en plus de mal à se dire que c'était Urielle, Urielle qui avait toujours été là, dans son paysage, dans sa vie, sauf durant cette dernière année. La jeune femme qu'il sentait contre lui, sa chair tiède et veloutée, sa respiration si près de la sienne et tout aussi saccadée, le perturbaient dans son corps et son âme.

Les rayons de lune qui distillaient dans la chambre une lueur presque surnaturelle, l'ombre des courtines, la douceur de l'air entrant par la fenêtre entrouverte comme le souffle facétieux d'un esprit de la lande, les fragrances exotiques dont Urielle était nimbée... tout concourait à lui faire perdre pied. La réalité s'estompa bientôt. Son esprit cessa de se raccrocher aux bribes d'un passé désormais révolu. Sa volonté cessa de lutter. Il capitula, laissant enfin libre cours au violent désir physique qu'il avait d'elle.

Le cœur d'Urielle battait si fort dans sa poitrine que Yaël n'ignorait certainement plus son émoi, comme elle-même n'ignorait plus, à cet instant, que quelque chose venait de changer. Les corps ne mentaient pas. Ils nous trahissaient, parfois, et parfois nous venaient en aide en prenant les commandes de tout notre être. Elle sentit l'étreinte de Yaël se relâcher légèrement, puis sa bouche chercher la sienne. Elle serra plus fort ses paupières déjà fermées, chavirée, dans l'attente de ce contact dont elle avait si souvent rêvé.

Ce fut un baiser de tempête, plus fou que tout ce qu'elle avait imaginé. Un baiser qui semblait vouloir la dévorer toute. Ses lèvres chaudes... Sa langue dansant avec la sienne. Il lui saisit soudain le visage de ses mains pour mieux l'arrimer à lui tandis qu'il mêlait son souffle au sien, l'embrassait et l'embrassait encore. Elle crut que sa cage thoracique allait exploser tant les émotions se bousculaient en elle.

Puis il mit fin à ce baiser et elle osa rouvrir les yeux, incapable de prononcer un mot tant elle avait l'âme et le cœur sens dessus dessous. Sans la lâcher, il l'éloigna de lui et sonda son regard. Qu'y cherchait-il ? Une approbation ? Qu'attendait-il ? Une autorisation ? Elle ne voulait qu'une chose, en cette nuit à l'atmosphère si particulière, qu'il la garde avec lui jusqu'au matin. Qu'il la garde contre son cœur, entre ses bras. Qu'il pose les mains sur elle. Que ces caresses dont elle avait si souvent rêvé, ces dernières années, il les lui offre enfin. Elle ne voulait plus réfléchir, à présent qu'elle était résolue à se donner à lui. Dire qu'elle se demandait, il y avait encore quelques minutes, comment le séduire, comment lui faire comprendre qu'elle était prête !

Il lui prit de nouveau la bouche, qu'elle lui abandonna avec passion. Toutes ces années d'attente, toutes ces années d'espérance nourrissaient en elle une fougue qu'elle n'aurait jamais pensé posséder. À son tour, elle lui saisit le visage, puis glissa les doigts dans ses cheveux, les attrapa à pleines mains, tout en lui mordillant les lèvres, et cherchant sa langue. La fièvre l'avait saisie, et c'était comme si elle ne s'appartenait plus.

Il la fit pivoter et l'allongea sur le lit, sans cesser de l'embrasser. Puis ses mains… ses mains enfin… se posèrent sur elle. Sur son ventre. Sur sa gorge. Sur ses seins. Oh ! la sensation de ses doigts la parcourant avec cette avidité délicieuse ! La sensation de sa chaleur, à travers le linon de sa chemise de nuit ! Et son envie à elle, si puissante, si impérieuse, qu'il atteigne sa peau. Ce qu'il fit bientôt, insinuant une main sous le tissu, le long de ses cuisses, puis *entre* ses cuisses. Oh ! mon Dieu ! L'insupportable et merveilleuse lenteur avec laquelle il approchait de son intimité. Puis ses caresses, à cet endroit si sensible, si réactif d'elle. Ses caresses incroyables, qui la faisaient se tortiller et gémir comme une possédée.

Comment aurait-elle pu seulement imaginer pareilles sensations ? Parfois, les rêves ne sont rien, à côté de la réalité. Et que dire lorsque la bouche de Yaël vint soudain remplacer sa main ? Que dire de ces instants bouleversants où le plaisir monta en elle par vagues légères, puis de plus en plus fortes, avant de la saisir comme un raz-de-marée ? Avant de la secouer comme un fétu pris dans le ressac ? Éblouie, abasourdie par cette première expérience sensuelle, elle s'abandonnait à la puissance de ces sensations nouvelles, incapable de penser.

La suite… lorsque Yaël entra en elle – avec beaucoup de douceur, cette fois –, lorsqu'il fut lui-même cette vague allant et venant, lente tout d'abord, puis de plus en plus puissante. La suite… appartenait à la nuit, au merveilleux mystère de deux corps qui se découvrent, s'explorent, s'accordent et se perdent, une fois, deux fois, mille fois, dans la magie sans fin du plaisir.

Urielle crut sentir Yaël lui effleurer la tempe de ses lèvres. Puis la joue. La bouche. Tandis que le bout des doigts de ce dernier courait sur ses seins et son ventre… L'esprit encore lourd de sommeil, elle entrouvrit les yeux. La lumière du matin teintait la pièce de nacre et d'or – et elle était blottie dans ses bras.

Ils avaient fait l'amour. Dans ce lit. Le lit de Yaël. C'était arrivé de façon imprévisible. Inattendue. La passion les avait emportés. Les baisers enfiévrés, les caresses.

Et le plaisir… Oh ! le plaisir ! Si loin de ce qu'elle avait imaginé. Si puissant. Si bouleversant. Et si naturel, en même temps. Comme si leurs deux corps étaient l'un pour l'autre une évidence.

Plus tard, lors de ce moment que l'on appelle l'heure bleue, lorsque le silence est d'une profondeur de cathédrale, juste avant que les oiseaux ne se remettent à chanter, Yaël avait pleuré, la tête posée sur son ventre. Cela l'avait chamboulée. Ces larmes chaudes roulant sur sa peau, qu'il avait embrassée et embrassée encore. Il avait dit des choses confuses : qu'il n'avait pas le droit, qu'il ne méritait pas… Elle l'avait hissé contre elle et bercé comme un enfant.

Elle s'était demandé comment faire pour devenir sa maîtresse, elle qui ne savait pas badiner. La réponse était venue toute seule durant la nuit. D'instant en instant. De paroles en paroles. De geste tendre en geste tendre. Yaël avait été très attentif. Il n'avait cessé de lui demander si elle était sûre, si elle ne regretterait pas. Comment pourrait-elle regretter ces moments merveilleux qui avaient dépassé toutes ses attentes ?

Quoi qu'il puisse advenir, maintenant, songea-t-elle avec ferveur, *c'est arrivé.* Elle avait été sienne. Elle avait goûté à ses lèvres, à sa peau, à ses caresses. Elle l'avait senti en elle, dans cette union si bouleversante.

Quoi qu'il puisse advenir, se répéta-t-elle.

Et l'ardeur avec laquelle Yaël s'employait à finir de la réveiller lui donna très vite une idée assez précise de ce qui allait suivre. Dans un premier temps du moins…

Chapitre 15

1er messidor (19 juin)

Fougères, Hôtel du Beffroi, place aux Herbes, le 1er messidor

Urielle, Urielle, tu me manques déjà tellement ! Tu vois, comme promis, je t'écris dès mon arrivée à Fougères, afin que tu saches à quel hôtel je suis descendu, et que tu puisses m'y écrire à ton tour. J'ai hâte de te lire. Raconte-moi tout, s'il te plaît. Ce que tu fais, les progrès de Tristan, que j'aie au moins l'illusion d'être près de vous deux.

Te laisser allongée dans mon lit, hier matin, après cette nuit merveilleuse, en sachant que je n'allais plus te voir durant si longtemps, m'a été très difficile.

Cette première lettre ayant pour but principal de vite te donner mon adresse, je me dépêche de la confier au petit coursier de l'hôtel pour la malle-poste du jour. Plus vite elle partira, plus vite je recevrai des nouvelles de toi !

Yaël

3 messidor (21 juin)

Fougères, Hôtel du Beffroi, place aux Herbes, le 3 messidor

Urielle, ma douce, ma belle, rien encore de toi aujourd'hui, en rentrant à l'hôtel. Quelle déception ! Mais je suis sûrement bien trop impatient ! Il faut laisser le temps au temps, comme on dit, n'est-ce pas ? Et une lettre ne voyage pas aussi rapidement par la malle-poste que moi sur mon si énergique Tango. Demain, peut-être. Demain, j'espère !

Mon travail au sein de la commission a plutôt bien débuté. J'appréhendais un peu la première réunion. Je ne savais pas à quoi m'attendre, et quel accueil il me serait fait en tant qu'ancien aristocrate. Je redoutais des prises à partie, des apostrophes revendicatives… Il n'en est rien, fort heureusement. Je crois finalement que nous mènerons, tous autant que nous sommes, une réflexion de nature à faire avancer les choses, ouvrir les portes des prisons et rendre aux exilés, quels qu'ils soient, le chemin de leur patrie. C'est le seul chemin. Celui qui permettra d'avancer. Rien de précis encore, cependant, pour Anne et Malo. Mais je n'attendais pas que les choses se règlent pour eux en un claquement de doigts.

Où en es-tu avec la candidate que tu devais recevoir le jour de mon départ ? T'a-t-elle semblé correspondre à la personne que nous recherchons ? Et as-tu du nouveau pour le début des travaux au château ? Je sais que tu as hâte de te lancer dans ce projet. Tu y réussiras à merveille, j'en suis sûr.

Écris-moi vite, s'il te plaît ! Écris-moi… Que je puisse enfin tenir entre mes mains un petit bout de toi.

Yaël

8 messidor (26 juin)
Extraits du journal d'Urielle

Voilà sept jours, à présent, que Yaël est parti à Fougères, et je n'ai encore rien reçu de lui. J'aurais pensé que la malle-poste mettrait moins de temps. À vrai dire, j'ignore comment elle fonctionne, et quels délais sont normaux ou non.

Il me manque. Il me manque vraiment ! Et sans une première lettre de lui, je ne sais pas où je dois lui écrire ! D'où mon impatience. Je piaffe comme un cheval.

[…]

La bonne nouvelle du moment, c'est que nous avons une gouvernante pour le manoir. Une dame veuve de Saint-Brieuc qui a longtemps travaillé pour une famille de négociants en toiles et cotonnades. Elle a quitté son ancienne place parce qu'elle souhaitait se rapprocher de son fils et de sa belle-fille, qui viennent d'avoir un enfant. Rozenn Le Quéré. Elle prendra son poste d'ici quelques jours. Elle m'a semblé efficace et discrète. Et ses références sont excellentes. Reste à savoir comment elle supportera les ingérences de Charlotte. Avec le recul, je ne peux blâmer Line Leven d'avoir fini par perdre patience. Mais j'ai bon espoir que, au retour de Yaël, Charlotte et Clarisse retournent enfin chez elles. Quelque chose me dit qu'avec ce qui s'est passé entre nous il sera plus enclin à leur parler, aussi désireux que moi de retrouver une intimité à Keroual.

[…]

Une question cruciale se pose, néanmoins : comment agirons-nous par rapport à Angèle, Joséphine, Katou et Rozenn Le Quéré ? Comment justifierons-nous ma présence au manoir, maintenant que la place de gouvernante est pourvue ? Aucune d'elles n'ignore le caractère temporaire de mon retour ici. Et Katou s'est empressée de raconter aux autres le projet de l'école, dont elle m'a entendue parler, entre autres, à sa mère. Sans compter qu'elle a assisté à cette altercation étrange que j'ai eue avec Renaud Le Tac. Aucune d'elles ne doit donc s'attendre à ce que je reste ici lorsque les travaux commenceront.

Si je sais pourquoi j'ai choisi de devenir la maîtresse de Yaël, je ne souhaite pas pour autant alimenter les commérages de Plévenon, ni être montrée du doigt. Mais, une chose à la fois…

9 messidor (27 juin)

Pourquoi Urielle ne lui écrivait-elle pas ? Elle avait pourtant bien dû recevoir ses premières lettres ! Il ne fallait pas dix jours pour un premier aller-retour de courrier entre Plévenon et Fougères ! Regrettait-elle la nuit qu'ils avaient passée ensemble ? Regrettait-elle de s'être donnée à lui ? Les choses étaient arrivées si vite, et il avait été le premier, pour elle… La nuit, la lune, cette situation si étrange, elle dans sa chambre comme une apparition surnaturelle, lui qui se débattait avec ce cauchemar… Sans doute n'étaient-ils plus vraiment eux-mêmes.

Avaient-ils commis une erreur ? Est-ce que c'était ce qu'elle pensait ? Avaient-ils abîmé leur belle amitié en devenant amants ? Un désir fou pour elle l'avait consumé, cette nuit-là. Au départ, il ne recherchait qu'un peu de réconfort, pourtant. Il ne souhaitait que la tenir un moment contre lui, reprendre des forces à son contact, chasser les fantômes. Rien d'autre.

Et puis... ses formes rondes et souples contre son torse.

Et puis... sa chaleur, la délicate fragrance de ce parfum exotique qu'elle portait, depuis son retour.

Et puis... le bien-être de la savoir là, revenue près de lui, comme une ancre solide.

Il avait frôlé sa joue de ses lèvres. Un velouté délicieux. Aussi délicieux que le petit soupir lascif qu'elle avait poussé. C'est alors que l'intention avait changé. Que les choses avaient basculé. Il avait cherché sa bouche. Et le reste avait suivi. Oh ! avec quelle douceur, tout d'abord ! Presque avec nonchalance, comme si tous deux doutaient encore de l'issue de la nuit. Comme si un retour en arrière était encore possible. Puis avec passion, ensuite. Le plaisir avait été intense. Éblouissant.

Plus tard, dans un entre-deux de sommeil, il avait été saisi de doutes affreux. Même si la puissance du désir qui l'avait poussé vers Urielle était bien réel, n'y avait-il pas eu autre chose ? Quelque chose de plus ténébreux.

Il s'était réveillé en sursaut après son cauchemar, si mal à l'aise, si hanté de culpabilité. Qu'avait-il vraiment cherché entre ses bras ? Avait-il véritablement été honnête avec elle ? Sincère ? Il le pensait. Mais... s'il avait été victime d'une illusion ? Si ce qu'il avait voulu retrouver, dans cette intimité avec elle, c'étaient plutôt des bribes d'un passé qu'il avait perdu ? Avait-il fait l'amour à une chimère, mi-femme splendide, mi-nostalgie d'un cocon, d'un équilibre à jamais enfoui ? Avait-il défloré Urielle sans autre raison que la quête inutile de ce qui ne reviendrait plus jamais ?

Il avait pleuré aussi, secoué d'une culpabilité sans nom. Ces heures, passées dans les bras d'Urielle, dans sa tendresse, dans sa chaleur, alors que Liz n'était plus que poussière, il ne les méritait pas. Elle l'avait serré contre elle, et il s'était apaisé.

Tôt le matin, débarrassé de ses démons nocturnes, il lui avait de nouveau fait l'amour. Après, il s'était glissé dans la nourricerie pour voir dormir Tristan, puis il était parti, le cœur léger comme plus jamais il ne l'avait été depuis les sombres jours de prairial, l'année précédente.

Et maintenant, ce silence. Ces lettres qui n'arrivaient pas. La morosité, le doute le gagnaient à nouveau.

Fougères, Hôtel du Beffroi, place aux Herbes, le 9 messidor

Urielle, ma douce, que se passe-t-il ? Ton silence me rend fou d'inquiétude. Qu'est-ce que tu ne veux pas ou n'oses pas m'écrire ? Est-ce Tristan ? Est-il malade ? Regrettes-tu la nuit que nous avons passée ensemble ?

Si c'est cela, il faut me le dire. Je t'en conjure ! Tout vaudra mieux que l'incertitude qui me ronge. Comment puis-je t'aider, si j'ignore la raison de ton silence ? Comment puis-je te convaincre que cette nuit n'a pas été une erreur ?

Je ne peux vraiment pas quitter la commission en ce moment, nous sommes en train de parler du cas d'Anne, et je veux être présent à toutes les sessions pour ne rien manquer et la défendre de mon mieux. Son cas, comme celui des autres meneurs chouans, est difficile. Sinon, il y a déjà plusieurs jours que j'aurais sauté sur Tango et galopé jusqu'au manoir.

Écris-moi, s'il te plaît ! Écris-moi vite.

Yaël, qui s'inquiète et se languit de toi

11 messidor (29 juin)
Extrait du journal d'Urielle

Je crois qu'il n'y a désormais qu'une seule manière d'interpréter le silence de Yaël : la gêne, le regret d'avoir cédé avec moi à l'impulsion du moment. Je me sens vide, abattue. Comment peut-on passer en si peu de jours des sommets où ses baisers, ses caresses m'ont entraînée, à de si profonds abîmes ? Avoir touché du doigt les étoiles et retomber du ciel est bien pire, finalement, que de ne s'être jamais élevée pour les atteindre…

Fougères, Hôtel du Beffroi, place aux Herbes, le 12 messidor

Bonjour, chère Charlotte,

J'espère que ma lettre vous trouvera toutes bien portantes, au manoir, ainsi que mon petit Tristan.

En en-tête de cette missive, l'adresse de l'hôtel où je séjourne. Cela me serait agréable si vous me racontiez un peu les journées de mon fils. La séparation d'avec lui me serait ainsi moins lourde.

Avez-vous pu mener à bien ce qui vous appelait en votre hôtel particulier d'Erquy ? Je l'espère.

De mon côté, les choses se précisent, pour ma sœur et son époux, et j'aurai très bientôt je pense des informations prometteuses à vous transmettre à toutes trois.

Votre dévoué,

Yaël de Keroual

Il n'avait pas spécialement envie d'écrire à sa belle-mère, mais le silence d'Urielle l'inquiétait à présent terriblement.

Il la connaissait. Même si elle regrettait leur nuit, jamais elle ne l'aurait laissé aussi longtemps dans l'incertitude. Pas plus qu'elle ne l'aurait laissé sans nouvelles de son fils, alors que Tristan s'était si vite attaché à elle et faisait de jour en jour des progrès incroyables qu'elle était toujours très heureuse de lui annoncer, le soir, lorsqu'il rentrait.

Non, si elle se taisait ainsi, c'était que quelque chose lui était arrivé, dont elle ne voulait pas lui parler. Écrire à Charlotte était stratégique : si Urielle était malade, ou avait un souci quelconque, il en serait très certainement informé par sa réponse.

Lamballe, le 13 messidor

Ma très chère Urielle,

Comment allez-vous ? Êtes-vous au bout de ce service que vous deviez rendre, et dont je ne peux m'empêcher de supputer la nature, depuis votre lettre ? Pardonnez sa curiosité à la vieille dame un peu désœuvrée que je suis.

Ma fille et son époux, mon petit-fils Guillaume, sont adorables avec moi et font tout ce qui est en leur pouvoir pour me rendre le quotidien à Lamballe agréable. Pourtant, j'ai le plus grand mal à m'adapter. Ce retour en métropole est bien plus difficile que je m'y attendais. Mais il n'y a qu'à vous que je puisse en faire la confidence, car vous seule êtes en mesure de savoir et de comprendre ce que j'ai laissé derrière moi, en Martinique.

Mais je me plains, je me plains, honte à moi ! Je ne veux surtout pas assombrir votre ciel que, de tout mon cœur vraiment, j'espère d'un azur enchanteur. Ma chère petite, si vous saviez combien je pense à vous et comme j'espère que vous trouverez au cap Fréhel ce bonheur que vous êtes revenue chercher !

Êtes-vous un peu plus disponible, à présent ? Je vous attends toujours impatiemment.

Guillaume vous a écrit, je crois, ou va vous écrire très prochainement, pour vous annoncer de bonnes nouvelles. Oui, je les ai obtenues avant vous : les travaux vont pouvoir commencer au château d'Aubin. Vous allez enfin vous lancer dans ce si beau projet. Mais il vous en dira plus que moi, et ne lui apprenez pas que je l'ai devancé : il se fait une telle joie de vous en informer lui-même !

Puis-je espérer votre visite bientôt ? J'en serais si contente…

Sachez, pour finir, que le logement que j'occupe dans la maison de Caroline est indépendant et m'est entièrement réservé. Aussi, ne craignez pas de déranger sa petite famille si vous venez me voir.

Dans l'attente de votre réponse, je vous envoie toutes mes affectueuses pensées,

Lucie Janet

Cela faisait maintenant treize jours que Yaël était parti, et la colère avait remplacé le désarroi. Urielle avait l'impression d'être revenue un peu plus d'un an en arrière, lorsqu'il passait des nuits entières sans rentrer au manoir et qu'elle le trouvait, au petit matin, endormi sur les ballots de foin de l'écurie, cuvant du mauvais vin, ou dans le petit salon, renversé sur l'ottomane. Insouciance, insouciance, insouciance dans ses relations avec les autres… Il semblait bien que cela n'ait guère changé, contrairement à son attitude pour tout ce qui touchait au domaine.

Il ne daignait pas lui écrire ? Il n'avait même pas cinq minutes à lui consacrer ? Eh bien, qu'à cela ne tienne ! Elle aussi, elle avait des choses à faire ! Rozenn Le Quéré était arrivée au manoir. Elle paraissait fort bien s'entendre avec Angèle, Joséphine et Katou. Et rien, dans ce qu'elle avait entrepris jusque-là, ne portait à douter de ses compétences au poste de gouvernante. Il était donc plus que temps qu'elle-même laisse de la place à ses propres envies.

La lettre de Lucie Janet était un pudique appel au secours : il ne resterait pas sans réponse.

Plévenon, le 13 messidor

Chère Lucie,

Oui, j'en ai fini de cet engagement et de l'obligation que je m'étais faite de le tenir jusqu'au bout. Je suis donc libre d'aller vous voir, et cette perspective me ravit.

Si j'arrive chez vous après-demain, est-ce que cela vous conviendrait ?

Je vous envoie cette lettre par porteur spécial. Ainsi, il me rapportera votre réponse aussitôt et je pourrai prendre mes dispositions pour le voyage en diligence.

Je vous dis donc à très bientôt.

Bien affectueusement,

Urielle

La lettre de Charlotte, datée du 13 messidor, parvint à Yaël le 14. Un délai qui montrait bien qu'Urielle aurait eu mille fois le temps de recevoir ses courriers et de lui répondre. Comme rien, dans la réponse de sa belle-mère, ne laissait supposer qu'Urielle soit malade, ses craintes se confirmèrent : il s'agissait bel et bien d'eux ; elle regrettait leur nuit ensemble, et ne savait plus comment se comporter avec lui.

Charlotte lui parlait essentiellement de l'arrivée de la nouvelle gouvernante, et d'un souci mineur avec l'un des chevaux, lui précisant que Clarisse lui donnerait, dans sa propre lettre jointe à l'envoi, des nouvelles de son fils.

Il fut ravi de lire le courrier de cette dernière : sa belle-sœur lui racontait par le menu les journées de Tristan, s'extasiait sur ses progrès et ses drôleries. Il ne se réveillait presque plus jamais en pleurs la nuit, lui disait-elle, il devenait plus sociable avec les uns et les autres, rattrapait son poids, était moins nerveux. Avec sa gentillesse et sa simplicité, elle en attribuait tout le mérite à la présence d'Urielle au manoir, et à l'affection que le petit lui portait.

Oui, Clarisse était vraiment une belle personne, et il se réjouissait, une fois de plus, que son fils ait une telle tante.

Ce petit moment de joie passé, il revint à sa préoccupation privée du moment : le silence d'Urielle.

La commission ne siégeait exceptionnellement pas pendant deux jours, les 16 et 17 messidor. Il ferait un aller-retour éclair au manoir. Il devait absolument parler avec elle !

Chapitre 16

16 messidor (4 juillet)

Seul le souci de ne pas épuiser Tango et de lui ménager des moments de repos avait contraint Yaël à quelques arrêts entre Fougères et Plévenon. Arrêts qu'il avait réduits au strict nécessaire dans les relais de poste. Au fur et à mesure qu'il approchait de sa destination, sa hâte d'arriver se faisait plus pressante, et il devait se retenir de talonner son cheval, qui donnait déjà le meilleur de lui-même, en brave bête qu'il était.

Heureusement, la longue allée qui menait au manoir se dessina bientôt au détour de la route. Il y engagea Tango avec soulagement. Il allait enfin obtenir la réponse au silence d'Urielle. Cet étrange silence qui le rongeait et dont il redoutait la cause.

— Mme Sénéchal n'est pas là ? demanda-t-il à Herri, le responsable de l'écurie, en remarquant que l'emplacement de la voiture de Charlotte et les box de ses chevaux étaient vides.

— Non. Mlle Clarisse et elle sont sorties juste après le repas. Elles ont dit qu'elles rentreraient dans la soirée.

Parfait ! Ils n'en seraient que plus tranquilles pour discuter, Urielle et lui. Il avait remarqué à plusieurs reprises, avant son départ pour Fougères, que Charlotte supportait mal lorsque tous deux discutaient en tête à tête. Ils le faisaient parfois le soir, après le souper. Elle trouvait toujours un moyen de les interrompre, y compris lorsqu'ils se promenaient dans le jardin, quand la soirée était particulièrement douce. Il était vraiment plus que temps qu'il lui parle de son retour à Erquy. Ce qu'il ferait sans faute, lorsqu'il reviendrait définitivement de Fougères.

Il confia Tango aux bons soins du palefrenier – son cheval avait mérité un bouchonnage vigoureux et du foin bien frais –, puis fit un rapide tour des stalles.

Pâquerette mâchonnait paisiblement, le museau dans une ration de picotin. De même que Seringa, la nouvelle jument de trait. Équinoxe, le pur-sang de Ronan, s'agitait dans son coin. Il manquait d'exercice, c'était certain. Yaël le montait régulièrement, mais sans doute n'était-ce pas assez. Linotte, la jument d'Anne, prenait fréquemment l'air, en revanche. Clarisse sortait assez souvent avec elle pour des promenades. Il l'avait accompagnée deux ou trois fois. Pas plus. Et pas pour de longs déplacements. Il n'en avait pas le temps. Urielle, elle, n'avait jamais voulu apprendre à faire du cheval. Ce n'était pas faute d'avoir essayé de la convaincre ! Tous les trois s'y étaient mis, à de très nombreuses reprises et en des moments différents de leur vie. Mais elle s'y était toujours refusée.

Un jour peut-être, songea-t-il en balayant du regard la longue rangée de stalles vides avec un brin de nostalgie, il reconstituerait les écuries magnifiques de son père. Elles faisaient la fierté de ce dernier, autrefois. À juste titre. Ronan, Anne et lui avaient hérité de sa passion pour les chevaux. Après les événements de 1789 et les nombreux désordres qui avaient suivi, ils avaient dû les vendre, un à un. Seules leurs montures préférées étaient restées. Et Pâquerette, pour tirer le petit cabriolet.

Son tour terminé, il se dirigea vers la maison et y entra par la porte latérale, qui donnait directement dans la cuisine. Elle était vide. Une bonne odeur de pâtisserie flottait dans l'air. Il passa dans le petit salon. Vide également. Il revint sur ses pas et se glissa dans l'office. Toujours personne. Tandis qu'il traversait à nouveau le vestibule et se dirigeait vers son bureau, des rires féminins l'arrêtèrent. La porte arrière qui menait au jardin était entrouverte. Il s'approcha.

Angèle, Joséphine, Katou, les deux femmes de chambre des Sénéchal et une sixième personne étaient assises dans l'herbe. Cette dernière était-elle la nouvelle gouvernante ? La personne qu'Urielle avait reçue en entretien le jour de son départ pour Fougères avait-elle fait l'affaire ? Il n'allait pas tarder à le savoir.

Tristan trônait au milieu de cette petite cour d'admiratrices, sur une couverture à carreaux. Mais toujours pas d'Urielle. La toute fin d'après-midi était douce, baignée d'un soleil voilé qui jetait sur le tableau une lumière légèrement rosée. Il se dit qu'un peintre en aurait certainement fait quelque chose de très paisible, qu'il aurait intitulé « Fin de journée au jardin » ou « Partie de campagne un jour d'été ».

Son fils avait acquis de la vigueur – sans doute parce qu'il mangeait et dormait mieux. Il se tenait fermement assis, le dos bien droit. Il agitait en gazouillant un petit cheval de bois, ce qui semblait enchanter les six femmes. Une bouffée de tendresse le saisit à sa vue. Il eut envie de le prendre dans ses bras et de le serrer contre lui, de sentir son petit corps chaud, son odeur de bébé, de poser les lèvres sur son crâne rond recouvert de fines boucles blondes.

Quel étrange sentiment que celui d'être père ! Quelle responsabilité et quelle motivation, aussi, pour offrir à un enfant – *son* enfant – les meilleures conditions possibles pour grandir dans le bonheur et la paix. S'il s'était senti pris au piège d'un mariage sans amour, bien conscient que, dans ce piège, il s'y était précipité tout seul, jamais l'arrivée de Tristan dans sa vie n'avait jeté d'ombre sur son esprit ni son cœur.

Il ouvrit la porte en grand et se montra. Angèle et Joséphine se levèrent aussitôt, arborant le même air coupable.

— Monsieur ? s'affola Angèle. Mais nous… Mon Dieu, c'est que Mme Sénéchal ne nous a rien dit ! Sinon, vous pensez bien que…

Elle ne termina pas, triturant nerveusement le coin de son tablier.

— Il n'y a aucun problème, Angèle, s'empressa-t-il de lui répondre. Il n'était pas prévu que je rentre, vous n'avez rien à vous reprocher.

— Le travail est fait, et on avait un peu de temps devant nous, vu que Mme Sénéchal et Mlle Clarisse ne soupent pas là ce soir, se justifia à son tour Joséphine. Alors, on est venues tenir compagnie à Katou et au petit monsieur.

— Vous avez eu raison. Un enfant a besoin de monde autour de lui. Tout va bien.

C'est alors que la femme inconnue s'avança et lui fit une petite révérence.

— Rozenn Le Quéré, monsieur, se présenta-t-elle. Mlle Legoff m'a embauchée comme gouvernante.

— Soyez la bienvenue au manoir, Rozenn, lui répondit-il. J'espère que votre installation s'est bien passée et que vous commencez à trouver vos marques ?

— Oui, monsieur.

— Parfait, fit-il.

Il laissa passer un instant de silence, puis demanda d'une voix aussi détachée que possible :

— Mlle Legoff n'est pas avec vous ?

— Non, monsieur.

— Elle est au village, peut-être ?

Il s'en enquérait, bien qu'il ait vu Seringa à l'écurie, et le cabriolet dans la charreterie.

— Non plus. Elle est partie avec le monsieur de Lamballe, qui est venu la chercher en personne, répondit Joséphine, paraissant avoir retrouvé son naturel.

Yaël éprouva un petit choc à l'apprendre. Encore cet homme ! Ce… ce Guillaume Manet, ou Lacet, il ne savait plus trop !

Où l'avait-il emmenée, cette fois ? Dans quel bal ou pour assister à quel concert ? Quelle poisse ! À quelle heure Urielle allait-elle rentrer, maintenant ? Il était vraiment très contrarié par cette nouvelle. Et pas uniquement pour le contretemps.

— Un bien bel homme… Élégant et plein d'attentions pour Mlle Legoff ! crut bon de préciser Angèle, pensant peut-être le rassurer.

Ce qui ne le rassura pas du tout. Bien au contraire !

Surtout lorsqu'elle ajouta :

— Pas plus tard qu'il y a deux ou trois jours, il lui a fait porter un beau bouquet d'agapanthes en même temps qu'une lettre pour les affaires du château. Et quand il est venu la chercher…

— Vous a-t-elle dit, par hasard, vers quelle heure elle pensait rentrer ? demanda-t-il à Joséphine, pour couper court à l'énumération dans laquelle Angèle avait manifestement prévu de se lancer.

— Ah mais… elle ne rentrera pas, monsieur !

Comment cela ? Son cœur fit un bond dans sa poitrine.

— Elle n'est pas à une soirée ?

— Non, monsieur. Elle est en voyage.

En voyage ?

— Quand reviendra-t-elle ? Vous l'a-t-elle indiqué ?

— Pas avant huit à dix jours, je crois. Elle n'est partie que d'hier.

Avec ce Balet ? Ganet ?

Comme toutes trois le fixaient avec une drôle d'insistance, étonnées de son ignorance, il feignit tout à coup de se souvenir.

— Ah ! mais oui… Elle m'a écrit à ce propos, en effet.

Il leur sourit, mais le cœur n'y était pas.

— Cela m'était sorti de la tête, sur l'instant.

Angèle se glissa alors entre la porte et lui, remettant en place son bonnet de dentelle.

— Nous avions prévu des restes pour le souper. Alors, je m'en vais vite vous préparer quelque chose de plus consistant.

Il l'interrompit.

— Une simple omelette aux herbes, Angèle. Ne vous donnez pas plus de peine. Et en dessert… ce qui sent si bon dans la cuisine !

Elle fit entendre un petit gloussement ravi.

— Je me suis trouvé avec deux jours devant moi, crut-il bon de préciser. Ce n'était pas prévu, et j'en ai profité pour venir embrasser mon fils.

Alors qu'il descendait les trois marches et faisait un pas dans le jardin, Tristan le vit. Son petit visage s'illumina et, abandonnant son jouet sur la couverture, il lui tendit ses petites mains en écartant comiquement les doigts.

— Voilà un petit garçon qui est content de retrouver son papa ! commenta Katou.

Oh ! mon Dieu… La puissance d'un geste qui pouvait paraître si anodin ! Cela aussi, tout comme son rire, était assez nouveau pour lui, et il en ressentait une émotion qui lui faisait monter les larmes aux yeux presque à chaque fois.

Il le souleva dans ses bras et entreprit de faire avec lui le tour des arbres et des fleurs.

Où était allée Urielle ? Il n'avait pas osé le demander à Joséphine ou Katou, qui devaient pourtant le savoir. Sans doute à Lamballe, où vivait la vieille dame rencontrée sur le bateau. Il savait qu'Urielle avait prévu de rendre visite à celle-ci dès que possible. Et avec l'embauche de la nouvelle gouvernante, elle avait dû saisir l'occasion, avant d'être trop absorbée par la transformation du château d'Aubin. Mais quel besoin le petit-fils de cette femme avait-il eu de lui envoyer une voiture ? Pire, même, d'être venu la chercher en personne ? Pourquoi ce zèle imbécile ? Herri ou Jeannot auraient fort bien pu la conduire avec le cabriolet neuf et Seringa !

Sans parler des fleurs. *Des fleurs !*

En réalité, il était plus en colère contre lui-même que contre cet homme. Pourquoi lui en voulait-il, dans le fond ? Parce qu'il avait pour Urielle des attentions que lui-même n'avait pas eues. Depuis qu'elle était de retour, pas une seule fois il n'avait eu l'idée de lui proposer quelque chose pour la distraire, à part faire le tour du jardin. Certes, il était veuf depuis peu mais, sans parler de bal ou de mondanités où il était trop tôt pour lui de se montrer, il aurait pu l'emmener en promenade dans la région. La seule fois où il l'avait fait, l'emmenant sur la lande de Fréhel, il avait un but : lui demander le grand service d'être temporairement sa gouvernante. Une belle bévue ! Il s'en rendait compte, à présent, même si sa présence aux commandes du manoir avait remis en ordre bien des choses…

Mais non, il ne devait pas tout mélanger. Il ne s'agissait

pas de ses propres manquements ou supposés tels. Il avait fait ce trajet épuisant pour une seule raison : entendre de la bouche même d'Urielle pourquoi elle n'avait pas voulu répondre à ses lettres.

Or, elle n'était pas là, envolée avec le premier oiseau au plumage coloré venu, et au ramage de la même eau, certainement ! Alors qu'ils avaient passé une nuit ensemble, bon sang ! Cela avait compté, pour lui.

Il était furieux. La colère le faisait trembler. Il essaya de se calmer pour ne pas perturber Tristan. On disait que les enfants ressentaient très fortement les émotions des adultes qui leur étaient proches.

Il inspira longuement, et relâcha bruyamment son souffle. En fin de compte, sa réponse, il l'avait. Son absence en était une. Et une belle. Plus explicite que des paroles. Cet homme la courtisait, c'était évident. Et elle ne le décourageait pas dans cette entreprise. Ne l'avait-il pas déjà invitée dans un de ces nouveaux établissements de restauration ? N'agissait-il pas déjà comme un homme qui voulait lui plaire, en lui envoyant des voitures ? Des fleurs ? Yaël faillit encore s'étrangler à cette pensée.

Oh ! il voyait de là le tableau ! Une vieille dame charmante, mais rapidement fatiguée, qui ne les accompagnerait pas partout, feindrait peut-être même de devoir se reposer pour leur laisser de fréquents moments de tête à tête, durant les après-midi ou les soirées.

Plus il y songeait, plus la nuit qu'ils avaient partagée lui apparaissait comme un effarant malentendu. Il allait mal. Il sortait d'un de ces cauchemars affreux. Urielle l'avait entendu. Elle s'était inquiétée pour lui. Elle était venue dans sa chambre sans aucune autre intention que le réveiller, comme autrefois dans la nourricerie. Lui était perdu. En demande de réconfort. Lorsqu'elle avait accepté qu'il la serre contre lui, il était bien convaincu qu'elle ne songeait à rien d'autre que lui prodiguer un affectueux réconfort.

Ce qui s'était passé ensuite… appartenait à ces nuits étranges, ces moments entre chien et loup où l'on finissait par douter de ce que l'on avait vécu. Qu'avait-il cherché et qu'avait-il donné ? Pourquoi Urielle était-elle restée ? Les sens avaient parlé pour eux. Décidé pour eux. Mais il était bien placé pour savoir qu'ils n'étaient pas toujours les meilleurs conseillers. Elle était embarrassée. Elle regrettait, c'était évident. Elle voulait jeter ce moment dans ses bras tout au fond du puits de l'oubli.

Et lui, que voulait-il en faire, de ces heures où il l'avait tenue nue contre lui ? Où il l'avait caressée, embrassée, possédée ? Ces heures douces puis enfiévrées, puis douces à nouveau, où il avait laissé son corps s'exprimer pour la première fois depuis qu'il avait appris la grossesse de Liz. Il ne l'avait plus jamais touchée, ensuite, comme revenu subitement à la raison après une assez longue période d'égarement. Qu'aurait-il fait, plus tard, si elle avait vécu ? Quel couple seraient-ils devenus ? Quelle sorte d'intimité auraient-ils partagée ? Il l'ignorait, et la question était désormais vaine.

Cette nuit avec Urielle avait eu des allures de première fois pour lui aussi. Quel n'en avait pas été son étonnement, d'ailleurs ! Peut-être parce qu'il s'y était mêlé autre chose que la seule sensualité. Parce qu'il n'avait pas appréhendé ce moment comme une conquête, mais s'était senti vulnérable. Presque aussi novice qu'elle.

Alors, le fait qu'elle soit partie à Lamballe avec cet homme, sans même l'informer par une lettre… Ils avaient franchi une limite tous les deux, non ? Ils avaient basculé ensemble de l'autre côté d'une ligne. Elle ne pouvait pas se comporter comme si cela ne s'était jamais produit.

Il prit soudain conscience que Tristan gesticulait

dans ses bras. Il le posa par terre, sur ses pieds, tout en le soutenant sous les aisselles. Le petit se tenait solidement sur ses jambes et semblait beaucoup s'amuser à tester cette sensation. Le premier mouvement de Yaël fut de chercher Urielle des yeux, dans le jardin, pour attirer son attention sur l'enfant et l'associer à cette nouveauté. Mais Urielle avait préféré la compagnie d'un autre. La vague conscience de sa mauvaise fois le tarauda à peine. Après tout, que pouvait savoir Urielle de son retour éclair inopiné ?

Il n'empêche !

S'il avait eu plusieurs jours devant lui, peut-être aurait-il filé à Lamballe. Il ignorait où il l'aurait trouvée dans la ville, mais il aurait fini par dénicher l'adresse de cette dame ! Seulement, il reprenait la route tôt le lendemain. Il se devait d'assister à toutes les sessions de la commission. Il ne pouvait pas négliger la défense d'Anne et Malo. Il n'avait que cette soirée de libre. Une soirée qu'il passerait finalement tout seul dans la bibliothèque, lorsque Tristan aurait mangé et serait couché.

Extraits du journal d'Urielle

Ce soir, de retour de Lamballe…

J'espérais que des lettres de Yaël m'attendraient ici. Je me disais que les premières s'étaient peut-être perdues, ou qu'elles avaient été mal orientées. Je ne peux pas croire qu'il ne m'ait pas écrit une seule ligne. J'ai su qu'il avait eu des nouvelles de Tristan par Clarisse. De même que Charlotte m'a appris, à peine avais-je posé les pieds dans la maison, qu'il lui avait envoyé une lettre de Fougères. Pour quelle raison n'y aurait-il que moi qui n'aie rien reçu de lui ?

Le pire, c'est que j'ai également appris qu'il était passé très rapidement à Keroual, entre deux sessions du comité, et qu'il en était reparti sans me laisser le moindre mot. Pas le moindre !

Je crois que la conclusion s'impose, et elle fait vraiment très mal.

[...]

Guillaume a proposé de me raccompagner ici, de même qu'il était venu me chercher. J'ai dû insister pour qu'il n'en fasse rien, au risque de le blesser. Après tout, l'attention était délicate. Trop, même, c'est bien pourquoi j'ai refusé avec la dernière fermeté.

Je me suis sentie tellement gênée, juste avant mon départ du manoir, lorsque Joséphine, les yeux pétillants et l'air très excité, est venue m'avertir que « le beau monsieur de la dernière fois » m'attendait dans la cour avec une voiture ! J'étais tout en haut de la maison, dans la nourricerie, avec Tristan et Katou. Je n'avais pas entendu les chevaux.

« C'est plus de la courtoisie, c'est de la cour tout court ! » s'est exclamée Katou. J'ai tenté d'expliquer que non, que cela n'avait rien à voir. Que Guillaume m'était seulement reconnaissant d'avoir veillé sur sa grand-mère durant les deux mois et demi de la traversée, et qu'il ne cherchait qu'à me rendre service en retour.

Joséphine et elle ont échangé un regard pour le moins éloquent. Je me suis contentée de hausser les épaules, occupée à expliquer à Tristan que j'allais m'absenter quelques jours, mais que je reviendrais. Je suis persuadée qu'il comprend tout ce qu'on lui dit, même s'il ne sait pas encore parler.

Mais là, après ce séjour à Lamballe, je dois bien admettre que Katou a vu juste. Guillaume m'a bel et bien fait la cour. Je n'ai pu m'y tromper. J'ai déjà vécu cela. Deux fois. À Fort-de-France. Et les deux fois, cette cour assidue s'est soldée par une demande en mariage. Je sais différencier la simple politesse d'un homme aux bonnes manières de l'attitude empressée de celui qui espère autre chose.

Malheureusement, je crains que Guillaume, comme beaucoup de ces messieurs, ne prenne la réserve prudente que je lui ai opposée pour de la timidité, ou l'envie de voir se multiplier ses démonstrations d'intérêt.

Je n'ai voulu faire de peine à personne : ni à Lucie, si heureuse de me recevoir chez elle, ni à son petit-fils, que je trouve gentil et qui est un gentleman. J'aurais simplement aimé qu'il ne tourne pas ce genre de regards sur moi. Bien sûr, c'est agréable d'être le centre des attentions d'un homme, surtout d'un homme comme lui. Je ne le nie pas. C'est même extrêmement flatteur. Mais je ne suis pas une coquette qui s'amuse à attiser les désirs du sexe opposé pour le plaisir d'avoir du succès en société. Je ne veux pas qu'il se fasse des idées. Surtout pas ! Je suis bien placée pour savoir combien les espoirs déçus peuvent blesser, dans le domaine des sentiments.

[…]

Ce qui me ramène à Yaël… Lui absent, lui silencieux, il m'apparaît comme une évidence que je n'ai plus rien à faire pour le moment au manoir. Nous verrons bien ce qui se passera par la suite, lorsqu'il en aura terminé avec Fougères. Nous parlerons alors tous les deux, avec franchise j'espère, même si je dois en souffrir encore.

Pour l'heure, mon rôle temporaire de gouvernante s'arrête ; je laisse les rênes à Rozenn. Sa personnalité me paraît de taille à résister à Charlotte. J'ai décidé de m'installer au château d'Aubin. Je serai sur place pour superviser les travaux. Et lorsque ma mère et Yann reviendront, je serai aussi plus près d'eux.

Dans sa précipitation pour embarquer sur Le Fulmar des mers, Malo a laissé là-bas le peu dont il avait meublé et équipé les lieux. Je saurai m'en contenter, moi aussi.

Tout cela est provisoire, j'espère. Clarisse m'a donné l'adresse de l'hôtel où est descendu Yaël ; elle figurait sur la lettre qu'il a envoyée à sa mère, arrivée immédiatement après mon départ pour Lamballe. J'ignore si j'en ferai usage. Après tout, lui-même n'a pas jugé nécessaire de me la communiquer directement.

[…]

Ça y est. J'ai annoncé à tout le monde mon départ pour le château d'Aubin. Quant à Yaël, qu'il l'apprenne donc par qui il voudra : ce ne sera pas par moi.

Toutes ont été effarées de savoir que je comptais m'installer seule dans cet endroit immense. Elles ont insisté pour que j'emmène Trinidad et Tabago. Herri et Jeannot vont m'y accompagner, avec le cabriolet pour moi, la carriole pour les chiens et ma malle. Pâquerette va donc reprendre du service cet après-midi.

Tout à l'heure, alors que je suis montée à la nourricerie, j'ai fait promettre deux choses à Katou : la première, qu'elle m'avertisse dès que Yaël sera rentré définitivement ; la seconde, que nous nous donnions rendez-vous quelquefois sur la route des Noës, lorsqu'elle ira y promener Tristan, afin que je le voie un peu.

Il va beaucoup me manquer, ce petit bonhomme, mais je pars tranquillisée. Il ne pleure plus constamment et mange beaucoup mieux. Il est moins nerveux. Avec Clarisse et Katou, je le laisse entre de bonnes mains. Et puis, qui suis-je pour lui, finalement ? Ni sa grand-mère ni sa tante. Encore moins sa mère. Nous n'avons aucun lien de sang, lui et moi, contrairement à Clarisse, comme le faisait remarquer Charlotte à son amie Jeanne. J'étais partie pour ne jamais revenir, l'année dernière. Cet enfant, je ne l'aurais probablement jamais vu, si Liz n'était pas morte. Mais je l'ai vu, et je me suis attachée à lui. Il n'empêche, les plus légitimes à demeurer près de lui en l'absence de son père, ce sont elles, pas moi. Même si cette vérité me fait énormément de mal aussi. Pourtant, ce n'était pas pour souffrir, non, vraiment pas, que j'étais revenue…

TROISIÈME PARTIE

Mais l'attente mienne
Est le désir sien
D'être toute sienne,
Comme il sera mien.
Car quand Amour à Vertu est uni,
Le cœur conçoit un désir infini.

PERNETTE DU GUILLET

Chapitre 17

3 fructidor (20 août), Pléneuf, château d'Aubin

Cela faisait à présent près d'un mois et demi que les travaux avaient débuté au château. Urielle se plaisait à le comparer à une ruche : des ouvriers et des commis y entraient et en sortaient à longueur de journée, poussant des brouettes pleines, charriant du bois, des pierres, des outils… Des carrioles allaient et venaient à toute heure le long de la grande allée majestueuse. Des ordres fusaient, partout dans les pièces, sauf dans la chambre avec le grand lit, à l'étage, qui demeurait son domaine privé, ainsi que le bureau, meublé sommairement par Malo, et doté, assez curieusement, d'un lit de camp. Un jardinier et deux aides s'affairaient à domestiquer les herbes, les plantes qui en avaient pris à leur aise, afin de redonner au jardin à la française – devant le château – sa belle symétrie d'autrefois. Tandis qu'à l'arrière, au-delà de la terrasse, l'herbe du parc était fauchée, et les buissons retaillés.

Au milieu de toute cette agitation constructive, Urielle se voyait un peu comme la reine des abeilles. À cette différence notable, cependant, que la reine ne faisait rien d'autre que se laisser nourrir par les ouvrières. Elle,

elle s'activait autant sinon plus que les ouvriers. S'assurer de la bonne observation des souhaits et directives de Malo, démarches administratives, achat de matériel et de meubles… Longtemps après que tout le monde était parti, elle s'affairait bien souvent encore.

Les dortoirs étaient presque terminés, au deuxième étage – anciennement celui des invités, comme le lui avait expliqué Yaël le jour où il lui avait fait visiter les lieux. Plusieurs cloisons avaient été abattues, pour composer quatre grands espaces : deux dortoirs garçons, deux dortoirs filles. Les futurs pensionnaires, pour ceux qui viendraient d'un peu loin et vivraient sur place, y seraient répartis selon les âges. Des lits avaient été commandés à un ébéniste du coin, ainsi que des aunes de drap et des couvertures.

L'étage sous les toits, qui abritait autrefois les quartiers des domestiques, commençait à être remanié, lui aussi, pour la création de quelques petits logements. Ils étaient destinés aux enseignants qui voudraient résider sur place, temporairement ou de façon plus durable.

Le premier étage, avec les vastes chambres, antichambres et boudoirs de la famille, offrait des surfaces suffisantes pour demeurer telles quelles ; elles deviendraient des salles de classe.

Le rez-de-chaussée serait consacré à quelques bureaux, aux cuisines et au réfectoire. Le deux-pièces près de l'office, autrefois dévolu à la cuisinière en chef, le resterait. Quant à l'immense salle de réception, Urielle pensait en faire un lieu où les élèves pourraient se distraire, les jours de pluie et de froid, ou le soir, avant d'aller se coucher. Ils y trouveraient des tables et des chaises, des fauteuils, de gros coussins à poser par terre, des livres et des jeux. La finalité de distraction et de convivialité de l'endroit ne changerait pas, seuls changeraient ceux qui le fréquenteraient. Des enfants et des adolescents en blouses et sabots, plutôt que des femmes en grande toilette et des hommes en costume.

Une partie des communs serait réservée au matériel de l'entretien courant, aux chevaux, aux carrioles et voitures – car il y en aurait sans doute, à terme. L'autre partie n'avait pas encore reçu d'attribution précise, mais présentait de belles potentialités. Malo souhaitait que cette école donne une éducation de base aux enfants des familles les plus modestes du cap, mais qu'elle dispense également une instruction plus spécifiquement tournée vers la marine. Si, enfant du peuple, embarqué à dix-sept ans comme simple matelot sur un navire marchand, il avait gravi rapidement les échelons pour finir capitaine et commander son propre navire, sa spectaculaire ascension représentait encore l'exception. L'école serait un marchepied pour de jeunes garçons attirés par la mer et les bateaux, qui accéderaient ainsi plus facilement aux postes de sous-officiers, voire d'officiers.

Il ne se passait pas une journée sans que des curieux viennent jusqu'à la grande porte et demandent des informations. Urielle se faisait toujours un plaisir de les renseigner. Elle mettait toutes ses forces et toute son âme dans ce projet. Cela lui permettait de ne pas trop penser au silence de Yaël.

Extrait du journal d'Urielle

Cela me plaît de voir la vitesse à laquelle vont les choses. J'ai bon espoir que l'école puisse ouvrir à la mi-octobre. J'ai fait paraître des annonces dans les journaux pour le recrutement de professeurs et de surveillants, hommes et femmes. Les premières candidatures me parviennent déjà.

Je pense beaucoup à Malo, qui adorerait assister à toutes ces transformations. C'est pourquoi, en vigie vaillante hissée tout en haut du mât principal, je tiens à son attention un journal de bord du chantier, clin d'œil à l'ancien corsaire et capitaine de La Belle Dame sans merci.

Je pense aussi à Ninnen, qui a souhaité participer financièrement au fonctionnement de l'établissement. Yaël a écrit à son frère et sa cousine à leur adresse à Londres, peu après mon retour, pour leur apprendre que j'étais revenue en Bretagne, mandatée par Malo pour diriger les travaux. J'ai cru comprendre qu'ils étaient alors en déplacement à Saint-Pétersbourg. Mais, s'ils ne sont pas déjà rentrés à l'heure qu'il est, cela ne devrait plus tarder, et j'aurai sans doute très vite des nouvelles pour ce financement. L'argent que m'ont confié Anne et Malo permet de couvrir les transformations et les premiers mois de dépenses.

Parfois, quand je songe aux bouleversements que je suis en train d'opérer, je me dis que ce château est comme un honorable vieux monsieur assoupi dans son fauteuil, que l'arrivée soudaine et intempestive d'un groupe de jeunes tapageurs réveillerait brutalement de sa sieste. C'est un tel symbole, ce qui se passe ici ! Et cela fait tellement « jaser », comme dirait Mona Le Fustec ! Pas seulement à Pléneuf. À présent, toute la région du cap a entendu parler des travaux.

En toute fin d'après-midi, lorsque le calme était revenu, elle emmenait souvent Trinidad et Tabago courir sur la plage, en contrebas des jardins. Elle-même ressentait le besoin de marcher sur le sable, même si elle n'avait pas arrêté de travailler de la journée. Ce moment de solitude la reposait du bruit et de l'agitation incessante, même si elle aimait être au cœur de cette ruche bourdonnante.

D'autres jours, elle dirigeait ses pas et ceux des chiens dans le village même de Pléneuf. Dès le lendemain de son arrivée à Aubin, elle s'était fait indiquer où habitaient sa mère et Yann. C'était une petite maison charmante aux volets verts, située dans une rue calme. Une grille ouvragée séparait de la chaussée un jardinet orné de fleurs. Urielle savait par Mona qu'il existait un autre jardin derrière, plus privatif. Mais des murs l'empêchaient de le voir, lorsqu'elle contournait le pâté de maisons pour faire la curieuse.

La voisine la connaissait, à présent. La première fois qu'elle l'avait vue « rôder » dans le quartier avec ses deux molosses, cette dame l'avait regardée d'un air méfiant. Urielle s'était alors présentée.

Sa mère avait beaucoup parlé d'elle, avait-elle appris, et elle ne fut bientôt plus une inconnue pour cette femme. Les fois suivantes, elle ne repartait que rarement de son petit tour près de la maison sans être entrée boire un verre de cidre ou une tasse de thé. Quant à Trinidad et Tabago, faute d'avoir séduit leur hôtesse, ils avaient au moins su la convaincre de leurs bonnes manières en restant tranquillement couchés devant la porte.

Mona n'avait pas su lui indiquer à quel moment Aesa et Yann rentreraient de Guingamp. La voisine non plus. Aussi Urielle multipliait-elle les promenades au village au fur et à mesure que les jours passaient, dans l'espoir qu'ils la rapprochent du moment où les volets de la maison seraient ouverts, et où elle pourrait serrer sa mère dans ses bras.

Extrait du journal d'Urielle

Quant à Guillaume… Depuis que je me suis installée au château, il y est venu une dizaine de fois. Oh ! toujours avec une raison « officielle » : m'apporter un document, m'en faire signer un autre, se rendre compte de l'avancée des travaux, m'informer d'une réglementation, me conseiller un fournisseur fiable… Il fait, à cet égard, preuve d'une imagination sans bornes. Mais je ne suis pas dupe de ses motivations. Et je ne suis plus la seule, apparemment. Les ouvriers échangent des sourires entendus, à présent, lorsqu'il arrive dans son cabriolet.

Déjà, à Lamballe, j'ai vu combien Lucie était partagée dans ses affections et ses loyautés. Elle a recueilli mes confidences, à bord du Cassiopée, elle sait ce que j'attends de ce retour. Ce que j'attendais, devrais-je sans doute écrire. Elle sait à qui mon cœur appartient. Mais elle aime profondément son petit-fils et voudrait le voir heureux. Or, elle n'a pas pu ignorer les regards langoureux qu'il m'a lancés tout au long de mon séjour, ses attentions, et les discrètes stratégies que j'ai mises en œuvre pour ne surtout pas l'encourager.

Pourquoi faut-il que nous souffrions toujours, que ce soit dans nos amours ou nos amitiés ? Bien souvent, les sentiments sont une triste sarabande, sans fin ni réciprocité, où chacun tourne le dos à qui l'aime et languit, les yeux fixés sur le dos de qui le dédaigne !

Elle essayait de ne pas trop penser à Yaël. Mais c'était difficile. Elle ne voulait pas déformer la réalité des faits par trop de colère ou de déception, de vains ressassements. Au contraire, elle était impatiente de lui offrir l'occasion de s'expliquer sur son si long silence, lorsqu'il serait de retour à Keroual.

Seulement, chaque fois que Guillaume arrivait au château, elle ne pouvait s'empêcher de comparer le comportement des deux hommes. L'empressement de l'un. La distance que l'autre avait instillée dans leur relation. Que signifiait pour lui la nuit qu'ils avaient passée ensemble ? Avait-elle été une Liz bis ? Une conquête d'une fois, parce qu'il avait regardé d'un œil neuf la jeune femme revenue des îles, si différente de celle qui était partie ? Ou bien était-ce de sa faute ? L'avait-elle déçu, elle qui ne savait rien des jeux de l'amour ? L'avait-il trouvée à ce point novice et fade qu'il en soit venu à considérer ce moment comme une erreur ? Il ne lui avait pas semblé, pourtant. Il s'était montré si tendre, si attentif…

Dans les moments où elle s'enlisait dans ces interrogations sans fin, elle se lançait dans des tâches matérielles comme une forcenée, en attendant le retour de Yaël.

Il était une fois encore absent du manoir. Elle le savait par Katou. Toutes deux s'étaient déjà donné trois fois rendez-vous pour des promenades. Elle avait ainsi pu voir Tristan. Le petit s'était montré si content de la retrouver ! Elle en avait été heureuse et malheureuse à la fois, car elle n'avait aucune idée de ce que l'avenir lui réservait, ni s'il lui serait donné de créer des liens plus forts et plus durables avec cet enfant.

Côté intendance, les nouvelles étaient meilleures, si elle en croyait Katou. Il semblait que Rozenn avait su s'imposer. Un caractère déterminé, derrière un visage placide. « C'est pas de la peau qu'elle a sur le corps, cette femme, lui avait glissé Katou en riant, mais des plumes de canard ! Les remarques et les tentatives de brimades de la Sénéchal lui glissent dessus sans l'atteindre ! Pfffouit ! »

Un soir qu'il ne restait plus que Pierrick Lebris, le jardinier, et l'un de ses jeunes aides, quelqu'un se présenta au château. Urielle discutait avec Pierrick de la nécessité d'abattre trois arbres du parc, tandis que son apprenti rangeait le matériel. Leur état de santé laissait craindre qu'ils tombent sans crier gare sur les futurs élèves. Elle répugnait à les sacrifier. En apparence, ils ne paraissaient pas si malades, et leur disparition gâcherait le bel ordonnancement des lieux. Notamment le saule, dont les branches retombaient si poétiquement au-dessus de la pièce d'eau.

— C'est pas de gaieté de cœur pour moi non plus, demoiselle, lui assura Pierrick. On peut pas dire ce qui se passera exactement, ni quand, mais vous pouvez être sûre qu'il se passera quelque chose ! J'voudrais pas qu'un p'tit gars ou une p'tite…

Un bruit de pas résolus l'arrêta, et tous deux se tournèrent d'un même mouvement vers la grille d'entrée. Un homme avançait dans l'allée. Il n'était pas très grand, mais massif. On le sentait tout de force et d'énergie contenues. Il avait une démarche particulière, comme s'il boitait très légèrement. Démarche qu'Urielle avait appris à reconnaître, durant son séjour au manoir.

C'était Renaud Le Tac, le régisseur de Yaël. Celui-ci ne lui adressait jamais la parole quand ils se croisaient dans la cour ou le vestibule, à Keroual. Depuis leur discussion houleuse à l'auberge de la Fauconnière, il avait choisi de l'ignorer. Grand bien lui fasse ! Elle ne souhaitait pas particulièrement lui parler, ni sympathiser avec lui. Chacun avait son domaine, les deux étaient indépendants, et c'était parfait ainsi.

C'est pourquoi le voir apparaître au château, et à cette heure déjà tardive, la remplit d'inquiétude. Pourquoi était-il là ? Pas pour la saluer cordialement, c'était sûr, après leur prise de bec à l'auberge ! Est-ce qu'il était arrivé quelque chose de grave au manoir ? À Yaël ? À Tristan ?

Elle s'élança au-devant de lui, la peur au ventre, et le noya sous un flot de questions affolées :

— Bonjour… Vous venez de Keroual ? Qu'est-ce qui se passe ? Quelqu'un est malade ? C'est Mme Sénéchal qui vous envoie me chercher ? Ou Mlle Clarisse ?

Il ne daigna pas lui répondre. Ce fut même à peine s'il lui accorda un regard. Il la dépassa, fit quelques pas de plus, et se planta au bord de la pelouse. Ses yeux parcoururent avidement les abords du château, encombrés de brouettes, de seaux, de tamis, de gravats, de tas de sable, de portes démontées et d'échelles de bois empilées par terre. Puis il examina la façade, comme si elle pouvait lui livrer la nature et l'ampleur des travaux effectués à l'intérieur.

Au bout d'un long moment, il se tourna vers elle.

— Alors voilà ce que vous êtes en train de faire ? dit-il. Ce saccage…

Il avait le visage tordu d'un rictus si haineux que Pierrick, qui les avait rejoints, s'interposa entre eux. Bien campé sur ses jambes, il pointa le menton en avant, comme pour mettre le régisseur au défi de s'attaquer à lui. L'autre le jaugea, avec le même air farouche.

— Et tu es complice de cette abomination, Pierrick ? poursuivit Le Tac. Toi qui as travaillé ici ? Toi qui as servi M. le comte, tout comme moi ?

Pierrick avait en effet appris le métier, tout jeune encore, sous la houlette d'Enori Jakez, le père de Malo, alors jardinier principal du château. Il avait très vite montré de solides aptitudes et une intuition profonde pour le soin des arbres et des plantes, si bien qu'Enori Jakez en avait fait son bras droit. Lorsque ce dernier avait quitté la région, c'était tout naturellement que le comte d'Aubin lui avait offert la place. Comme Renaud Le Tac, cette place, il l'avait perdue lorsque le château avait été confisqué par la Convention.

C'était Yaël qui avait suggéré à Urielle de reprendre contact avec Pierrick : celui-ci connaissait très bien les lieux, il y avait travaillé de nombreuses années. Peut-être voudrait-il y revenir, comme employé de l'école, cette fois ? Pierrick ne se l'était pas fait répéter ! Et, contrairement au régisseur, il adhérait pleinement au projet de Malo, qu'il avait bien connu autrefois. Il n'était pas un royaliste nostalgique de l'Ancien Régime.

— Tu n'as rien à faire ici, Renaud, lui répondit-il. Va répandre ton venin ailleurs.

— Tu as déjà oublié ? Tu as vu, pourtant ! Tu as vu M. le comte, Mme la comtesse et Mlle Ninnen, obligés de fuir en pleine nuit, les mains vides. Alors que tout ça…

Il s'interrompit, le temps de désigner le château et les jardins d'un geste large.

— … Tout ça leur appartient et n'a jamais appartenu qu'à eux !

— Je regrette autant que toi la façon dont les choses se sont passées, déclara Pierrick. Mais… elles sont arrivées, et c'est vers l'avenir qu'il faut se tourner maintenant. Faut avancer, mon vieux.

Les mêmes mots, ou presque, que ceux prononcés par Mona. À croire qu'ils s'étaient concertés.

— Sale vendu aux chiens de républicains ! Comme ce voleur de Jakez ! Parce que, ce château, il l'a volé, tu m'entends ? Volé ! Indigne fils de son père !

— Il l'a *acheté*, intervint Urielle en essayant de contenir le léger tremblement de sa voix. Et pas pour son usage privé. Pour qu'il profite aux enfants les plus démunis de la région. On en a déjà parlé, vous et moi. Par ailleurs, Yaël de Keroual lui-même soutient ce projet…

Elle espérait que l'évocation de son actuel employeur fasse revenir cet homme à de meilleurs sentiments.

— … Ainsi que son frère et sa sœur. Ninnen aussi. On ne peut pourtant pas dire d'eux qu'ils sont vendus aux républicains. Et la sagesse…

— Je m'essuie les pieds sur votre sagesse ! cria-t-il. Ce n'étaient pas les endroits qui manquaient, par ici, pour cette foutue école ! Pas la peine de défigurer le château !

— Va-t'en, Renaud ! reprit Pierrick. Et ne reviens plus ici. Tu n'empêcheras rien. Les choses sont en marche.

Le Tac cracha par terre.

— Ça, c'est ce qu'on va voir…

Sur ces mots, il tourna les talons, et s'éloigna à grands pas.

— Est-ce que c'était une menace ? demanda Urielle, dont le cœur avait fait un bond dans sa poitrine.

Pierrick secoua la tête avec vigueur.

— Non. Je le connais assez pour savoir que c'est un chien qui aboie fort, mais ne mord pas. Et puis, il aime trop le château pour faire quoi que ce soit. Sa loyauté au comte d'Aubin est trop grande.

Chapitre 18

5 fructidor (22 août)

L'amnistie avait été prononcée ! Anne et Malo étaient libres ! Enfin ! Libres désormais de leurs mouvements. Libres de leur choix de résidence. Libres de revenir en Bretagne s'ils le souhaitaient. La commission avait statué sur leur cas parmi les derniers. Elle avait également fini de siéger. Le séjour de Yaël à Fougères était terminé.

Amnistiés !

Le martellement des sabots de Tango sur la route poussiéreuse scandait ce mot, qui tournait dans son esprit comme une feuille d'automne dans une cour, ballottée par le vent. Il avait tenu bon. Il s'était fixé cette mission, lui qui ne s'était pas engagé dans la rébellion chouanne, contrairement à ses deux aînés. Il l'avait fait pour eux, mais aussi pour les autres combattants de l'ombre, afin que débute une époque de progrès et de construction commune. Au-delà des convictions. Pour la paix sociale.

Il *fallait* que l'issue de cette délibération soit positive pour Anne et Malo. Le contraire n'aurait pas été acceptable après cette longue absence du manoir, qui lui avait peut-être coûté l'affection d'Urielle. S'il n'avait pas dû partir si vite, le lendemain de leur nuit ensemble… Ils auraient parlé. Il aurait levé tous les doutes ou les regrets qui avaient dû la ronger, puisqu'elle avait choisi le silence, profitant de leur éloignement forcé.

Mais, grâce à cette bonne nouvelle qu'il lui apportait, ils allaient renouer le dialogue. De vive voix et les yeux dans les yeux. Il en était sûr. Comme elle serait heureuse d'apprendre qu'Anne n'était plus sous le coup d'un mandat d'arrêt ! Il imaginait sa joie, son émotion, et il en souriait d'avance. Oh oui ! Il ne pouvait sortir que de bonnes choses de tout cela.

Il avait hâte également d'annoncer leur amnistie aux principaux intéressés. Il envisageait de leur écrire une, deux, trois lettres, d'autres encore, afin d'être bien certain que l'une d'elles au moins leur parviendrait dans leur lointain exil.

Dire qu'ils ne sauraient rien avant deux mois au moins, alors que lui-même exultait, soulagé, euphorique ! Y aurait-il un jour, dans un futur proche ou lointain, un inventeur assez génial pour concevoir un appareil à communiquer à distance et instantanément ? Qu'il était frustrant d'être le détenteur d'une information aussi importante et de ne pouvoir la leur transmettre aussitôt !

Il écrirait aussi à Ronan et Ninnen, dès son arrivée au manoir. Leur inquiétude commune pour ces deux êtres chers, ce poids sur leur vie à tous… Ce poids, au moins, était levé. Par un étrange jeu de cause à effet, la perspective de demander à Charlotte de retourner à Erquy ne lui paraissait plus une épreuve à surmonter. Il le ferait très rapidement, se promit-il, en lui assurant qu'elle verrait souvent Tristan. S'il s'entendait assez mal avec elle, il n'avait pas l'intention de la priver de son petit-fils.

Ce retour à Keroual devait être une rupture et un recommencement tout à la fois. La culpabilité qu'il éprouvait lorsqu'il pensait à Liz était toujours là, mais moins prégnante. Les cauchemars ne le hantaient presque plus la nuit. Penser à Urielle avait peu à peu pris la place.

Bien sûr, il avait été si contrarié d'apprendre qu'elle était partie à Lamballe en compagnie du conseiller de district, qu'il n'avait laissé aucune lettre pour elle au manoir, à l'issue de son bref aller-retour. Il s'était muré dans une dignité blessée qui lui paraissait stupide, à présent. Quoi qu'Urielle craigne, quels que soient ses doutes ou ses regrets, il y aurait une solution. Il *voulait* qu'il y en ait une, car il n'avait pas cessé de songer à elle et n'aspirait qu'à la tenir à nouveau dans ses bras.

Le soleil était déjà très bas lorsqu'il arriva au manoir. Sur le point de disparaître derrière la colline boisée, il incendiait d'ocre et de pourpre la façade de la bâtisse.

Yaël mit pied à terre et inspira une grande goulée d'air, saisi d'une allégresse qu'il n'avait plus ressentie depuis longtemps. Il semblait que l'étau qui lui enserrait la poitrine venait brusquement de céder. Et ce n'était pas uniquement parce que les voyages à Fougères étaient derrière lui ! Oui, la fin de quelque chose de pesant était bel et bien à l'œuvre, en lui. Et cela dépassait le simple plaisir de rentrer au manoir.

— Monsieur ? s'écria Jeannot qui sortait de l'écurie à cet instant, manifestement par hasard. Faites excuse…

Il courut vers lui.

— Pardon de vous avoir fait attendre. C'est qu'avec Herri, on n'a pas entendu le galop de Tango, monsieur !

Parce que je ne suis pas arrivé en galopant, mais au pas, pour mieux admirer les jeux de lumière sur la maison.

Le jeune palefrenier s'empressa de lui prendre les rênes, tout en passant le plat de la main sur le chanfrein humide de sueur de l'animal. Le reconnaissant, Tango s'ébroua.

C'était vraiment un bon cheval, fiable et rapide. Mais il avait besoin d'un long repos, après le train que Yaël lui avait fait mener pour rentrer. Il monterait Équinoxe les prochains jours, pour ses déplacements sur le domaine. Les deux chevaux y trouveraient leur compte.

— Prends bien soin de lui, Jeannot. Il a mérité qu'on le gâte.

— Ah ça, pour sûr ! Comptez sur moi, monsieur ! Allez viens, Tango…

Tandis que palefrenier et andalou disparaissaient dans l'écurie, Yaël se dirigea vers l'entrée de la maison.

Il ne s'attarda pas au rez-de-chaussée. Impatient de voir son fils, il monta directement au deuxième étage.

Il s'arrêta à l'entrée de la nourricerie, dont la porte était grande ouverte. Tristan lui tournait le dos, installé dans sa chaise haute. Katou était en train de lui donner son repas du soir. Il fit aussitôt signe à la jeune fille de ne pas s'interrompre, qu'il attendrait avant de se montrer à l'enfant. Elle lui répondit d'un petit signe de tête, lui signifiant qu'elle avait compris.

Tristan babillait tout en mangeant. Il semblait avoir beaucoup de choses à raconter, qu'il exprimait avec conviction, même si elles demeuraient inintelligibles. Dire que le nourrir était encore une telle épreuve, il n'y avait pas si longtemps ! C'était avec Urielle qu'il avait commencé à faire preuve d'appétit. Qu'il était devenu moins nerveux, comme si sa présence seule avait le pouvoir de l'apaiser et le rassurer. Qu'il s'était mis à mieux dormir, aussi. Et à ne plus se réveiller en hurlant. Tout cela interagissait, naturellement, pour aboutir au résultat sous ses yeux : un petit garçon de plus en plus vigoureux, joueur et joyeux, comme si Liz n'était pas morte à sa naissance, ou quasiment.

L'évidence le frappa alors avec la fulgurance et la violence de la foudre. Malgré l'attention de Katou, l'affection de Clarisse, malgré son amour de père – même s'il n'avait pas été des plus disponibles, ces derniers mois –, son fils n'avait commencé à s'épanouir, *à vivre véritablement*, qu'avec Urielle. Comme s'il avait enfin trouvé une *mère*.

Abasourdi, il dut s'appuyer au chambranle pour ne pas vaciller. C'était tellement énorme ! Et cela paraissait aller de soi, cependant. Le retour d'Urielle. Le manoir qui avait alors semblé se réveiller d'un triste sommeil de Belle au bois dormant. Les progrès de son fils, comme un bourgeon se décidant à éclore. Lui-même, troublé par cette femme qu'il découvrait si belle, si différente. Si attirante. Cette nuit, commencée dans les cauchemars, la mort de Liz, vécue et revécue sans trêve, sans répit. Et terminée dans les bras d'Urielle, contre sa peau douce, sa chair pleine, ses rondeurs si voluptueuses.

La vie. Elle était la vie. La sienne. Celle de Tristan. Celle du manoir.

Elle était la magie.

Il prit conscience avec une acuité presque douloureuse d'à quel point il avait envie qu'elle enchante son quotidien, ses jours et ses nuits, sa maison, cette magicienne. À quel point il avait besoin d'elle pour exister. Et cette envie, ce besoin, portaient un nom identique. L'amour. Il était tombé amoureux d'Urielle et il ne s'en était pas aperçu ! Il lâcha malgré lui un petit rire stupéfait. Comment cela était-il possible ?

Il ne put y réfléchir, car son rire attira l'attention de son fils. Tristan se retourna et, dès qu'il le vit, c'en fut terminé du repas. Il repoussa d'une petite main impérieuse la cuillère que Katou approchait de sa bouche et tendit les bras. Le gazouillis qu'il proféra sonna presque comme : « Papa ! » Presque. Yaël savait qu'il était bien trop jeune pour prononcer ses premiers mots, mais il lui plaisait d'imaginer celui-ci tout particulièrement.

Il s'avança et le prit dans ses bras, tout en articulant un « Désolé ! » contrit à l'attention de Katou.

— C'est pas grave, répondit celle-ci à voix haute. C'était la dernière bouchée. Vous venez d'arriver, monsieur ?

— Oui.

— Est-ce que les nouvelles sont bonnes ? Pour Mlle Anne, je veux dire.

Yaël se fendit d'un grand sourire.

— Oui, Katou ! Elle a été amnistiée. Et son mari aussi.

Katou en perdit le souffle, et sa bouche s'arrondit sur un « Oh » muet.

— Alors ça, monsieur ! reprit-elle au bout de quelques secondes. Alors ça…

Elle attrapa le coin de son tablier pour écraser une larme.

— C'est une si bonne nouvelle ! Comme Urielle va être contente ! Elle espérait tellement que vous réussissiez ! Tellement !

Il fut ému de sa réaction.

— Une très bonne nouvelle, oui…, répéta-t-il. Justement, où est Urielle ? J'aimerais la lui annoncer sans tarder.

— Au château, monsieur. Pour les travaux, vous savez…

Ils avaient donc débuté ? Il hocha la tête, feignant de le savoir.

— Bien sûr.

Il commençait à être tard. L'heure du souper approchait. Elle ne tarderait certainement pas à rentrer.

En attendant, il prit un moment pour jouer avec Tristan, pendant que Katou descendait à la cuisine le plateau sur lequel elle avait placé l'assiette, la timbale, la cuillère et le plat utilisés pour le repas du petit.

Quand 8 heures sonnèrent à l'horloge du vestibule, Katou remonta. Il était temps pour l'enfant d'aller au lit.

Il le confia alors à la jeune femme après l'avoir embrassé. Puis il passa dans sa chambre pour se changer.

Lorsqu'il arriva au rez-de-chaussée, un quart d'heure plus tard, il trouva Joséphine, Angèle, Rozenn et Sylvia, la femme de chambre de Clarisse, attroupées autour de Muriel, la chambrière de Charlotte. Elles arboraient toutes des mines navrées. Muriel avait une valise et un sac de voyage à ses pieds. Elle était vêtue d'un mantelet et d'une capeline, et s'apprêtait visiblement à quitter le manoir. Aurait-elle appris une mauvaise nouvelle ? Une maladie grave ou un décès parmi ses proches ? Bien que curieux, Yaël ne fit aucune remarque, ne posa aucune question, et passa dans la salle à manger. Il n'y avait encore personne.

Il s'approcha de la fenêtre, qui donnait sur le jardin, à l'arrière. Il se plut à imaginer Tristan, titubant sur ses petites jambes et courant après une balle, fier de marcher tout seul. Cette vision lui fit alors penser à Trinidad et Tabago, les seuls, pour le moment, à courir follement et bruyamment sur la pelouse. Mais… Où étaient-ils ? Pourquoi ne lui avaient-ils pas fait la fête, à son arrivée dans la cour, comme ils en avaient l'habitude ?

Il disposait de quelques minutes encore avant le souper. Il sortit par la porte de derrière et gagna les écuries.

— Trinidad ! Tabago !

Les chiens aimaient bien y traîner. Il n'était pas rare qu'il les trouve endormis dans un box vide.

— Trinidad ! Tabago ! appela-t-il plus fort.

— Ils sont au château, avec Mlle Legoff, monsieur !

lui cria Herri depuis l'extrémité du bâtiment, en passant la tête par l'ouverture de la dernière stalle.

— Ah ? Parfait…

Pourquoi Urielle avait-elle emmené les chiens à Aubin ? L'avait-elle fait pour cette journée en particulier, ou bien les laissait-elle là-bas le soir, lorsqu'elle rentrait à Keroual ? Dans un cas comme dans l'autre, il n'en comprenait pas bien la raison.

Il fut soudain saisi d'un sentiment de flottement. Comme si les choses n'étaient pas en place, ou comme s'il était devenu un étranger dans sa propre maison.

Bizarre…

Il sortit sa montre de son gousset et consulta l'heure : huit heures et demie. Cette fois, le souper allait être servi.

Charlotte, Clarisse et lui arrivèrent dans le vestibule au même moment. Elles s'exclamèrent, étonnées de le voir. Pourquoi n'avait-il pas annoncé son arrivée par courrier ? lui demanda Charlotte. Elles seraient rentrées de visite plus tôt pour l'accueillir ! Elles auraient demandé à Angèle de préparer un repas plus copieux ! Il mit fin un peu sèchement à cette sollicitude exagérée, arguant qu'il n'avait pas besoin de prévenir ou de solliciter une quelconque autorisation pour rentrer chez lui. Il n'était pas un invité dans sa propre maison !

Sa belle-mère parut un instant interloquée. Il l'avait habituée à plus de rondeur dans sa manière de s'adresser à elle. Mais il en avait assez. Il était bien décidé à aborder sans délai la question de son départ du manoir.

Comme sa réaction avait jeté un froid, il relança la conversation tandis qu'ils longeaient le couloir en direction de la salle à manger.

— J'ai vu Muriel avec des bagages, tout à l'heure. J'espère qu'elle n'a pas de soucis ?

Charlotte pinça les lèvres, une mimique qui lui était familière.

— Maman l'a renvoyée, l'informa Clarisse.

— Que s'est-il passé ?

Ce fut Charlotte qui lui répondit :

— Elle a outrepassé ses fonctions : je l'ai surprise en train de fouiller dans certaines de mes affaires très personnelles. Dans un secrétaire, pour être précise, qu'elle n'était absolument pas autorisée à ouvrir, quand bien même j'avais laissé la clé dessus par inadvertance.

Yaël hocha la tête. Il ne s'agissait pas du personnel du manoir, mais de la femme de chambre qui avait suivi Charlotte depuis Erquy. Il n'avait rien à dire.

Comme ils entraient dans la salle à manger et s'approchaient de la table, il remarqua seulement le nombre de couverts : deux. Il n'y avait pas prêté attention, un peu plus tôt. Il n'était certes pas attendu, mais il aurait dû y en avoir *trois*, pour Charlotte, Clarisse et Urielle. Cette dernière n'était toujours pas arrivée.

— Nous n'attendons pas Urielle ? demanda-t-il.

Charlotte s'étonna, un peu trop théâtralement pour être sincère.

— Mon cher Yaël, je pensais qu'elle vous avait prévenu elle-même par courrier, c'est pourquoi je ne l'ai pas fait. Voilà plus d'un mois et demi qu'elle a quitté le manoir pour s'installer à Aubin.

Urielle ne vivait plus à Keroual ?

Il dut faire un très gros effort pour rester impassible. Mais comme il ne pouvait feindre d'avoir temporairement oublié cet élément, il déclara, aussi calmement que possible :

— Je n'ai rien reçu, en tout cas. Mais il est assez fréquent que des lettres se perdent.

— Absolument ! Lorsque j'en reçois une de Victor, il n'est pas rare qu'il y mentionne un précédent envoi, qui ne m'est jamais parvenu.

Bon… Elle avait préféré demeurer sur place pour superviser les travaux. Il était assez déçu de l'apprendre de cette manière, mais il comprenait sa décision. Puisque Rozenn Le Quéré était là, à présent, Urielle pouvait se consacrer à la mission que lui avait confiée Malo. La compagnie de Charlotte n'avait pas dû peser bien lourd dans la balance. Il irait la voir dès le lendemain matin. Il avait hâte de lui parler et de lever enfin tout malentendu entre eux.

— Elle a bien fait, commenta-t-il.

Joséphine entra et posa au centre de la table un poisson en gelée, sur un lit de feuilles de salade. Lorsqu'elle fut repartie, Charlotte approuva à son tour.

— Oui. Cela lui évite des trajets qui pourraient s'avérer fatigants, à la longue.

Elle laissa passer une seconde, puis ajouta :

— L'inconvénient, c'est que l'on ne peut pas empêcher quelques mauvais esprits de jaser.

— Maman ! protesta Clarisse.

Charlotte posa la main sur le bras de sa fille.

— Je sais ce que je dis, Clarisse. Et crois bien que j'ai autant à cœur que toi la bonne réputation de Mlle Legoff.

La réputation d'Urielle ? De quoi parlaient-elles ?

S'adressant de nouveau à lui, Charlotte poursuivit :

— Voyez-vous, Yaël… Elle est seule au château avec les chiens. Mais les chiens n'ont jamais constitué des chaperons acceptables pour une jeune femme célibataire. Et M. Janet va si souvent la voir ! Seul, lui aussi.

Qu'est-ce que…

— On parle. À Pléneuf, tout comme à Plévenon. Les gens sont si méchants. Si prompts à voir le mal ou le déshonneur ! Et c'est fort ennuyeux pour elle.

Elle s'interrompit de nouveau, le temps de se servir une portion de poisson, puis tendit les couverts de service à Clarisse.

— Bien sûr, ce serait très différent si M. Janet et elle se décidaient à annoncer publiquement leurs fiançailles…

— *Leurs fiançailles !* explosa Yaël.

Tout son sang avait dû refluer de son visage. Ses mains s'étaient mises à trembler, et il les dissimula sous la table, le temps de se reprendre.

Clarisse gardait un silence crispé depuis quelques minutes, lançant de temps à autre un regard furieux à sa mère. Charlotte, elle, semblait boire du petit-lait.

Qu'est-ce que c'était que cette histoire ? Depuis quand était-il question de fiançailles entre Urielle et cet homme ? Qu'avait-il manqué, bon sang, pour être à côté de tout ? Est-ce que c'était pour cela qu'Urielle n'avait pas répondu à ses lettres ?

— Enfin… je veux dire… je suppose qu'il y a des fiançailles dans l'air, nuança Charlotte. M. Janet s'est montré si empressé, si plein d'attentions pour elle. C'est un homme amoureux, cela ne fait aucun doute ! Et quelqu'un de confiance m'a rapporté ses très nombreux passages au château. À toute heure de la journée. Aussi peut-on légitimement penser…

Elle ne termina pas, ayant pris une bouchée de poisson. *Oh…* Yaël se sentit soulagé : s'il ne s'agissait que des suppositions de sa belle-mère… Il n'empêche, il était urgent qu'il parle avec Urielle.

— Cela couperait court aux médisances, reprit Charlotte lorsqu'elle eut avalé sa bouchée. Conseillez-le-lui, Yaël. Vous qui êtes son ami. Elle vous écoutera.

— Je compte bien m'entretenir de cela avec elle et de bien d'autres choses, répondit-il. Dès demain. Mais pour l'heure, c'est avec vous que je souhaite m'entretenir. Ma chère Charlotte, ma chère Clarisse, soyez bien persuadées de toute ma reconnaissance. Votre présence ici, au manoir, depuis la naissance de Tristan et la disparition de Liz, m'a été d'un inestimable soutien.

Comme sa belle-mère ouvrait la bouche, il ne lui laissa pas l'opportunité de reprendre la parole. Pas encore.

— Inestimable, si, Charlotte. Et je puis vous jurer que je ne l'oublierai jamais. Mais je vais mieux, à présent. Et je ne me sens pas le droit de vous retenir plus longtemps loin de votre foyer. Il est temps pour vous deux de retourner à Erquy. Je demanderai à Joséphine de se mettre à votre entière disposition, demain, pour vous aider à faire vos malles, puisque Muriel ne sera plus là.

Un silence glacé suivit sa déclaration, côté Charlotte.

Quant à Clarisse, elle cachait mal son sourire. Elle lui avait fait des confidences, au cours de l'une de leurs rares promenades à cheval. Elle était amoureuse d'un de leurs voisins. Un amour partagé. Malgré la très grande affection qu'elle avait pour sa sœur, et celle qu'elle vouait à Tristan, leur séjour prolongé à Keroual, loin de lui, la mettait au supplice.

Elle se languissait de ce jeune homme et souhaitait rentrer pour le revoir enfin. Pour sa part, Yaël l'avait assurée de toute son amitié, et lui avait fait promettre qu'en cas de difficultés, de quelque sorte que ce soit, elle s'adresserait à lui. Il voulait qu'elle sache qu'elle trouverait toujours en lui un allié. Un *grand frère* bienveillant.

— Je… je vous remercie, Yaël, déclara enfin Charlotte d'une voix troublée, l'air très abattu, tout à coup. Mais je vous assure, mon cher enfant, que je suis très heureuse d'être ici et de pouvoir vous aider à vous occuper de notre petit Tristan. Je peux tout à f…

— Vous en avez déjà tellement fait, Charlotte ! Vous en demander davantage, alors que vous avez votre propre maison, vos propres gens, serait vraiment très égoïste de ma part. Et puis, il faudra bien que j'apprenne à élever seul mon fils. Je ne suis pas le premier veuf à devoir le faire, hélas. Et je ne serai pas le dernier.

Où trouvait-il enfin la fermeté de lui parler de la sorte ? Il avait un peu honte de la méthode, de cette fausse sollicitude. Seulement, il voulait se retrouver seul maître chez lui. Dans sa faiblesse, dans sa culpabilité passée, il avait laissé cette femme prendre trop de place. Une place qui n'était pas la sienne. Le décès de Liz n'autorisait pas tout. Ce n'était pas à elle de succéder à sa mère puis à Anne à la tête du manoir. C'était à… Un visage s'imposa, auréolé de cheveux très blonds. Un regard brun, chaleureux.

Oh oui, il l'aimait ! Comment ne s'en était-il pas rendu compte plus tôt ?

Il avait hâte, à présent, que ce repas se termine. Hâte que la nuit passe et que le lendemain arrive. Il ne croyait pas à cette histoire de fiançailles imminentes, au fond de lui. Le corps d'Urielle n'avait pas menti, entre ses bras, sous ses caresses et ses baisers.

Tout devait être posé. Tout devait être dit, entre elle et lui. Une fois pour toutes. Et les malentendus levés. Ce serait pour le mieux, il en était certain.

Demain, songea-t-il avec un élan d'allégresse. *Demain*. Le jour du recommencement.

Chapitre 19

6 fructidor (23 août), château d'Aubin

Le château, comme tous les septidis depuis le début des travaux, était d'un calme impressionnant eu égard à la tempête qui l'agitait les autres jours. Incapable de s'acclimater à la découpe des mois en décades, bien que ce système ait été instauré depuis trois ans déjà, Urielle continuait à penser « semaines ». Elle avait donc mis en place un rythme de travail sur sept jours, et le septième était chômé, comme les dimanches d'avant la Révolution.

Trinidad et Tabago, redevenus les rois des lieux, se poursuivaient dans le parc en jappant. L'air était doux, mais le ciel légèrement voilé. Sans doute pleuvrait-il dans l'après-midi.

Il était midi, et Urielle s'était installée sur la terrasse pour son repas, suivant d'un regard amusé le manège des deux chiens. Elle aspirait au repos et n'était pas mécontente d'être seule, ce jour-là. Sans interpellations à tout va. Sans coups de marteau. Sans ouvriers courant çà et là. Sans toutes les questions auxquelles elle devait répondre. Sans livraisons à réceptionner.

Elle se sentait assez fatiguée, depuis quelques jours, et se trouvait somnolente, ce qui ne lui ressemblait pas du tout, elle qui était l'énergie même. Elle avait mis à son menu un reste de tourte aux légumes et à la viande, de la salade, et quelques beaux fruits de saison.

Après les premières bouchées, son estomac lui envoya des signaux déplaisants. Aurait-elle trop attendu pour terminer la tourte ? La viande avait-elle tourné ? Elle l'avait pourtant conservée dans un endroit frais. Prudente, elle laissa cet aliment de côté et alla chercher du fromage à la place : un fromage d'abbaye, comme seuls les moines savaient le faire, salé et crémeux à souhait ! Fromage et salade verte, c'était un bon assortiment aussi, pour peu que l'on y associe une tranche de pain bis.

Elle prit son temps pour manger – pour les repas aussi, elle ne cessait de se presser, les autres jours, se contentant d'avaler quelque chose sur le pouce. Pas étonnant que son ventre finisse par protester ! Aussi apprécia-t-elle le moment, même si elle demeurait vaguement nauséeuse. Ensuite, elle débarrassa la petite table et s'installa dans un fauteuil en osier, à l'ombre de la glycine qui recouvrait la pergola.

Elle pensait n'y rester qu'une dizaine de minutes, dans le parfum suave des fleurs qui constellaient le feuillage de leurs grappes claires. Elle dut s'endormir. Lorsqu'elle rouvrit les yeux, les chiens avaient cessé leurs jeux. Ils étaient venus se coucher à ses pieds et s'étaient assoupis, eux aussi. Une brise agitait au-dessus d'elle les fleurs à l'odeur de miel. Quelques abeilles bourdonnaient. Elle tira sa montre oignon de la poche de sa robe de cotonnade toute simple : il était 3 heures de l'après-midi.

Yaël avait prévu de se rendre au château d'Aubin aux premières heures de la matinée, impatient de revoir Urielle, mais Renaud Le Tac était passé au manoir. Une urgence – encore une ! – dans une métairie. Un pan de toit d'une bergerie s'était écroulé. Il ne pouvait pas ne pas l'y accompagner. Il s'était entièrement reposé sur son régisseur pour les affaires courantes, durant son séjour à Fougères. À juste titre, d'ailleurs. Le Tac connaissait son métier. Mais il était temps pour Yaël, là aussi, de reprendre la main et de recommencer à se montrer régulièrement sur le domaine. Rongeant son frein, il avait donc dû reporter sa visite à Urielle.

Il s'était dit que, de la métairie, il partirait ensuite directement pour Aubin. Mais en aidant Le Tac et le métayer à dégager les poutres et les gravats, il avait déchiré sa chemise. Pas question de se présenter à Urielle sale et débraillé. Il était donc rentré au manoir pour se changer et faire un brin de toilette.

Là, Clarisse lui avait appris que leurs malles étaient prêtes et que sa mère comptait prendre la route pour Erquy juste après le repas.

— J'espère que nous aurons le plaisir de manger une dernière fois avec vous, Yaël, lui avait-elle dit, les yeux pétillant déjà d'impatience à l'idée de revoir enfin son amoureux.

— Naturellement, avait-il répondu.

Après le repas de la veille, qui s'était terminé dans une relative froideur, il ne voulait pas faire l'affront à sa belle-mère de dédaigner sa compagnie, alors qu'elle s'en allait. Il tenait à rester en bons termes avec elle. Du moins aussi bons que possible, tout en établissant plus clairement qu'il ne l'avait fait jusque-là où commençaient les prérogatives des uns et se terminaient celles des autres.

Il était donc resté à Keroual jusqu'au départ des deux femmes.

À présent, il chevauchait enfin vers Pléneuf. Il avait laissé Tango folâtrer dans le pré avec Seringa, Linotte et

Pâquerette. Il montait Équinoxe, le pur-sang de Ronan. L'animal était si heureux de sortir que Yaël avait presque du mal à le tenir lorsqu'ils traversaient des hameaux. Le reste du temps, il le laissait galoper à sa guise sur les chemins. Lui-même était grisé par la vitesse. Chaque galop du cheval le rapprochait d'Urielle.

Il aurait tant à lui dire ! Plus de deux mois sans la voir ! Sans lui parler ! Sans la toucher ! Les circonstances avaient été telles qu'il avait dû la quitter alors qu'ils venaient à peine de franchir un cap majeur. Un cap qui les avait fait basculer d'amis à amants. Au lieu de consolider cette situation nouvelle, il s'était absenté longtemps, et il craignait que leur éloignement, doublé de ce problème de lettres restées sans réponses, n'ait causé quelques dégâts. Aussi bouillonnait-il du désir d'arriver, afin de lever tout malentendu.

Il l'aimait, tout abasourdi d'éprouver en pleine conscience ce sentiment si neuf à son cœur.

Il l'aimait, et se sentait de force à la rassurer sur tout ce qui avait pu l'inquiéter et la conduire à ce silence obstiné.

Urielle avait du mal à quitter le fauteuil, la douce atmosphère parfumée de la terrasse, le calme que brisaient seulement les ronflements de Tabago et le pépiement des oiseaux. Mais elle n'avait pas l'habitude d'être oisive, et à présent qu'elle était réveillée, une foule de petites choses à faire se rappelaient à elle.

Alors qu'elle se décidait à bouger, elle entendit le bruit d'un attelage qui arrivait sur le gravier de l'autre côté, devant l'entrée principale du château. Intriguée, elle fit le tour par l'extérieur et reconnut aussitôt le cabriolet de Guillaume. Elle en fut agacée tout en s'en voulant de l'être. Il avait tellement fait pour l'aider ! Mais elle aurait vraiment aimé disposer de cette journée pour elle seule et s'occuper à son rythme, sans visite et sans devoir entretenir une conversation.

— Urielle ! s'écria-t-il en la voyant tourner au coin de l'aile ouest.

— Bonjour, Guillaume, le salua-t-elle sans véritable entrain.

Elle était encore amollie par la sieste inhabituelle qu'elle venait de faire, et se sentait en manque d'énergie.

Il attacha les rênes de son cheval à la branche basse d'un arbre et s'avança vers elle.

— Comment allez-vous ? lui demanda-t-il en lui saisissant la main pour la porter à ses lèvres.

— Bien, bien, je vous remercie.

Il plongea ses yeux bleu-gris dans les siens, pressant toujours sa main contre sa bouche chaude, et sembla sonder son âme. Elle en fut embarrassée. D'autant plus lorsqu'il ajouta :

— J'espérais bien vous trouver seule ici, un septidi. Vous êtes si affairée, lorsque les ouvriers sont là ! Nous n'avons guère l'opportunité de discuter de sujets personnels.

De quels sujets « personnels » voulait-il l'entretenir ? Elle n'était vraiment pas en état de repousser ses avances, s'il avait l'intention de lui faire une déclaration. Mais non, elle extrapolait !

— Comment va votre grand-mère ? lui demanda-t-elle pour revenir sur un terrain moins intime.

— Elle vous envoie ses amitiés. Elle se porte fort bien. J'ai peur, cependant, qu'elle ne parvienne pas à se réacclimater à notre vie en Bretagne. Pour agréable que soit la maison de ma mère, elle est loin de ressembler à la plantation que mon grand-père possédait dans les environs de Fort-de-France, si j'ai bien compris ! Et la vie sociale à Lamballe doit lui paraître bien fade, en comparaison des soirées données par le gouverneur et les grands propriétaires de l'île.

— C'est un fait que l'on y vit très différemment d'ici, répondit Urielle qui ne souhaitait pas mentir à Guillaume, d'autant plus qu'il avait vu juste, à propos de Lucie.

Lors de son séjour chez elle, ce point était souvent revenu dans la conversation de la vieille dame. Sans doute s'y mêlait-il surtout le regret de son époux disparu. Sa vie en Martinique avait été, certes, celle de l'épouse d'un riche planteur, mais elle avait été avant tout celle d'une femme dont le mari était encore vivant et aimant, tandis qu'elle se retrouvait veuve à Lamballe, menant une existence un peu étriquée, attachée à causer le moins d'embarras possible à sa fille.

— J'allais partir promener les chiens sur la plage, mentit-elle. Voulez-vous m'accompagner ?

Cela vaudrait mieux que de lui proposer de s'asseoir sur la terrasse. C'était moins formel. Moins solennel. Moins propice – du moins l'espérait-elle – aux sujets « personnels ».

— Volontiers !

Il paraissait vraiment content.

Dès qu'elle avait quitté son fauteuil, Trinidad et Tabago avaient redressé le museau, puis l'avaient suivie.

La plage, qui se trouvait dans le prolongement des jardins, était une plage privée appartenant au château. Aussi ne prit-elle pas de laisses. Les chiens lui obéissaient bien. Par ailleurs, c'était leur lieu de promenade favori : ils ne risquaient pas de s'éloigner.

Guillaume et elle se dirigèrent donc à pas nonchalants vers les marches en rondins qui descendaient jusqu'à la plage en parlant des aménagements et livraisons en cours : elle n'en demandait pas plus.

Yaël arriva au château à 15 heures largement passées. Charlotte et Clarisse avaient pris la route, et il avait encore du mal à se dire qu'elles avaient définitivement quitté le manoir. Cette étape était nécessaire pour lui. Une page se tournait, une page importante. Et il était impatient d'écrire la suivante.

Alors qu'il s'engageait dans l'allée, menant Équinoxe au pas en lui tenant la bride, il fut assez contrarié de découvrir qu'Urielle avait déjà un visiteur ou une visiteuse. Il s'approcha, mit pied à terre et laissa son cheval à bonne distance d'un élégant cabriolet. La jument racée qui le tirait broutait paisiblement la pelouse. Il commença à se diriger vers la porte principale, pour actionner l'énorme heurtoir de bronze, puis changea brusquement d'avis. L'intuition qu'il s'agissait plutôt d'*un* visiteur – et il avait une petite idée de l'identité probable de ce dernier – lui fit infléchir son parcours et se glisser le long de l'aile ouest, afin de contourner discrètement le bâtiment.

Ce n'était pas le comportement d'un gentleman, mais les paroles de Charlotte, même s'il ne voulait pas leur accorder d'importance, avaient laissé une empreinte dans son esprit. Il ne pensait pas qu'il y ait quoi que ce soit entre Urielle et le conseiller de district, mais il se sentirait tout à fait libéré lorsqu'il en aurait eu le cœur net.

Il espérait surprendre leur conversation sur la terrasse, où il supposait qu'ils se trouvaient. Les paroles de deux personnes qui se connaissent à peine et celles de deux personnes sur le point de se fiancer n'avaient pas la même teneur. Il serait vite fixé.

Lorsqu'il atteignit l'angle du mur, il se pencha pour jeter un coup d'œil vers la pergola. Il n'y avait pas âme qui vive. La main en visière, il parcourut alors le parc du regard. Ils ne semblaient pas y être non plus. Des aboiements lui indiquèrent soudain où chercher. Ils se trouvaient sur la petite plage avec Trinidad et Tabago.

Il s'engagea sur le sentier ombragé qui menait à l'escalier en rondins, tout en restant à couvert des futaies. Il parvint bientôt en haut des marches. Oui, ils étaient bien tous deux sur la plage.

Urielle en robe claire, ses longs cheveux simplement retenus en une natte, comme autrefois au manoir. Quant à l'homme qui l'accompagnait, il ne l'avait jamais rencontré, mais qui pouvait-il être sinon le conseiller de district ?

Guillaume jetait des morceaux de bois flotté aux chiens, jeu dont ces derniers ne se lassaient pas, lui rapportant régulièrement leur trésor et le posant à ses pieds. La conversation languissait. Urielle sentait bien que toutes les paroles qu'ils avaient échangées jusque-là n'étaient que faux-fuyants : il était venu au château pour une raison précise, et la véritable discussion était encore à venir. Une discussion dont elle soupçonnait la teneur, et qu'elle n'avait pas envie d'avoir avec lui.

Alors qu'ils étaient arrivés au bout de la petite plage, à ses limites marquées de part et d'autre par des amas de roche rouge rosée typique du cap Fréhel, ils firent demi-tour et, machinalement, commencèrent à se diriger vers les marches pour remonter dans les jardins.

Alors que, soulagée, elle pensait qu'il avait renoncé, il stoppa brusquement et se tourna vers elle, l'obligeant aussi à s'arrêter. Puis il l'enlaça et pressa la bouche contre la sienne. Elle fut tellement saisie, pétrifiée par son audace et la rapidité avec laquelle il avait agi, qu'elle en oublia sur l'instant de le repousser. Elle se retrouva entre ses bras, comme absente à elle-même, peinant à concevoir qu'il était en train de l'embrasser.

Ainsi, Charlotte avait raison…

Anéanti, le cœur tordu de douleur, Yaël fixait les deux silhouettes enlacées sur le sable. Ce qu'il avait pris pour une forme de médisance de la part de sa belle-mère, ou du moins de complaisance à faire écho aux ragots, était l'expression de la vérité. Urielle et cet homme étaient fiancés ou sur le point de le devenir. C'était lui qu'en fin de compte elle avait choisi. Il n'aurait jamais imaginé que cela pourrait à ce point le blesser.

Il baissa la tête, incapable de soutenir plus longtemps cette vision. Il avait la sensation d'être pris dans un ressac infernal. Propulsé sur le sol, dans un mélange d'écume et de sable, puis entraîné vers le large sans avoir pu se mettre sur pied pour gagner le rivage. Et propulsé de nouveau. Et entraîné au loin. Suffoquant. Buvant la tasse. Privé de souffle et d'équilibre.

Ce n'était pas tant de la voir, là, sous ses yeux, dans les bras de ce Janet, lui offrant ses lèvres. C'était ce que cela signifiait pour son propre espoir d'un avenir radieux. Celle qui avait réveillé le manoir de son sommeil d'oubli, celle qui avait donné vie à Tristan tout autant que Liz l'avait fait, celle qui avait chassé de sa main fraîche sur son front les cauchemars et les remords… allait offrir sa magie à un autre.

Il fit demi-tour avant même que leur baiser ne s'achève. Qu'aurait-il pu surprendre d'autre qui soit plus explicite ? On disait que les indiscrets prenaient le risque d'entendre ou de voir quelque chose qui pourrait bien leur déplaire ou les mettre en cause. Les adages populaires étaient décidément d'une sagesse que l'on oubliait trop souvent.

Il avait voulu voir… Il avait vu.

Mais, bon sang ! Bon sang ! Que ça faisait mal !

Équinoxe n'avait pas bougé. Les babines retroussées, ses dents jaunes en avant comme s'il souriait, il grignotait une plante poussée à la jonction de deux branches avec la délicatesse d'une dentellière. Yaël se dépêcha de sauter en selle et de s'élancer sur l'allée. Ce n'était pas un départ, c'était une fuite.

Ce fut lorsque la langue de Guillaume chercha à franchir la barrière de ses lèvres qu'Urielle réagit, comme piquée à l'éperon. Elle le repoussa violemment de ses deux mains, les paumes à plat sur les revers de sa veste pour avoir plus d'élan.

— Guillaume, vous êtes fou ! cria-t-elle. Qu'est-ce que vous faites ?

Elle le fixait, incrédule, et tremblant d'indignation.

Il parut sortir d'une transe et, les yeux hagards, se confondit en excuses.

— Urielle, pardonnez-moi. Je ne sais pas ce qui m'a pris ! Mon Dieu, je... je...

— Qu'est-ce qui vous a laissé croire que vous pouviez m'embrasser ?

— J'ai pensé... Il m'avait semblé que, vous aussi, vous... Quelle méprise ! Je...

Il paraissait si honteux qu'elle eut pitié de son embarras.

— Quoi que vous ayez cru comprendre, ce n'était pas cela, lui dit-elle d'un ton moins vindicatif. Vous vous êtes trompé.

Il hocha la tête et l'enveloppa d'un regard douloureux.

— Oui, je m'en rends compte, à présent. Et j'ignore vraiment d'où m'est venue cette audace. Je ne suis pas ce genre d'homme. Est-ce que...

Il s'interrompit pour reprendre sa respiration.

— Est-ce que j'ai perdu votre amitié ? demanda-t-il presque dans un murmure.

— Non. Vous l'avez toujours.

Elle était sincère. Autant qu'il l'était dans sa gêne et sa contrition.

— Mais partez maintenant, j'aimerais rester seule.

Cet épisode avait fini de l'épuiser. Elle ignorait pourquoi elle se sentait si fatiguée, tout à coup. Et les nerfs à fleur de peau. Elle voulait du calme et qu'on la laisse tranquille !

Il remonta les marches sans se retourner, puis disparut de sa vue.

Elle s'attarda sur la plage, fixant les vagues qui s'échouaient sur le sable. Elle y resta jusqu'à ce que la marée montante l'oblige à rentrer.

Manoir de Keroual

Finalement, il y avait bien une justice immanente, songeait Yaël, assis dans l'un des fauteuils de la bibliothèque. Les bougies s'étaient consumées, et il restait dans le noir, alors que tout autour de lui le manoir était plongé dans le silence de la nuit. Il n'avait pas droit à ce bonheur-là, parce qu'il ne le méritait pas. Ce bonheur entrevu. Tenu dans ses bras, contre sa bouche, le temps d'une nuit. Le temps d'un rêve merveilleux qui avait chassé ses cauchemars.

Mais la réalité était autre. Implacable. Insupportable. Urielle en avait préféré un autre. Il ne se sentait pas le droit d'intervenir, de se manifester à elle, de lui imposer sa présence, puisque son silence, son refus de répondre à ses lettres disaient assez qu'elle ne souhaitait pas le voir.

Il n'y aurait pas de rédemption pour lui en ce monde. Il le savait, au fond. Il l'avait toujours su. Il avait simplement voulu croire qu'il pourrait échapper à son châtiment.

Chapitre 20

11 fructidor (28 août), château d'Aubin

Mona ?

Oui, c'était bien Mona Le Fustec qui descendait de la carriole conduite par Tonin, le fils du forgeron de Plévenon. Qui *essayait* d'en descendre, plutôt. Elle serrait ses jupes d'une main, dévoilant de larges mollets gainés de coton épais, et tentait de conserver son équilibre de l'autre, hésitant à poser le pied sur le marchepied.

— Et qu'est-ce t'attends pour m'aider, gros malin ? cria-t-elle à Tonin qui la regardait, les bras ballants. C'est pas parce que j'suis plus une donzelle qu'tu dois pas faire cas d'moi ! C'est pas avec une galant'rie pareille qu'tu vas t'trouver une bonne amie, crois-moi !

Le jeune garçon se précipita alors, et tendit un bras sur lequel l'imposante tenancière de l'auberge de la Fauconnière s'appuya. Une fois ses deux chaussures sur le sol, elle retrouva sa bonne humeur. D'autant qu'elle venait d'apercevoir Urielle.

— Eh, ma belle ! C'est qu'on t'voit p'us beaucoup, au village… Alors, j'suis v'nue t'faire une visite et t'apporter quelques douceurs !

Tout en disant cela, elle attrapa d'une poigne de grenadier un panier à l'arrière de l'attelage.

— Vas-y, p'tit, ajouta-t-elle à l'intention de Tonin. Et oublie pas de r'venir m'chercher, hein ?

— J'oublierai pas, Mona, juré ! Bonjour, mademoiselle Urielle !

— Bonjour Tonin. Comment se passe le travail à la forge ?

— Bien, mademoiselle, bien ! Le père me laisse faire beaucoup de choses tout seul, maintenant.

— C'est une bonne nouvelle. Qui sait ? J'aurai peut-être besoin de tes compétences pour l'école, un de ces jours.

Le visage de Tonin s'illumina.

— À votre service, mademoiselle. À votre service, répéta-t-il en remontant sur le banc.

Puis il lança le cheval au trot et s'éloigna dans l'allée.

— Je suis contente de te voir, Mona, reprit Urielle. C'est vrai que je ne suis pas retournée à Plévenon depuis un moment. Il y a tant à faire, ici !

— Moi aussi, j'suis contente !

Et pour le lui prouver, elle la serra chaleureusement sur sa forte poitrine. Aussitôt, le parfum bon marché dont elle s'était copieusement vaporisée fit tourner la tête à Urielle et lui occasionna un début de nausée. Elle eut peur d'avoir envie de vomir et de devoir fuir vers le premier cabinet de toilette venu. Depuis quelques jours, cela lui arrivait tous les matins. À peine avait-elle mis le pied hors de son lit que son estomac chavirait.

Mona desserra son étreinte et, la maintenant devant elle par les épaules, la dévisagea.

— Que t'aies beaucoup d'travail, j'en doute pas. T'es toute pâlichonne, ma p'tite ! T'en fais trop, si tu veux mon avis. Mais Mona va prendre soin d'toi.

Elle désigna le panier, qu'elle avait posé sur l'herbe.

— J'ai là-dedans d'quoi faire un festin. Salé et sucré !

Urielle s'efforça de lui sourire avec enthousiasme, mais l'état de son ventre lui laissait assez mal augurer de l'accueil qu'il ferait au festin en question. Sans compter l'inquiétude qui la gagnait de jour en jour.

Bijou, la femme de chambre de Mme de Saint-Audoux, chez qui elle avait été préceptrice, à Rivière-Salée, lui avait assez détaillé les indispositions de sa maîtresse, alors enceinte de son quatrième enfant. Et puis, cela faisait deux mois qu'elle n'avait pas eu ses lunes. Le premier mois, elle avait accusé le changement, le souci des travaux…

À présent, il lui fallait cesser de se voiler la face : elle attendait sûrement un enfant. Une visite chez la sage-femme s'imposait, mais son diagnostic ne faisait aucun doute. Nausées matinales, somnolence excessive, fatigue, absence de lunes. Tous ces symptômes mis bout à bout… Et la nuit avec Yaël… Elle avait vingt-neuf ans. Elle savait ce que cela signifiait.

Un enfant… Celui de l'homme qu'elle aimait.

Elle avait été si malheureuse d'apprendre la grossesse de Liz. Ce bébé qui s'annonçait alors, elle aurait tellement voulu le lui donner, *elle*. Et maintenant qu'à son tour elle portait peut-être une vie en elle, elle ignorait si elle devait exulter ou s'en désespérer. Les circonstances n'étaient pas du tout celles qu'elle convoquait, dans ses rêves, lorsqu'elle l'imaginait.

Comme on s'agitait beaucoup, ce jour-là, devant l'entrée principale du château, Urielle invita Mona à entrer. Elles s'installeraient dans le petit salon, que Malo avait meublé d'une table basse et de fauteuils confortables. Elles pourraient y discuter au calme et à la fraîcheur, car le soleil était particulièrement ardent, ce jour-là. Et il n'y avait pas un seul souffle de vent.

Mona se planta dans l'immense vestibule, la tête

renversée en arrière pour mieux observer la hauteur de plafond et la double volée de l'escalier monumental.

— Mazette ! s'exclama-t-elle. Et ça, c'est juste l'entrée, pas vrai ?

— C'est juste l'entrée, confirma Urielle, amusée.

Mona hocha la tête, songeuse, avant de lâcher son verdict :

— C'est qui s'mouchait pas du coude, le comte, dis donc ! Toute cette place pour quoi… ? Trois personnes ?

— Ce sera bientôt pour des enfants qui apprendront à lire, à écrire, à compter. Et bien d'autres choses encore.

— C'est quelqu'un d'bien, Malo Jakez. Toi aussi, ma p'tite. Aesa a toujours été fière de toi, mais y avait d'quoi !

— À propos de ma mère, tu n'as pas eu de nouvelles de son retour ?

— Non, tu penses bien que j't'aurais fait savoir, sinon. Mais elle devrait p'us tarder, maintenant. J'vois déjà sa tête de là, quand elle saura que t'es rev'nue au pays !

Elle lâcha un petit rire.

— Bon, c'est pas tout ça… Tu m'fais visiter ?

Quarante minutes plus tard, elles étaient toutes deux installées au petit salon. Mona avait tout voulu voir, des caves à l'étage sous les toits. Urielle avait dû lui décrire en détail la configuration des lieux avant certaines des transformations achevées. Ce qui n'avait pas manqué de susciter des commentaires. Sa visiteuse avait découvert, a posteriori, les fastes de l'aristocratie à la porte ou presque de sa modeste auberge. Et encore, Urielle n'avait fait que lui décrire les pièces telles qu'elle-même les avait découvertes, dépouillées de leur mobilier d'autrefois, de leurs tableaux, bibelots, des riches étoffes qui ornaient les lits et les fenêtres…

Mona déballait à présent le pique-nique qu'elle avait apporté. Comme le jour où Urielle s'était rendue au château pour la première fois, elle avait prévu à manger pour tout un régiment.

— Alors, dis-moi…, commença-t-elle en sortant d'un torchon blanc de belles tranches de pain à la croûte dorée. Tu dois être drôlement contente pour ta sœur de lait ?

— Anne ? Pourquoi ?

— Ben, l'amnistie !

— L'amnistie…, répéta Urielle.

Avec sa fatigue et ses nausées, l'incertitude dans laquelle elle se trouvait à propos de son état, elle avait un peu perdu de vue la raison pour laquelle Yaël s'était éloigné.

Anne a été amnistiée ?

Mona la fixa avec des yeux ronds.

— Me dis pas qu'tu savais pas, quand même ? Une nouvelle pareille !

— Mais… Et toi, comment le sais-tu ?

— Par ma Katou, pardi ! C'est m'sieur Yaël qui lui a dit.

— Yaël est de retour à Keroual ? demanda-t-elle encore d'une voix à peine audible. Depuis quand ?

— Aucune idée. Cinq jours au moins, en tout cas, puisque ma Katou est passée à l'auberge y a cinq jours.

Il était rentré de Fougères, et il n'était pas venu la voir ? Il n'avait pas jugé utile de lui annoncer quelque chose d'aussi important que l'amnistie d'Anne ! Il devait bien se douter, pourtant, qu'elle aurait hâte de l'entendre et de s'en réjouir.

Mais Mona enchaînait déjà, les yeux brillant d'excitation :

— Et c'est pas tout ! L'aut'e agitée a enfin décampé ! Dès le soir de son arrivée au manoir, m'sieur Yaël lui a dit qu'elle pouvait retourner chez elle. C'est pas joli-joli, j'sais bien, mais Joséphine avait l'oreille qui traînait, en faisant l'service, et elle a tout entendu. Elle l'a raconté à Katou. Et Katou me l'a répété…

Elle s'interrompit, le temps de reprendre son souffle.

— L'aut'e a insisté pour rester. Soi-disant pour le bien du p'tit. Mon œil ! Mais m'sieur Yaël est resté ferme. Il lui a répondu qu'il fallait bien qu'il apprenne à élever seul son fils. Que c'était pas le premier veuf à l'faire, et que ça s'rait pas l'dernier.

Élever seul son fils. Voilà qui prouvait bien, si elle avait encore besoin d'en être convaincue, qu'il ne l'incluait pas dans ses projets d'avenir.

— Elle était pas à la joie, à c'qui paraît ! Et pour cause… Elle croyait l'avoir enfin pour elle, le manoir !

Mona s'interrompit et la fixa d'un air important, attendant manifestement qu'elle réagisse à son effet d'annonce. Ce n'était pas la première allusion de cette nature qu'elle faisait à propos de Charlotte. Cette fois, Urielle permit à la curiosité de l'emporter sur son horreur des ragots.

— Qu'est-ce que tu veux dire ? demanda-t-elle.

Mona se laissa aller contre le dossier du fauteuil avec un sourire de contentement et agita la main en déclarant :

— Oooooh ! c'est une trèèès vieille histoire…

Puis elle se redressa, se servit une rasade de cidre, mordit dans un petit pâté de légumes aux épices, et mâcha longuement sa bouchée, comme si la mastication l'aidait à activer sa mémoire et à en exhumer des souvenirs presque effacés. Alors que son air de jubilation montrait qu'ils étaient au contraire bien vifs et présents !

— Qu'est-ce tu sais d'la vie du vicomte Hervé ? J'veux dire avant son mariage ?

— Rien, répondit Urielle, un peu étonnée de le constater, d'ailleurs.

— Son frère et lui, y z'ont été envoyés à Paris pour

faire leurs études. Et c'est là-bas que m'sieur le vicomte a rencontré le frère aîné de la Sénéchal. Y sont devenus amis. Sauf que l'aut'e, il était pas noble. Son père était un simple bourgeois d'Erquy. Oh ! pas que ça le dérangeait, m'sieur le vicomte ! Tu te souviens comment il était : la tête dans les nuages pour tout ce qu'était pas sa passion de la nature…

Elle s'interrompit de nouveau pour boire une gorgée de cidre.

— Eh ben, tu manges rien ? T'as à peine touché à mon pâté aux épices !

Et pour cause… À la première bouchée, Urielle avait compris qu'elle ne pourrait pas le terminer sans risquer une révolte intérieure.

— Tu le trouves pas bon ?

— Si, Mona, il est délicieux. C'est que… Je n'ai pas très faim, aujourd'hui.

— Comment tu veux tenir, avec tout ce chantier, si tu manges rien ? Si tu veux pas l'pâté, prends au moins d'la viande froide !

Pour couper court à toute discussion à propos de son appétit, Urielle en saisit une tranche, qu'elle glissa dans un fourreau de pain, à la manière du fameux *sandwich*, rendu populaire en Angleterre par le comte du même nom[1]. On rapportait que ce dernier, fervent amateur de parties de cartes interminables, se faisait servir à manger de cette façon, afin de ne pas avoir à quitter la table de jeu et de conserver les doigts propres. Sans doute ce diplomate et amiral de la flotte britannique, très occupé

1. John Montaigu, quatrième comte de Sandwich (1718-1792), diplomate et amiral de la flotte du roi George III. En 1778, le grand explorateur James Cook donna le nom de cet homme à un archipel de Polynésie : les îles Sandwich, renommées plus tard Hawaï.

par ses fonctions, mangeait-il effectivement ainsi, mais plus vraisemblablement pour ne pas avoir à quitter sa table de travail !

— Où j'en étais, moi, avec tout ça ? reprit Mona, après avoir approuvé le choix d'Urielle d'un hochement de tête. Ah oui ! Plusieurs fois, quand y r'venaient en Bretagne pour les vacances, m'sieur le vicomte a été invité chez son ami. Et, forcément, y lui a plu, à la p'tite sœur.

— Et elle ? Elle lui a plu aussi ?

— J'dirais pas ça. Mais un jeune gars, c'est un jeune gars, vicomte ou pas, hein ? Et ça a pas dû l'déranger beaucoup que la p'tite sœur elle le r'garde avec des yeux tout anémou… amounér… des yeux amoureux, quoi. Peut-être qui se sont un peu embrassés dans les coins, si tu vois c'que j'veux dire. Rien de plus, attends… J'insinue pas…

— Tu veux dire qu'ils sont tombés amoureux l'un de l'autre ?

— Amoureux… Amoureux, c'est vite dit… Pour lui du moins. J'ai toujours eu beaucoup d'respect pour m'sieur le vicomte. Et encore plus quand l'pauvre Edmond Le Bihan est tombé d'son toit, et que Solenn a pu rester à la ferme avec ses six enfants sans p'us rien lui payer, soit dit en passant… Mais, y s'est juste laissé admirer, dans cette affaire, j'pense. La jeunesse a ses p'tits défauts, que veux-tu. C'était un très bel homme, si tu t'souviens. Alors, imagine quand il était tout jeune ! Y a qu'à r'garder ses fils, remarque… Tellement beaux, tous les deux, aussi !

« Elle, elle était amoureuse, c'est certain. Du coup, elle a dit partout que m'sieur le vicomte et elle étaient fiancés. Le foin que ça a fait, du côté des Keroual ! Le grand-père, surtout. Fallait qu'ses fils épousent des aristos, tu comprends ? Alors y z'ont envoyé m'sieur le vicomte faire un tour de l'Europe, et quand il est rentré, ils lui avaient trouvé une fiancée à leur goût, avec les titres et tout. *Myette de Keroual.*

— Tu veux dire qu'ils ne se sont pas choisis l'un l'autre ? demanda Urielle.

Les sentiments de ce couple qui avait changé son destin et celui de sa mère lui avaient pourtant toujours paru si forts !

— Ben non… Mais la nature fait bien les choses, parfois, pa'ce que l'amour, pour eux, il est arrivé après le mariage.

— Et Charlotte ?

— Elle a toujours considéré que c'était l'père de m'sieur le vicomte qui les avait séparés, et j'crois bien qu'elle est restée amoureuse de lui jusqu'à la fin, même si elle s'est mariée, elle aussi, et qu'elle a eu ses deux filles. Elle a continué à croire qu'son vrai destin, c'était d'être la maîtresse de Keroual. Ce qu'elle a cru obtenir, d'une certaine façon, quand Mlle Liz a épousé m'sieur Yaël. Enfin, surtout quand la pauv'e p'tite…

Urielle soupira. Finalement, Charlotte était plus à plaindre qu'à blâmer. Ses rêves de jeune fille s'étaient construits autour d'un avenir et d'un manoir qu'elle n'avait jamais eus. Elle les avait toutefois vécus par procuration, avec le mariage de Liz, puis son espoir que Clarisse épouse Yaël.

Un élément d'explication supplémentaire de l'hostilité de Charlotte à son égard lui apparut également : ce manoir, cette famille qui se dérobaient à elle, une bâtarde de domestique se les était vus offrir, en y vivant, en y étant élevée avec les trois héritiers. Mais c'était un autre pan de sa vie. Un pan révolu.

À présent, leurs situations à toutes deux étaient-elles si différentes, finalement ? Amoureuse d'un Keroual,

Charlotte n'avait pas eu le bonheur de voir son amour partagé. L'homme et le manoir lui avaient échappé. Elle aussi, songea Urielle, elle était amoureuse d'un Keroual, le fils du premier, mais pas plus que Charlotte elle n'en était aimée en retour. La suite, en revanche, serait très différente pour elle.

Elle pressa discrètement la main sur son ventre : portait-elle l'enfant de Yaël ou non ? Tous les symptômes qui se manifestaient étaient-ils véritablement ceux d'une grossesse, ou de tout autre chose ?

Elle ferma les yeux sur la vision fugace d'un enfant blond, aussi blond que Tristan, puis les rouvrit lorsque Mona conclut :

— Voilà. Tu sais tout ! Et maintenant, à toi de causer un peu… Cette école, elle ouvrira quand ?

Extraits du journal d'Urielle

La sage-femme a confirmé ma grossesse. Je porte l'enfant de Yaël.

L'histoire se répète avec une singulière ironie. D'abord ma mère, enceinte à seize ans des œuvres d'un menteur qui lui avait promis le mariage sans jamais avoir eu l'intention de l'épouser. Vingt-neuf ans plus tard, c'est moi qui suis enceinte. Et sans plus d'espoir que ma mère de me voir épouser. À cette différence que je ne suis pas l'ingénue qu'elle était. Et puis, Yaël ne m'a rien promis. Il n'a pas abusé de ma crédulité. Je savais pleinement ce que je faisais en acceptant de le réconforter, cette nuit-là. Je me doutais de ce qui pourrait se produire.

Et même si l'histoire se répète aussi pour Yaël, je ne permettrai pas qu'il s'égare dans un mariage sans passion.

Qu'il pleure Liz, puisqu'il a fini par l'aimer ! Qu'il fasse son deuil d'elle, s'il y parvient un jour. Je ne veux pas être celle qu'il finira par haïr parce que j'occupe la place de celle dont il chérit si douloureusement le souvenir.

C'est pourquoi il ne doit rien savoir de cet autre enfant. Jamais. Il voudrait m'épouser, et il serait malheureux. Or, je l'aime trop pour enchaîner à mon existence un homme qui ne m'aurait épousée que pour « sauver mon honneur ». Je vaux mieux que cela et lui aussi.

[…]

Ma décision est prise : je repartirai bientôt, avant que ma grossesse ne soit visible. J'irai au Québec. Là-bas, il me sera facile de prétendre que je suis veuve. Je ne serai pas la première femme à élever seule un enfant et à vouloir commencer une nouvelle vie ailleurs. La communauté francophone y est très importante. Je ne peux pas retourner en Martinique. Anne parlerait du bébé à Yaël, dans ses lettres, et il comprendrait.

Si les colonies ou les anciennes colonies sont pour beaucoup le lieu de la seconde chance, elles sont aussi pour quelques-uns le lieu de l'oubli. L'on peut y devenir un autre et se réinventer. Ce que je n'ai pas réussi à faire lors de mon premier départ, je le réussirai cette fois. Parce que je n'y serai pas seule : mon enfant y sera avec moi. Et pour lui j'aurai toutes les forces !

J'aurais voulu voir grandir Tristan. J'aurais voulu que mon bébé connaisse son frère. Peut-être plus tard. Lorsque du temps aura passé. Beaucoup de temps.

[…]

Les travaux du château touchent bientôt à leur fin. J'ai encore du personnel à embaucher, et je vais devoir trouver un directeur ou une directrice puisque, finalement, ce ne sera pas moi.

Chapitre 21

14 fructidor (31 août), manoir de Keroual

La fin de l'après-midi s'étirait sous un soleil encore ardent et un air chaud, immobile à force de lourdeur… Installé à son bureau, le grand livre des comptes du domaine ouvert devant lui, Yaël peinait à se concentrer. Par la fenêtre ouverte lui parvenait le bruit des sabots des chevaux, que Jeannot et Herri reconduisaient dans leurs stalles.

La situation financière n'avait jamais été aussi bonne depuis six ans, voire dix. Les moissons étaient faites ; les greniers à foin remplis pour l'hiver. Aucun de ses métayers n'aurait à redouter un manque de nourriture pour ses bêtes. La cueillette de certaines variétés de pommes avait commencé, et la cidrerie dans laquelle il avait investi au tout début du printemps promettait déjà de bons revenus.

Il échangeait aussi activement par lettres avec son oncle Loïc, que Ninnen avait installé dans un bel hôtel particulier de Londres – Criscraw Mansion. Cet hôtel particulier avait été légué à sa cousine par feu Lord Gregson, un ancien diplomate anglais à qui elle avait été brièvement fiancée, avant d'épouser Ronan. Son oncle et lui s'intéressaient à une industrie nouvelle qui avait, à leur avis, un très bel avenir : la production de rails pour la construction de voies ferrées, favorisant la circulation de véhicules spécifiques tractés soit par des chevaux, soit par l'une de ces nouvelles machines à vapeur. Cela permettrait des déplacements rapides et sûrs de marchandises pour les échanges commerciaux et, pourquoi pas, le transport de voyageurs.

Ils avaient donc pris des parts dans une aciérie du Derbyshire, fondée par un ingénieur du nom de William Jessop[1]. Là encore, un investissement judicieux.

Les caisses se remplissaient de monnaie sonnante et trébuchante. Le compte en banque de Yaël était au beau fixe.

Pourtant, il ne parvenait pas vraiment à se réjouir d'une situation qui avait pourtant de quoi le rendre fier de lui. Non pas, en soi, par le fait d'amasser de l'argent, mais parce que, ainsi, il avait redonné à Keroual sa valeur d'autrefois, et bien au-delà. Tous les gens qui dépendaient du domaine n'avaient jamais aussi bien vécu.

Un vide immense béait en lui, que même Tristan et ses sourires, Tristan et ses petits bras se tendant vers lui, ne parvenait pas à combler. Et ce vide avait un nom : Urielle. En trois mois et demi à peine, elle l'avait fait remonter des abîmes par son retour et sa lumineuse présence ; elle lui avait fait côtoyer les étoiles. Puis elle l'avait précipité plus bas encore en choisissant un autre homme, après lui avoir laissé entrevoir ce qu'aurait pu être l'avenir avec elle. *Les nuits avec elle…*

Alors qu'il calculait pour la seconde fois la même

1. Ingénieur anglais (1745-1814), spécialisé dans le développement des canaux, puis des premières lignes de chemin de fer en Angleterre, notamment le Surrey Iron Railway.

somme, perdant le compte en route, quelqu'un frappa à la porte de son bureau.

— Oui ? dit-il.

Le battant pivota légèrement et le visage de Joséphine apparut dans l'entrebâillement.

— C'est Muriel, monsieur. Elle demande à vous voir.

Muriel ? Il ne connaissait pas de Muriel. Joséphine dut sentir sa perplexité, car elle précisa :

— La femme de chambre de Mme Sénéchal. Enfin, *l'ancienne* femme de chambre.

Oh ! cette Muriel-là !

— Faites-la entrer, Joséphine.

Il referma le livre de comptes : il n'était décidément bon à rien, ce soir, à part ruminer.

La porte s'ouvrit tout à fait, laissant le passage à la jeune femme. Elle entra et lui fit une petite révérence. Puis elle resta plantée au milieu de la pièce, la tête baissée.

— Bonjour, Muriel. Que puis-je faire pour vous ?

— Ce n'est pas facile à dire, monsieur…

— Asseyez-vous, je vous en prie.

Il désigna une chaise en face de lui, de l'autre côté de sa table de travail.

Elle s'exécuta, se perchant juste au bord de l'assise, les deux mains sur les genoux, triturant la chaînette d'un réticule au tissu usé.

— Je vous écoute…

— C'est… à propos de mon renvoi par Mme Sénéchal, monsieur. Je ne sais pas si elle vous a expliqué pourquoi.

— Une histoire de secrétaire dans lequel elle vous a surprise en train de fouiller, il me semble ? C'est ce qui s'est passé ?

Muriel fit une drôle de moue, entre indignation et contrition.

— Oui et non, monsieur. C'est vrai que ce secrétaire, dans sa chambre, je ne devais pas m'en approcher. D'ailleurs, il était toujours fermé à clé, et madame gardait la clé sur elle.

Yaël se demandait bien pourquoi Muriel était revenue jusqu'à Keroual pour lui raconter cela, et surtout, en quoi cela le regardait. Puis il lui vint à l'esprit que la jeune femme cherchait sans doute une nouvelle place, et qu'elle tenait à se laver de l'accusation avant de lui demander s'il y avait de l'ouvrage pour elle au manoir. Aussi l'encouragea-t-il à poursuivre.

— Le secrétaire, donc…

— Oui. Et un jour, en entrant dans sa chambre ranger du linge propre, j'ai vu qu'il était grand ouvert. Le rabat était descendu, vous savez, comme quand on veut écrire. J'avoue que la curiosité a été la plus forte : j'ai jeté un coup d'œil à l'intérieur.

Qui pourrait l'en blâmer, au fond ? Qui n'avait jamais commis la moindre indiscrétion ?

— Et j'ai vu les lettres, monsieur !

Yaël se redressa sur son siège.

— Les lettres ?

— Celles que vous avez envoyées à Mlle Legoff. Il y en avait une repliée et j'ai lu l'adressage. Et puis, les autres étaient ouvertes et… et j'ai vu votre signature, termina-t-elle à voix plus basse.

— Mes lettres ? À Urielle ? répéta-t-il, abasourdi, tandis que la nouvelle se déployait dans son esprit, et que les conséquences lui apparaissaient.

Muriel hocha la tête.

— Je vous jure sur la tête de mes petits frères et sœurs que je ne les ai pas lues, monsieur ! J'ai juste vu la signature, et le nom de Mlle Legoff ! Elle était si déçue de ne rien recevoir de vous. Au début, juste après votre départ pour Fougères, elle a demandé tous les jours si elle avait du courrier. Elle a même dit une fois ou deux à Katou que c'était étrange que vous ne lui donniez pas de nouvelles du comité, ni de l'affaire de votre sœur. Après, elle est partie s'installer au château.

Charlotte avait *intercepté* ses lettres à Urielle ? C'était bien ce qu'il devait comprendre ? Pourquoi, sinon, Muriel les aurait-elle vues dans ce secrétaire ? Pour quelle raison sa belle-mère avait-elle fait cela ? Et comment, surtout ? Mais là n'était pas le plus important. Non contente de les avoir subtilisées, elle les avait décachetées et lues ! Elle savait donc, pour Urielle et lui.

Une fureur telle qu'il n'en avait jamais ressentie dans sa vie s'empara de lui. Il avait envie d'abattre le poing sur la table, de balayer d'un geste rageur tout ce qui se trouvait sur son bureau. Charlotte ne perdait rien pour attendre ! Il s'efforça pourtant de contenir sa colère.

— Je… Je n'ai rien dit, même quand elle m'a renvoyée, monsieur, parce qu'elle a menacé de ne pas me donner de bonnes références, sinon, et d'écrire à toutes les agences de placement de la région que j'étais une voleuse. Ce qui n'est pas vrai du tout !

— J'en suis persuadé, Muriel…

Il pressa les doigts sur l'arête de son nez, entre ses yeux, pour juguler un début de mal de tête.

— … Et je vous remercie d'être venue me parler.

— Alors, c'est vrai ? Vous trouvez que j'ai bien fait ? J'ai bien hésité. Je ne voulais pas que vous croyiez que je les avais lues, les lettres. Et puis, j'avais peur de ne pas retrouver de place…

— Et vous en avez retrouvé une ?

— Pas encore, monsieur. C'est que je suis allée voir ma sœur aînée, à Vannes. Je ne l'avais pas vue depuis deux ans et elle vient d'avoir un bébé, ajouta Muriel en souriant. J'ai beaucoup réfléchi, chez elle, pour savoir si je devais vous parler ou non. Je trouvais que ce n'était pas bien, ce que Mme Sénéchal avait fait. Elle n'avait pas le droit.

— Si vous avez du mal à vous placer, revenez me voir. Nous réfléchirons ensemble à une solution…

— Merci, monsieur.

— Comment êtes-vous venue au manoir ?

— À pied depuis le village, où je loge chez une amie, pour le moment.

— Bien, je vais demander à Jeannot de vous raccompagner en cabriolet.

La nuit était tombée depuis des heures, à présent. Mais Yaël ne trouvait pas le sommeil. Comment aurait-il pu ? Il ne décolérait pas ! Comment Charlotte avait-elle osé ? Et pourquoi, surtout ? Mais, au-delà de sa fureur, une question l'obsédait : était-ce parce qu'elle avait cru qu'il ne lui avait pas écrit qu'Urielle avait finalement accepté les avances du conseiller ? Il imaginait ce qu'elle avait dû penser de lui, de son silence supposé, et cela lui était insupportable ! À cause de cette femme ! Il ne comprenait pas à quoi rimait cette méchanceté.

Mais le résultat, c'était qu'Urielle l'avait sûrement pris pour un séducteur inconséquent, pour qui la nuit qu'ils avaient passée ensemble n'avait pas compté. Pourquoi aurait-elle envisagé autre chose de lui ? N'avait-il pas déjà fait ses tristes preuves avec Liz, pour les résultats terribles que l'on savait ? Alors que, avec Urielle, il s'agissait de tout le contraire !

Sa première impulsion, une fois Muriel partie, avait été de galoper jusqu'au château d'Aubin. Pour dissiper ce malentendu tragique. Pour crier à Urielle son amour. Pour lui assurer qu'il n'avait pensé qu'à elle.

Puis l'image de la plage lui était revenue. Tandis qu'il demeurait rivé à son fauteuil, devant son livre de comptes refermé, il avait revu l'empressement de Janet à la serrer dans ses bras. Un tel geste montrait que ce n'était pas la première fois qu'il l'embrassait. Et l'acceptation d'Urielle le montrait également. Non, il avait perdu cette femme, voilà tout. Et se le formuler lui brisait le cœur. D'ailleurs, l'avait-il jamais véritablement possédée ? Par les sentiments, voulait-il dire. Oh ! Urielle l'aimait, de cela il ne doutait pas. Elle l'aimait d'amitié. D'une grande amitié nourrie par toutes les années qu'ils avaient vécues ensemble au manoir.

Il s'était passé et repassé l'enchaînement des choses, lors de cette fameuse nuit. Cherchant un élément, un indice… Mais chaque fois, il était parvenu à la même conclusion : une fièvre étrange s'était emparée d'eux, cette nuit-là. Comme dans les légendes anciennes, pleines de magie et de sortilèges. Comme s'ils avaient bu quelque philtre destiné à égarer leurs sens. Pour Urielle, cette fièvre s'était dissipée avec l'arrivée de l'aube. Pas pour lui. Parce qu'il était tombé amoureux d'elle.

Seulement, l'autre homme avait croisé son chemin. L'autre homme avait eu des attentions pour elle. Lui, après lui avoir maladroitement demandé son aide et l'avoir reçue au manoir non pas en amie de toujours mais en… *domestique* – même penser le mot lui répugnait, maintenant, tant la honte le faisait suffoquer ! –, il avait disparu deux mois, offrant à son rival un boulevard jusqu'au cœur d'Urielle. En était-elle tombée amoureuse ? Cette pensée le déchirait.

Alors, qu'est-ce qu'il attendait, bon sang, à ruminer ainsi dans son lit ? ! Toutes ces heures perdues, depuis la visite de Muriel ! Il lui restait une dernière carte à jouer. Il ne devait pas abandonner la partie sans l'avoir posée sur le tapis de jeu ! Il lui fallait aller au château. Maintenant. Peu importait l'heure. Il se coucherait sur le seuil, devant la porte, si besoin, jusqu'à ce qu'Urielle soit réveillée. Il ne pouvait pas rester ici à se répéter qu'il était vaincu. Il lui dirait qu'il l'aimait… Il lui expliquerait tout ce qu'elle était pour lui, pour Tristan, pour Keroual… Il ne trouverait plus jamais l'apaisement s'il ne tentait pas le tout pour le tout.

Et lorsqu'il lui aurait parlé, il accepterait sa décision, quelle qu'elle soit. Mais au moins, elle saurait ce qu'il ressentait pour elle. Elle saurait qu'il lui avait écrit, qu'il s'était langui d'elle à Fougères. Que pas un instant elle n'avait quitté ses pensées.

Il se releva, se rhabilla, et descendit sans bruit. Il gagna les écuries, sella Tango et le fit sortir en silence dans la cour. Les rayons de la lune presque pleine lui permettraient de suivre son chemin. Il grimpa sur son cheval, le conduisit au pas le long de l'allée puis, lorsqu'il parvint à la route, il le lança au grand galop.

Son cœur battait à coups désordonnés dans sa poitrine, et le sang pulsait à ses tempes. Un avenir avec elle était-il encore possible ? La raison lui assurait que non. L'espoir, le fol espoir, lui criait : « Peut-être… »

Urielle se réveilla en sursaut, en proie à un malaise épouvantable. Quelque chose l'oppressait, l'empêchant de respirer correctement. Et elle avait un très violent mal de tête. Un mal de tête lancinant.

Les chiens… Les chiens, qu'elle laissait vagabonder au rez-de-chaussée durant la nuit, aboyaient furieusement derrière la porte, et en grattait le bois de leurs pattes.

Désorientée, il lui fallut quelques secondes pour se souvenir où elle était : non pas à l'étage, dans la chambre au grand lit, mais dans le petit salon, dans un fauteuil. Elle y avait lu, en début de soirée. Elle avait dû finir par s'y endormir. Ce n'était pas la première fois que cela se produisait. Elle était si fatiguée, entre son début de grossesse et tout ce qu'elle avait à faire avant de repartir, qu'elle tombait parfois d'épuisement là où elle se trouvait – dans un fauteuil du petit salon, un siège d'osier sur la terrasse, allongée sur la plage, même, parfois –, et elle dormait alors d'un sommeil lourd, épais.

L'esprit comme empli de brouillard, elle avait conscience de quelque chose d'anormal, mais il lui sembla qu'un temps infini passa avant qu'elle n'identifie ladite anomalie : ce n'étaient pas les malaises habituels à cause du bébé, c'était *l'odeur*... Une odeur forte, âcre, qui lui piquait la gorge. Une odeur presque palpable, chargée de vapeurs toxiques.

Elle se redressa brusquement. De la fumée ! L'atmosphère de la pièce était saturée de fumée ! Elle fut prise d'un vertige, et se laissa lourdement retomber contre le dossier, saisie d'une quinte de toux. Ses yeux pleuraient...

Il y avait le feu ? Bien qu'elle ait fermé les volets intérieurs, elle distinguait à présent des lueurs rougeoyantes et mouvantes par les interstices, comme si le foyer avait pris à l'extérieur, juste devant la fenêtre. Du matériel y avait été temporairement entassé : de vieilles portes, des déchets de bois. Un ouvrier aurait-il fumé la pipe à proximité et vidé malencontreusement dessus des résidus mal éteints ? Le feu aurait-il couvé une partie de la soirée avant de se déclarer ?

Il fallait qu'elle sorte se rendre compte, et qu'elle fasse quelque chose avant que les flammes ne se propagent trop.

Elle essaya de se mettre debout. Elle se sentait très faible. Ses jambes flageolaient. Elle avait déjà inhalé des vapeurs délétères. Si seulement elle n'avait pas dormi si profondément... Comment tant de fumée avait-elle pu pénétrer dans la pièce, d'ailleurs ? Les fenêtres ne jointaient pas si médiocrement.

Elle se dirigea en titubant vers la porte, qui donnait sur le vestibule. Elle l'ouvrit, aussitôt aveuglée par la puissance des flammes qui dévoraient les lourds battants de chêne de l'entrée. Le souffle chaud de l'incendie lui brûla les joues. Les épaisses volutes de fumée partaient déjà à l'assaut du grand escalier. Les chiens n'aboyaient plus. La queue entre les jambes, ils geignaient à présent comme deux chiots terrorisés et se serrèrent contre elle.

Derrière l'une des deux hautes fenêtres qui flanquaient cette porte, elle vit soudain une silhouette gesticuler. Malgré sa confusion, malgré les larmes et ses yeux irrités, elle reconnut Renaud Le Tac à la lumière infernale du feu. Il avait l'air d'un fou.

— Si le comte d'Aubin ne peut plus avoir ce château, hurla-t-il lorsqu'il la vit, personne ne l'aura ! Jamais !

Elle tenait à peine debout. Le thorax comme comprimé dans un étau, elle peinait à trouver de l'air. Elle eut l'idée de s'aplatir au sol, où la fumée était moins dense, mais elle ne respira pas mieux ; elle toussait trop et ne pouvait pas retrouver son souffle.

La galerie souterraine... Il fallait qu'elle atteigne l'office et qu'elle prenne le passage dérobé avec les chiens. C'était leur seule chance d'échapper à la fournaise. Bientôt, le feu gagnerait l'intérieur du château. Il grignotait déjà le bois des fenêtres et les vitres avaient commencé à éclater. Il enflammerait les tables et les bancs de classe qu'on venait de lui livrer, et qui attendaient, empilés, d'être montés à l'étage. À croire que Le Tac avait incendié chacune des issues du rez-de-chaussée pour être certain qu'elle ne s'échapperait par aucune d'elles.

Elle avança à quatre pattes en direction du couloir

qui menait à l'aile réservée aux cuisines. Elle n'eut pas le temps d'arriver à destination. Une douleur atroce lui déchira la poitrine, et elle s'effondra juste devant la double porte battante.

La dernière chose à laquelle elle pensa dans un sanglot de désespoir fut que son enfant ne verrait jamais le jour. La dernière sensation dont elle eut conscience fut la langue râpeuse d'un des chiens sur son visage.

Yaël entendit le tocsin sonner à l'église de Pléneuf bien avant d'arriver au centre du bourg, où il régnait une agitation très inhabituelle à une heure aussi avancée de la nuit. Tous les habitants ou presque semblaient dans les rues. Des carrioles étaient attelées, dans lesquelles s'entassaient des hommes et des femmes munis de récipients : seaux, bassines…

Cela ne pouvait avoir qu'une seule signification.

Il descendit de cheval et arrêta un homme qui s'apprêtait à monter dans l'une des voitures.

— Qu'est-ce qui brûle ? lui demanda-t-il. Je ne vois de flammes nulle part, ici.

— C'est le château, monsieur ! C'est le château ! lui répondit l'homme. Trois carrioles y sont déjà parties.

Urielle !

Yaël remonta en selle et éperonna Tango sur la route qui menait à Aubin.

Ce n'était pas possible !

Presque couché sur l'encolure de son étalon, il faisait de son mieux pour ne pas le freiner dans sa course et l'encourageait tout bas. À moins que ce ne soit lui-même qu'il encourageait. À ne pas céder à la panique. À ne pas hurler dans la nuit comme un damné.

Bientôt, il perçut les premières lueurs de l'incendie.

Le cœur au bord des lèvres et fou d'angoisse, il se redressa sur sa selle pour évaluer la situation. Dès qu'il fut à proximité, il sauta à bas de sa monture et l'attacha à bonne distance, afin de la protéger de la chaleur de la fournaise. Puis il courut vers le bâtiment. Une petite chaîne s'organisait déjà, accrue au fur et à mesure par les nouveaux arrivants. Elle partait du point d'eau, en contrebas de la terrasse, et se répartissait tout autour de la bâtisse, car le feu n'avait pas pris à un seul endroit, mais devant toutes les issues du rez-de-chaussée : portes et portes-fenêtres. Pas un accident, donc. Quelqu'un avait volontairement incendié le château…

— Une femme vit là. Est-ce qu'elle a pu sortir ? hurla-t-il à l'intention d'un homme qui semblait superviser les opérations.

— Mlle Legoff ? Non, hélas… Elle est toujours à l'intérieur. C'est horrible ! Les vitres ont éclaté…

Il désigna les deux grandes fenêtres qui éclairaient le vestibule, de part et d'autre de la porte principale. Entre les hautes flammes, on apercevait par endroits l'intérieur déjà noirci de fumée.

— Et… Là, regardez ! Au bout du couloir…

Elle était recroquevillée par terre avec les deux chiens.

— Le feu est encore trop vif pour qu'on puisse entrer, poursuivit l'homme. Et c'est comme ça pour toutes les issues.

Mais Yaël ne l'écoutait déjà plus. Il repartit en courant vers Tango, sauta en selle et le lança au galop vers la petite chapelle du domaine, de l'autre côté du bois de pins. Si, il y avait un moyen d'entrer au château, et il le connaissait par cœur !

Glissant de selle avant même que le cheval ait stoppé sa course, il fila vers l'entrée, sans même prendre la peine d'attacher les rênes à une branche. La chapelle était toujours ouverte, même si plus personne n'y entrait prier – maîtres ou gens de maison – depuis la fuite en Angleterre de son oncle Loïc et de sa famille. Il s'y engouffra et, même sans lumière, retrouva le panneau de l'autel qui ouvrait le passage vers la galerie souterraine.

Il s'engagea dans l'étroit escalier de pierre, d'où s'échappait une puissante exhalaison d'humidité et de moisissure. Il avança à tâtons, courant presque, trébuchant parfois sur une irrégularité du sol, obsédé par cette vision terrifiante : Urielle inanimée sur le marbre froid, au milieu des fumées toxiques et des flammes qui avaient déjà gagné l'intérieur du vestibule.

Non, cela ne pouvait pas se terminer ainsi !

Il atteignit l'autre extrémité du passage, monta les marches et actionna le mécanisme qui permettait de sortir dans l'office. Il traversa la pièce, puis les cuisines, et arriva aux portes battantes. Il en poussa une précautionneusement. Urielle n'était pas loin derrière. Il s'agenouilla à côté d'elle et pressa la main sur son cou. Dieu merci, il sentait son pouls ! À côté d'elle, Tabago semblait sans vie, mais Trinidad, couché sur le flanc, respirait encore faiblement, la langue pendante.

Il souleva Urielle dans ses bras et la porta jusqu'à la galerie. Il la posa délicatement sur le sol de terre battue, le temps de retourner chercher les chiens, l'un après l'autre. Il les laissa par terre dans le passage, au frais et à l'abri des flammes. Il ne refermerait pas la trappe de l'autel, à l'autre bout, ni la porte de la chapelle. Les deux animaux pourraient ainsi sortir à l'air libre, s'ils demeuraient en vie et en trouvaient la force. Cela lui déchirait le cœur de ne rien faire de plus pour ces bêtes affectueuses et fidèles, mais Urielle avant tout.

Il la hissa en travers de sa selle, sa longue chevelure défaite pendant presque jusqu'au sol, monta sur Tango, puis redressa Urielle, qu'il cala contre sa poitrine. Il l'enveloppa d'un bras, la soutenant fermement en position assise, devant lui. De l'autre, il saisit les rênes et lança son cheval sur la route de Plévenon.

Il avait eu tellement peur de la retrouver morte !

Oh ! Urielle, mon amour, tu verras… Je t'aimerai si fort, je prendrai si bien soin de toi, que tu ne pourras que m'aimer en retour.

Chapitre 22

15 fructidor (1er septembre), manoir de Keroual

— Alors, docteur ? demanda anxieusement Yaël, qui attendait dans le couloir.

Le Dr Ledu referma la porte de la chambre d'Urielle avec précaution. Il avait l'air très soucieux.

— Pouvons-nous parler dans un endroit calme ? demanda-t-il.

Yaël hocha la tête.

— Suivez-moi.

Il le conduisit au rez-de-chaussée, dans son bureau, et l'invita à s'asseoir dans l'un des deux fauteuils de cuir devant la cheminée. Puis il prit place dans l'autre. Le Dr Ledu les avait mis au monde, Anne, Ronan, Urielle et lui. Et il avait soigné toutes leurs maladies, tous leurs petits maux, leurs bobos d'enfants. Il jouissait d'une excellente réputation – méritée – dans la région. Hélas, il n'était pas magicien, et toute sa science et son dévouement n'avaient pas empêché sa mère de mourir, pas plus que Liz.

Mais pas Urielle ! Mon Dieu, pas Urielle !

Le médecin le fixa un instant. Il avait les cheveux gris,

un visage doux plein de bonté, et creusé de rides. Un regard vert compatissant sous d'épais sourcils broussailleux.

— Je ne vais pas te mentir, Yaël…

Il les tutoyait tous les quatre depuis l'enfance.

— Urielle a inhalé beaucoup de fumée, et il est encore difficile de prédire comment son organisme va réagir.

Yaël baissa la tête, l'estomac noué. C'était ce qu'il redoutait d'entendre.

— Il n'y a pas grand-chose à faire, sinon attendre et veiller sur elle. Je viendrai tous les jours, deux fois si je peux, jusqu'à ce qu'elle reprenne conscience.

— Quand pensez-vous que cela arrivera ?

— Cela non plus, je ne peux le dire, mon garçon. C'est propre à chacun.

Le Dr Ledu soupira. Il parut vouloir poursuivre, puis se ravisa. Il dévisagea de nouveau Yaël, comme s'il cherchait sur sa figure une réponse à une question connue de lui seul.

— Et… ? l'encouragea ce dernier. Vous alliez ajouter quelque chose, non ?

— Je… Vous êtes restés très proches, Urielle et toi, n'est-ce pas ?

Yaël acquiesça.

— Est-ce qu'elle t'a fait des confidences, dernièrement ?

— Quel genre de confidences ?

Il n'avait jamais vu le Dr Ledu aussi indécis.

— À propos de… son état. En dehors de l'incendie, j'entends…

— Est-ce qu'elle est phtisique ? demanda-t-il précipitamment.

Leur mère était morte de phtisie pulmonaire, et le mot seul le terrorisait encore, comme il l'avait terrorisé lorsqu'il avait douze, treize ans, bien qu'il soit adulte à présent.

Le Dr Ledu secoua la tête avec vigueur.

— Non, non ! Pas du tout ! C'est… c'est assez ennuyeux, Yaël. Je suis tenu par le secret médical, mais… il y a certaines précautions à prendre, pour Urielle, et je dois en informer quelqu'un ici, puisqu'elle n'a toujours pas repris connaissance. De préférence quelqu'un qui soit de la famille. Si Anne avait été là, bien sûr…

Il connaissait les liens affectifs très forts qui unissaient les deux sœurs de lait.

Yaël était de plus en plus inquiet. Quelle était cette maladie qui menaçait Urielle plus encore que les fumées qu'elle avait respirées ?

— Vous avez été élevés ensemble, et tu es son ami.

— Oui…

— Elle… elle ne s'est pas mariée, durant son absence de Bretagne ?

— Nnnon…, répondit-il, troublé, tandis que la supposition prenait forme dans son esprit.

Est-ce qu'il essayait de lui faire comprendre qu'Urielle était…

— C'est bien ce que je pensais…

Il planta de nouveau les yeux dans les siens.

— Écoute-moi bien, Yaël. Puisqu'elle est ton amie, il faut que tu le saches, et que tu l'aides à protéger son secret tant qu'elle ne sera pas entièrement rétablie. En l'absence de mari, j'imagine que c'en est un : elle attend un enfant.

Un enfant.

Mais le praticien poursuivait déjà, lui énumérant ses recommandations, sans lui laisser le temps de s'arrêter à cette nouvelle.

La nuit s'était achevée sur leur arrivée à Keroual et la venue du médecin. Puis la journée entière était passée.

À présent, une autre nuit commençait. Le manoir était silencieux. Une bougie éclairait faiblement la chambre de sa lumière tremblotante. Un souffle d'air agitait mollement le voilage devant la fenêtre entrouverte.

Yaël n'avait pas quitté le chevet d'Urielle. Elle était étendue sous le drap, pâle et les yeux clos, les cheveux étalés sur l'oreiller. Elle respirait calmement et régulièrement, et c'était une bonne chose, selon le médecin, qui était repassé plusieurs fois déjà comme il s'y était engagé. Mais sa silhouette immobile rappelait à Yaël une autre silhouette immobile. Sa veille silencieuse et solitaire lui rappelait une autre veille silencieuse et solitaire.

Non, cela ne se pouvait pas. Pas deux fois la même histoire. Pas deux fois la même fin ! Il étouffa un sanglot.

— Urielle, chuchota-t-il en lui prenant la main. Urielle… mon amour…

Il caressa ses doigts fins, les embrassa un à un. Puis, comme si souvent depuis la veille, son regard quitta le visage d'Urielle pour se poser sur son ventre encore plat.

Un enfant.

Son enfant.

Comme cette nouvelle résonnait différemment en lui, cette fois ! Il adorait Tristan, mais l'annonce de sa venue, il avait dû l'apprivoiser. La détacher des circonstances, pour que l'idée d'être père fasse en lui un chemin autonome. Éclose à sa juste mesure. Ce qui s'était produit, dès l'instant où il l'avait tenu dans ses bras. Alors que ce bébé, le bébé d'Urielle…

Il fallait qu'elle ouvre les yeux. Pour qu'il lui explique tout ce qu'elle était pour lui et pourquoi elle avait cru qu'il l'avait abandonnée.

— Mon amour, répéta-t-il tout en lui caressant doucement la joue. Ma si belle Urielle…

On lui murmurait des paroles qu'elle ne comprenait pas, mais c'était agréable. Elle voulut ouvrir les yeux. Une fatigue immense l'en empêchait. Elle se sentait terrassée. Quelque chose pesait sur elle. Elle essaya de se concentrer sur ce qu'elle entendait. Une voix basse, tout près de son oreille… Une mélodie de sons. Doux. Si doux.

Il lui sembla encore – était-ce au même moment ? était-ce plus tard ? – que des ombres dansaient de l'autre côté de ses paupières. Qu'on bougeait autour d'elle. Cette fois, c'était elle qui ne voulait pas ouvrir les yeux. Elle n'entendait plus les paroles, ni la voix qui la berçait de chuchotis. Il y avait au contraire une rumeur sourde dans son crâne. Des crépitements. Des lueurs rougeoyantes. Un sentiment d'inquiétude profonde l'habitait. D'angoisse. Il s'était produit quelque chose de grave. Mais quoi ?

Puis de nouveau, la voix et ses murmures furent là. S'agissait-il d'un autre moment encore ?

Puis les crépitements. Les lueurs. Le malaise sourd, comme un animal qui la rongeait. Le feu !

— Mon bébé ! cria-t-elle.

Elle ouvrit les yeux, et ses mains battirent l'air, à la recherche de quelque chose qui puisse l'aider à se redresser.

— Mon bébé, répéta-t-elle, égarée, ne sachant pas où elle se trouvait.

Deux mains saisirent les siennes avec une grande douceur.

— Chut, mon amour, chut… Tout va bien, tu es en sécurité et le bébé aussi.

Une bouche chaude lui effleura les lèvres.

— Yaël…

Comme elle tentait de s'asseoir, il l'aida, passant délicatement un bras dans son dos. Puis il l'installa contre lui et lui embrassa la tempe.

— Pourquoi tu ne m'as rien dit, Urielle ?

— Je…

Les choses avaient du mal à reprendre leur place dans sa tête. Elle se sentait légèrement étourdie. Elle posa la main sur son ventre, et celle de Yaël vint aussitôt recouvrir la sienne.

— Pour lui, pourquoi ne m'en as-tu pas parlé ? répéta-t-il.

— Ce n'est pas moi que tu aimes, répondit-elle alors que tout se remettait dans l'ordre, les souvenirs, les peurs, les hésitations, sa décision. Je ne veux pas que tu te sentes obligé de m'épouser.

— Mais si, c'est toi ! C'est bien toi !

Elle tourna la tête vers lui, troublée. Il était si près de son visage qu'elle avait du mal à distinguer ses traits. Puis elle secoua la tête.

— Pourquoi ne m'as-tu pas écrit, alors, quand tu étais à Fougères ? Tous les jours, j'ai attendu une lettre de toi !

— Je l'ai fait, Urielle. Je t'en ai envoyé plusieurs. Et je me demandais pourquoi *toi* tu refusais de me répondre.

— Mais je ne les ai pas reçues ! s'exclama-t-elle. Aucune…

— Je sais, je sais, calme-toi.

La main de Yaël, partie de son épaule, descendit le long de son bras en une longue caresse.

— C'est une drôle d'histoire, continua-t-il. Charlotte les a interceptées et dissimulées dans sa chambre. Muriel les a découvertes par hasard, et elle a été renvoyée pour cela. Menacée d'être discréditée auprès des bureaux de placement de la région, si elle en parlait. Mais elle est venue me voir, en fin de compte, malgré le risque, parce qu'elle désapprouvait. J'ignore pourquoi ma belle-mère a fait une chose pareille.

— Je pense que j'en ai une petite idée, et c'est une drôle d'histoire aussi. Je te la raconterai plus tard.

— Dire qu'à cause d'elle…, fit-il sombrement.

— Yaël, ce bébé, c'est le tien, oui, et nous réfléchirons à une fable pour que je puisse l'élever dignement non loin de toi et de Tristan. Tu ne me dois rien, et surtout pas un mariage sans amour. Ce serait tellement triste pour nous deux !

— Tu te trompes. Je t'aime… Je ne l'ai pas compris immédiatement, mais je suis sûr de ce que je ressens, maintenant.

— Moi, il ne m'a fallu qu'une seconde à peine au cours d'un orage d'été pour comprendre que je t'aimais ! Il y a des années de cela.

— Des années…

— Alors… c'est vrai, tu n'es pas amoureux de Liz ? demanda-t-elle timidement. Tu l'appelais dans ton sommeil. Je t'ai entendu.

— Je ne l'appelais pas, Urielle. Ou pas pour la raison que tu as imaginée. Tu as chassé tous ces cauchemars. Ils ne reviendront plus.

Alors qu'elle était toujours tournée vers lui, il lui saisit le menton pour lui faire relever la tête et l'embrassa. Un baiser doux, langoureux, paresseux.

— Tu te souviens de notre première longue discussion, au château ? Tu m'as parlé de ces deux hommes qui t'avaient demandée en mariage.

— Oui.

— Quand j'ai plaisanté, en imaginant qui ils étaient, tu t'es fâchée. Tu m'as demandé si, à mon avis, c'était là tout ce que tu méritais. Et je t'ai répondu…

— Tu m'as répondu, l'interrompit-elle : « Non, tu mérites beaucoup mieux ! Quelqu'un pour qui tu serais toute sa vie. Quelqu'un qui te chérirait et te gâterait, parce que tu serais sa lumière. »

— Tu as mémorisé mes paroles exactes ?

— Oui. Tandis que tu parlais, je pensais que c'était toi que je voulais, et personne d'autre.

— J'ignorais à quel point j'énonçais une future vérité ! Car tu es ma lumière, Urielle. Tu es ma vie. Et celle de Tristan. Et celle du manoir.

Il posa la main sur son ventre, directement cette fois.

— Tu es celle de cet enfant aussi. Je ne sais pas si, moi, je te mérite, mais je veux te chérir et te protéger. Épouse-moi ! S'il te plaît, épouse-moi !

Épilogue

An IV (1795)
3 nivôse (24 décembre), manoir de Keroual

Urielle avait mis une double condition au mariage.

La première ? Qu'Anne, Malo, Ninnen et Ronan puissent y assister. Il fallait pour cela que l'annonce de leur amnistie ait le temps de parvenir aux premiers, et qu'ils naviguent jusqu'en Bretagne. Quant aux autres, ils devaient s'assurer qu'aucune nouvelle mission ne les entraînerait à l'autre bout du monde à la date retenue. Yaël et elle avaient donc fixé Noël.

La seconde ? Qu'ils se marient civilement, en mairie, comme une loi de septembre 1792 les y autorisait. Ils seraient les premiers du cap Fréhel et, pour elle, ce n'était pas un mince symbole que d'épouser ainsi l'héritier d'une ancienne lignée de nobles. Les changements qui étaient en marche depuis 1789 bouleverseraient le monde et changeraient à jamais le futur de l'humanité, elle en était convaincue. Trop content d'inaugurer cette cérémonie civile, l'agent municipal avait fermé les yeux sur la proéminence qui pointait sous son manteau bordé de fourrure.

Elle était enceinte de six mois bientôt, enceinte de

l'homme qu'elle aimait, et elle n'en avait pas honte, même si cet enfant avait été conçu hors mariage. Tristan, qui avait fait ses premiers pas en novembre – brumaire ! *brumaire !* décidément, elle ne s'y faisait pas, elle une républicaine ! –, venait souvent lui tapoter le ventre en émettant un son qui ressemblait fort à « *boum boum* ». Yaël, lui, voulait croire qu'il parlait déjà et disait « bébé ». Sans doute la vérité se situait-elle entre les deux.

Pour l'heure, le petit cortège venait de rentrer de la mairie, et retrouvait le manoir illuminé de dizaines et dizaines de bougies. Un cortège limité aux familiers : outre Anne et Malo, Ninnen et Ronan, Aesa et Yann étaient là. Ils étaient rentrés de Guingamp au tout début de l'automne. Urielle avait eu l'explication de leur si longue absence : le beau-frère de Yann était décédé, et ils avaient aidé sa sœur à vendre sa petite boutique et sa maison, pour l'installer à Pléneuf avec ses enfants, tout près de chez eux. Lucie Janet était venue, mais Guillaume n'avait pas souhaité répondre à l'invitation, même s'ils s'étaient revus depuis le baiser volé sur la plage.

« Ma chère petite, lui avait murmuré Lucie, juste avant qu'ils n'entrent dans la mairie, je suis si heureuse pour vous ! Si heureuse ! Vous avez tant attendu ce moment ! Quant à mon Guillaume, je sais qu'il trouvera une gentille épouse qui saura l'épauler dans la carrière politique à laquelle il semble vouloir se destiner. »

Clarisse aussi avait été invitée. Elle était venue accompagnée de son fiancé, ce jeune voisin qu'elle aimait. Leur mariage était prévu pour le printemps suivant.

Angèle et Mona Le Fustec leur avaient préparé un festin, qu'ils partageraient tous ensemble, maîtres et domestiques. Joséphine avait dressé une table somptueuse dans la salle à manger. Rozenn avait décoré tout le rez-de-chaussée. Katou suivait Tristan à la trace dans tout le manoir : depuis qu'il avait découvert le pouvoir de la marche, il ne s'arrêtait que lorsqu'il s'écroulait de fatigue. Muriel, la nouvelle femme de chambre de « madame », veillait sur son employeuse comme une mère poule sur ses poussins.

Quant à Trinidad et Tabago, plus vigoureux que jamais, ils couraient dans le jardin en jappant, laissant l'empreinte de leurs pattes sur le tapis de neige.

Renaud Le Tac était derrière les barreaux.

En ce qui concernait l'école, l'ouverture n'avait pas pu se faire à la mi-octobre, comme Urielle le souhaitait au départ. Réparer les importants dégâts de l'incendie prendrait encore deux ou trois mois. La future directrice qu'elle était avait déjà trouvé ses professeurs, ainsi que son intendante en chef en la personne de sa mère, et son responsable des travaux et de l'entretien en celle de Yann. Maelis Le Bihan, dont le frère aîné, Mathéo, avait aidé Malo lors de l'évasion d'Anne du Fort la Latte, ferait une accompagnatrice idéale des pensionnaires les plus jeunes, après la classe. Sa patience, sa douceur et son habitude de s'occuper de ses petits frères et sœurs seraient des atouts.

Il était une fois trois demoiselles qui vivaient au cap Fréhel, songeait Urielle, heureuse de voir tout ce petit monde rassemblé autour de Yaël et elle.

La première était grande et brune, et elle avait les yeux verts. Sauvageonne, rêveuse, indomptable, amoureuse des horizons lointains, elle avait trouvé un marin. Avec lui, elle sillonnait les mers sur le bateau neuf dont il était le capitaine.

La deuxième était petite et rousse, et elle avait les yeux bleus. Indocile, amatrice d'intrigues, femme aux mille visages, elle avait trouvé un compagnon de mission.

Avec lui, elle œuvrait aux affaires d'État dans l'ombre et le secret.

La troisième n'était ni grande ni petite, blonde, et elle avait les yeux bruns. Audacieuse à sa manière, déterminée, courageuse, elle serait la gardienne des lieux. Manoir ou château, elle y maintiendrait sa lumière, afin que chacun trouve à s'accomplir.

Il était une fois trois demoiselles qui vivaient au cap Fréhel, territoire de rêve, territoire de légendes… Bout de paradis arraché, un jour, il y avait de cela très longtemps, au poing serré d'un dieu. Paradis de landes et de falaises plongeant dans le bleu sans fond de la mer…

Leur paradis, qui les avait vues naître et grandir. Qui avait fait d'elles les femmes qu'elles étaient devenues.

AVANT DE SE QUITTER…

Chère lectrice, cher lecteur,

Si vous lisez ce petit mot, c'est que vous avez probablement suivi mes trois demoiselles dans leurs aventures et leurs amours, leurs doutes et leurs espoirs.

J'ai vraiment pris beaucoup de plaisir à créer leur vie de papier. Elles m'ont accompagnée pendant deux ans et demi, depuis la première idée, les premières recherches, le premier voyage au Cap Fréhel pour le repérage géographique, jusqu'au travail d'*editing* avec Emma, mon éditrice, et la signature des trois « bon à tirer ».

Sur place, vous chercheriez en vain le château d'Aubin, ainsi que les hôtels particuliers dont j'ai doté certains personnages. Et je ne suis pas certaine qu'au XVIIIe siècle il ait existé à Plévenon une chapellerie équivalente à celle de Rose, ou le petit magasin d'épices et de produits des colonies où Anne achète de la cannelle pour les tartes aux pommes d'Aesa.

Mais les villes de Plévenon, Pléneuf et Erquy existent bel et bien, à proximité de la magnifique lande de Fréhel, de même que le phare rond qui a abrité les amours d'Anne et Malo. Il se dresse encore face au large – vestige du passé –, non loin du nouveau phare. Fort la Latte existe aussi, forteresse massive dominant la mer.

Et si vous vous perdez un peu dans la campagne autour de Plévenon, comme je l'ai fait lors de mes repérages, appareil-photo et carnet de notes à la main, vous pourriez bien tomber à votre tour sur le ravissant manoir qui m'a inspirée pour le manoir de Keroual. Tout y est : l'allée de peupliers, la pierre grise et sobre, la symétrie classique de la façade, la cour où l'on pénètre en passant sous un porche surmonté de sa gargouille, l'échauguette, derrière, dans le jardin.

La romancière n'est pas l'universitaire ou l'historienne : l'imagination conserve la place prépondérante dans ses écrits. Pour autant, j'ai eu à cœur de faire des recherches sur la chouannerie en Bretagne, les chemins secrets des faux sauniers, sur la Révolution française et la Convention, les dates et les événements majeurs, les coutumes et les costumes, sur les personnages réels que je mentionne dans les trois volets.

Bien sûr, l'Histoire ne dit pas si Wilhelmine Enke a jamais possédé la robe bleue à ramages dorés que je lui fais porter lorsqu'elle rencontre Ninnen pour la première fois, mais c'est là la part de la fiction, la liberté et le plaisir de l'écrivain…

J'espère que vous avez passé de bons moments avec Anne, Ninnen, Urielle, Malo, Ronan et Yaël. Ainsi qu'avec tous les autres – personnages secondaires à qui j'ai essayé de donner plus qu'une simple silhouette.

À bientôt pour une autre histoire, en un autre lieu de France, à un autre moment du passé !

Léna

Retrouvez en mai
dans votre collection

Aliénor

Paul D'Hayures

Les remparts de Saint-Valéry

Baie de Somme, 1595

Présomptueux, inconvenant et défiant… Gabriel du Geai d'Élincourt a tout pour déplaire à Alixe, fille d'Avroult et d'Estries, orpheline dans son cœur. À peine cet homme a-t-il mis pied à terre sur son domaine des quais de Saint-Valéry qu'il se montre froid et davantage enclin à critiquer la gestion de cette ville de commerce que de poser un regard sur elle, alors qu'il est son promis. Comme si cet homme auquel elle se refusait de toute son âme, ne daignait même pas croiser l'immensité de ses yeux forestiers !

Laura Guilmet - *lauréate du Prix Librinova*

Comtesse malgré moi

Alsace, XVᵉ siècle

Le présent les sépare. Le passé les réunira. Flora est tiraillée. Hugo, fils du comte de Wangenbourg qui l'a enfermée dans les geôles du château après que ses vaches ont ravagé les vignobles seigneuriaux sans qu'elle puisse rembourser les dégâts, lui offre de la libérer en secret. Bien sûr l'homme est fort séduisant et semble sincère lorsqu'il lui propose de purger la fin de sa peine dans un petit logement jouxtant les écuries, mais pourra-t-elle vraiment respecter sa promesse de ne point s'échapper, alors que sa mère agonise en ce moment même ?